Celle qui voulait être Phoenix

Carl Rodrigues

Celle qui voulait être Phoenix

ISBN:978-2-9558032-5-7

N°Editeur:978-2-9558032

Celle qui voulait être Phoenix

À mon père…

Celle qui voulait être Phoenix

1.   Tristan

Tristan Chapman était une Pub grandeur nature pour cadre supérieur : brun aux yeux marron, 1m80, élancé et tempes légèrement grisonnantes. Il aimait porter des costumes à mille dollars, des chemises italiennes et des chaussures hors de prix. Il avait su prendre soin de lui, faisant sien l'adage : « Un esprit sain, dans un corps sain ». Si l'on devait le résumer en un mot : séduisant. Pourtant en ce début de soirée, dans son bureau du 18e étage, il se sentait bien seul.

Il venait d'avoir 40 ans et se disait : « 40 ans, déjà ». Comme beaucoup d'hommes à son âge, il s'interrogeait sur sa vie, son passé, son avenir. Et le moins que l'on puisse dire, c'était qu'il n'était pas très fier de lui.

Petit garçon, il avait de grandes espérances et pensait changer le monde. Son souhait : vivre, comme Achille une vie

5

courte dans la lumière, plutôt qu'une vie longue dans l'obscurité.

À l'âge de six ans, il fut confié à sa grand-mère maternelle pendant deux interminables années. Abandonné par ses parents pour des raisons professionnelles, au moment même où l'on apprend à lire et à se construire, cette séparation, même temporaire, fut vécue comme un déchirement. Et lui laissa à tout jamais un sentiment d'abandon. Cette impression de ne pas être suffisamment assez bien pour être aimé, le poursuivrait tout au long de sa vie. Par la suite, en guise de protection, inconsciemment, il n'aura de cesse d'éloigner ceux qui l'aimaient. Pour lui, il valait mieux quitter que d'être quitté.

Pourtant comme avec toute règle, il existe des exceptions. La sienne s'appelait Pénélope. Ils s'étaient rencontrés, aimés, mariés, et avaient eu deux beaux enfants. Puis, comme souvent avec les histoires d'amour, ils avaient fini par se séparer. Il avait baissé sa garde en tombant amoureux et maintenant, il en payait le prix. Non, à l'évidence il n'avait pas changé le monde et sa vie privée était en lambeau.

Tristan avait laissé Pénélope entrer là où personne d'autre n'était jamais allé. Pendant toutes ses années passées ensemble, elle avait été son tout : une compagne, une amie, une confidente, la mère de ses enfants. Avec son départ, il perdait tout à la fois. Il lui avait fait confiance et voilà qu'elle aussi l'avait quitté. Lui qui remarquait tout chez les autres, avait été aveugle dans sa propre maison. Alors, il s'était promis que plus jamais, on ne l'y reprendrait.

Seul à présent, la vie ne semblait plus avoir de sens. Pourtant, il lui fallait bien aller de l'avant et, petit à petit, il reprit le dessus. Il décida même de rattraper le temps perdu, de s'amuser.

Comme bon nombre d'hommes divorcés dans son cas, sans personne à qui rendre de compte. Il était redevenu un jeune homme de vingt ans avec la vie qui va avec : boites de nuit, alcool et filles faciles. Mais comme avec toutes choses, la réalité vous rattrape toujours. À l'évidence, il n'avait plus vingt ans et chaque lendemain de fête, son corps prenait un malin plaisir à le lui rappeler.

À présent, il était fatigué de tout cela, de faire semblant. Les femmes avec qui il sortait avaient toutes vingt ans de moins que lui et sortit des relations physiques, n'avaient pas grand-chose à dire ni à lui apporter. C'était pour lui, une sorte de vengeance infantile, inutile, mais salvatrice, du moins au début. Pas une semaine sans qu'il n'aille chez son ex-femme avec une nouvelle conquête, plus jeune, plus jolie. Comme pour lui signifier : « Tu vois, j'ai tourné la page et je peux avoir mieux que toi ». Alors qu'à l'évidence, c'était tout son contraire.

Évidemment, tout n'était pas noir, car il avait deux beaux enfants. Son fils, Dan, 16 ans et sa fille Sarah, 10 ans. Cette dernière ressemblait comme deux gouttes d'eau à sa mère, mais il ne les voyait pas assez à son goût. Depuis son divorce, les relations avec son ex-femme, Pénélope, n'avaient cessé de se détériorer, et pour cause.

Les yeux rivés sur son verre de Whisky, mélancolique, celui qui se destinait à de grandes choses se demandait ce que penseraient ses parents de lui, s'ils étaient encore là. C'est à ce moment qu'il se remémora son enfance.

Fils d'un chef d'entreprise en BTP et d'une enseignante universitaire, il eut très tôt des prédispositions qui auraient dû lui permettre de faire de grandes choses. Aîné d'une fratrie de trois enfants, dès ses 8 ans, il ne dormait plus que 6 heures par nuit et dévorait tous les livres qui lui tombaient entre les mains. Son cerveau stockait tout, plaçait ces informations dans des tiroirs et y accédait, quand il le désirait. Il s'aperçut très vite qu'apprendre par cœur du texte était fastidieux et long, alors qu'il lui était facile de mémoriser son image. Il avait une curiosité sans bornes. Il savait une quantité de choses sur tout et sur rien. Particulièrement sur rien. Il usait également d'un esprit d'observation hors du commun. Fan de Sherlock Holmes dès son plus jeune âge, il développa au mieux son sens de l'observation. Et alors, que ses frères ne pensaient qu'à jouer, lui ne demandait qu'à lire, afin d'étancher sa soif de savoir. À l'inverse de ses camarades, il aimait être seul et rêvasser. Il était loin de leurs préoccupations et n'avait que peu d'amis.

À l'école primaire, bon élève, il vécut une bonne partie de sa scolarité sur ses facilités. S'ennuyant la plupart du temps en classe et travaillant un minimum. Cette facilité du début fut aussi son plus gros handicap. Car sans méthode de travail il perdit pied en intégrant le secondaire et fut vite catalogué, cancre. Par la suite, il se convainquit que les études n'étaient pas faites pour lui. Il ne dut son salut qu'à un test réalisé par un intervenant extérieur. À sa grande surprise et à celle des autres, son QI fut évalué à plus de 140. Il passa du jour au lendemain, de cancre à génie, de celui qui ne comprenait rien à celui d'incompris. Il intégra ensuite un programme spécial qui au final lui permit d'accéder à de hautes études. Durant ces années, il s'aperçut que sa timidité naturelle et son envie d'isolement le marginalisaient. Son esprit vif trouva alors dans l'humour un exutoire, un moyen de communiquer. Il devint ainsi le bon copain par excellence, toujours drôle, avec une certaine répartie. Celle qui vous fait admirer par certains et craindre par d'autres.

Son sens de l'observation lui permettait de cerner rapidement les gens, leurs caractères, leurs faiblesses. Il décidait rapidement si la personne en valait la peine ou pas. S'il allait en faire un bon ami ou bien s'il fallait passer son chemin.

Pour les filles, ses atouts auraient pu l'aider, mais c'était sans compter là aussi sur sa plus grande faiblesse, sa timidité. Sa compagnie était recherchée, car il se passait toujours quelque chose avec lui. Mais cette timidité, même occultée, l'empêchait de faire le premier pas. La peur de l'échec, même sentimental, lui était insurmontable. Il attendait la plupart du temps que la fille fasse le premier pas et il arrivait souvent qu'elle ne le fasse pas.

Quant à sa vie professionnelle, il ne se plaignait pas, mais il était loin des ambitions de ses parents. Ils auraient tant aimé qu'il fasse quelque chose de grand. Comme découvrir un remède contre le cancer ou bien inventer quelque chose qui change la face du monde. Là aussi il avait failli.

Rien de tout cela, il était cadre supérieur dans une société de haute technologie. Depuis son divorce, n'ayant plus que son travail comme seul palliatif et voulant absolument prouver à Pénélope qu'il pouvait lui aussi, lui octroyer un confort social. Il se tuait à la tâche. Et ses efforts payaient enfin. Désormais, il gagnait plus de 250 000 dollars par an. Cela lui permettait de mener grand train, sorties mondaines, belles voitures, nouvel appartement en centre-ville. Il avait tout, mais en vérité, il le savait, il lui manquait l'essentiel…

Tristan en était là, perdu dans ses pensées. Son constat, ce jour-là n'était pas des plus joyeux : « À quoi bon tous les biens matériels, si on n'a plus personne avec qui les partager ? Te voilà seul, divorcé et qui plus est, vieux ».

« Toc, toc »

— Monsieur Chapman.

Tristan fixait toujours son verre et mit un certain temps à répondre.

— Entrez Cindy.

Celle qui voulait être Phoenix

Depuis trois ans et sa prise de fonction en tant que chef de service, Cindy était sa secrétaire particulière. Petite, blonde aux yeux marron, plutôt jolie, 28 ans, une tête bien remplie et un petit air à la Scarlett Johansson. Voilà pour résumer Cindy. Elle remarqua immédiatement son air maussade. Elle avait assisté à son divorce et il semblait avoir à nouveau ce même regard.

Elle décida d'entrer dans le vif du sujet afin de lui changer les idées.

— Vous avez reçu un appel de Vanessa. Elle a essayé de vous contacter toute la semaine et c'était la troisième fois aujourd'hui. D'habitude, elles sont moins longues à la détente, mais je crois qu'on tient là une championne. Je ne sais pas ce que vous leur faites pour qu'elles vous harcèlent autant.

Et avant même qu'il ne puisse réagir, elle ajouta.

— Et je ne veux surtout rien savoir. Si vous voulez un conseil : appelez-la et soyez explicite, car je ne suis pas payé pour répondre à vos lolitas.

Tristan comme simple réponse, hocha légèrement la tête. Cindy décida alors d'aborder le thème qui lui tenait le plus à cœur, ses enfants.

— Je vous rappelle que vous avez rendez-vous avec vos enfants dans une heure.

Tristan cette fois, leva lentement les yeux vers elle, la fixant du regard pendant quelques secondes, comme hagard. Il finit par se reprendre et rompre le silence :

— Merci Cindy. Que ferai-je sans vous ?

— Pas grand-chose, Monsieur.

Entre eux, un jeu s'était installé, mais Tristan connaissait les limites. Il était son supérieur hiérarchique et il faisait en sorte de ne pas les dépasser.

De son côté Cindy appréciait ce chef qui ne ressemblait à aucun autre. Il devinait ses pensées avec une facilité déconcertante et cela l'avait plus que déroutée au commencement. Mais c'était aussi un gentleman. Prévenant, lui ouvrant les portes, lui demandant sans arrêt si elle avait besoin de quelque chose. Il était aux petits soins, lui apportant même son café. On aurait pu croire, certains matins, que les rôles étaient inversés.

Au début, travailler avec quelqu'un qui sait tout sur tout et qui a presque tout le temps raison avait été perturbant. Elle avait même envisagé un moment de partir, mais finalement elle s'était ravisée.

Celle qui voulait être Phoenix

En affaire, elle le connaissait féroce, compétent, sûr de lui et sans merci pour la concurrence, qu'elle soit interne ou externe. Et puis son divorce avait tout changé. Le voile s'était un peu déchiré et elle avait pu voir l'homme. Sous ce regard charmant, cet humour noir, se cachait, au contraire, un être en proie aux doutes. Loin de l'image de l'homme sûr de lui, qu'elle s'en était faite.

Cindy l'avait aidé moralement autant que possible, sans jamais vraiment intervenir, car il ne l'aurait pas permis. Au fond d'elle, elle bouillait : « Non, mais, comment sa femme pouvait-elle être aussi bête ! » Et lui, il avait des œillères. Il ne voyait pas qu'elle était vénale, qu'elle préférait les strass et l'argent à sa vie de famille.

Cindy n'était peut-être pas très objective et évidemment elle avait choisi son camp, mais elle n'était pas jalouse. Oui, elle tenait à lui, c'est vrai, mais pas de cette manière-là. Elle savait parfaitement que ce genre de relation ne pouvait aboutir entre eux. Tout au plus aurait-elle été une passade comme les autres. Cette relation uniquement professionnelle du départ était devenue au fil du temps particulière et attachante, au point qu'elle ne souhaitait en aucun cas vouloir la mettre en péril.

Celle qui voulait être Phoenix

Sa présence semblait déjà faire son effet, car Tristan décida de rompre le silence, à sa manière…

— Alors Cindy ? Amoureuse ?

Devant la stupéfaction de Cindy, Tristan insista :

— Allez, dites-moi. Comment s'appelle-t-il ? Pas de secret entre nous.

Il avait remarqué depuis quelque temps de menus changements chez elle. Un nouveau parfum, des tenues plus sexy, de nouvelles mèches ainsi qu'une silhouette amincie. Avec ça, son activité inhabituelle sur son clavier, parsemée de sourire lors de la pause déjeuner avait fini par le convaincre. Il en était persuadé, elle entretenait une relation.

Cindy était stupéfaite. Comment avait-il deviné ? Elle eut envie de nier, mais cela n'aurait servi à rien.

— John dit Cindy dans un souffle. Tout de suite, elle se demanda : « Mais pourquoi ai-je répondu ? »

En voyant le désarroi sur son visage, Tristan se sentit tout d'un coup d'humeur à plaisanter.

— John ? Pas le John du 13ᵉ ?

— Non !! Dis Cindy avec un air de dégout.

— Il doit bien peser dans les 150 kg. Je suis même persuadé qu'il fait du diabète. Je m'attendais à mieux de votre part. Vous me décevez, très chère Cindy.

Cindy le toisa d'un regard noir. Tristan comprit qu'il était peut-être allé trop loin.

— Je plaisantais.

— Eh bien, gardez vos plaisanteries pour vous !

— Je suis navré, vraiment. Je penche plutôt pour John le beau gosse. Celui du 12ᵉ étage, service comptabilité, si je me trompe ?

— Mais comment faites-vous ?

Tristan connaissait parfaitement ses horaires de folie. Il s'était donc dit qu'elle avait plus de chance de rencontrer quelqu'un au travail. Ses échanges du midi pouvaient très bien correspondre au chat interne à la société. Et puisqu'il s'appelait John, il n'en existait que trois dans la société. Deux avaient moins de 35 ans et le dernier plus de cinquante. Il avait vite éliminé ce dernier, trop vieux, d'autant plus qu'il ne cadrait pas avec les critères physiques de Cindy. N'en restait plus que deux. Un était marié et elle avait accès aux fichiers du personnel. Le gagnant était donc celui de la comptabilité.

Célibataire, plutôt plaisant à regarder, et au vu de sa tête, il se dit qu'il avait vu juste.

Cindy, après la stupeur des premiers instants, se ressaisit. Elle pensa tout d'abord « Mon Dieu, toute la société doit être au courant ». Cette idée s'effaça rapidement, car elle avait affaire à Tristan Chapman. À sa perspicacité on pouvait lui ajouter, une vivacité d'esprit qui allait de pair avec un manque total de diplomatie. D'ailleurs, cela n'était pas bien vu de tout le monde au sein de l'entreprise, mais elle, après trois ans à son service, l'appréciait. Par-dessus tout, elle aimait le jeu instauré entre eux et malgré de nombreuses propositions, elle n'envisageait pas de le quitter. Elle pouvait se targuer de bien le connaître et il n'était pas homme à colporter.

Elle finit par reprendre ses esprits. Il avait su toucher un point sensible, comme souvent, mais sa vie privée était taboue et il n'allait pas tarder à le comprendre.

— Cela ne vous regarde pas. Est-ce que je vous demande-moi avec qui vous sortez ? Je vois qui je veux. Et puis quoi, vous n'êtes pas mon père !

Tristan arborait un large sourire de triomphe qui s'estompa aussitôt le dernier mot prononcé.

Elle sut immédiatement que ce mot l'avait blessé. Elle s'en voulut terriblement, il n'avait vraiment pas besoin de cela. Sachant qu'il n'aimerait pas des excuses, elle tenta la diversion.

— Mais comment avez-vous deviné ? Nous avons été si discrets. Et je ne l'ai encore dit à personne.

— Disons que je ne suis pas tout le monde.

— Je sais bien.

— Je vous connais. Mieux que vous ne le pensez en tout cas.

— Je suis désolée.

— Pourquoi ? C'est vrai que je ne suis pas votre père.

— Pardon, vraiment.

— Ce n'est rien. Vous êtes sûre qu'il n'est pas trop vieux pour vous ?

Cindy rougit. Ne voulant pas s'étendre sur sa relation, elle décida de changer de conversation en parlant du week-end qu'elle avait préparé pour lui et ses enfants.

— Comme vous me l'aviez demandé, je vous ai préparé votre week-end avec vos enfants. Tout d'abord, vous devez passer les prendre vers 19 heures chez votre ex-femme. Puis vous rendre au port de plaisance, ou un bateau « le beau rivage » vous attendra pour un petit périple de deux jours au large. Le capitaine s'appelle Franck Houston. Je me suis renseignée, il est très bien. Le dîner se fera à bord et le départ du port est prévu pour 22H30. Vous devriez être rentrés pour dimanche soir aux alentours de 19H30. Au programme, exploration des iles côtières et des fonds marins. Avec un peu de chance, il y aura des dauphins au rendez-vous. Je pense que Dan et Sarah seront enchantés. Voilà pour l'essentiel. Avez-vous des questions, car moi aussi j'ai un week-end de prévu ?

— Avec John ?

— Oui, avec John.

— Non Cindy. Tout est parfait comme d'habitude. Je vous remercie pour tout ce que vous faites pour moi. Je vous souhaite un bon week-end avec votre comptable. Avant de partir, j'ai encore une dernière question : partagez-vous les frais, ou bien c'est lui qui vous invite ?

— Je pourrai vous répondre que cela ne vous regarde pas, mais ce n'est pas mon genre de me défiler. Alors voilà, c'est un gentleman et comme tout gentleman c'est lui qui m'invite.

— J'espère que, comme tout bon comptable, il n'oubliera pas ses justificatifs au cas où il voudrait se faire rembourser.

Celle qui voulait être Phoenix

— C'est drôle, vraiment très drôle. Eh bien moi, je vous souhaite d'avoir le mal de mer !

— Ne le prenez pas mal. Je me fais juste du souci pour vous. Maintenant, je suis rassuré. Je sais que c'est le genre de gars sur qui on peut toujours compter. Le genre à ne jamais vous laisser en plan.

— Ah ah ah ! Ça ne se voit pas là, mais je suis morte de rire. Je remarque que ça va mieux tout d'un coup. Vous aviez l'air bien triste quand je suis arrivée. Contente de voir que ma vie privée vous amuse autant. N'oubliez pas, 19 heures vos enfants, 22H30 largage des amarres. Je vous souhaite un bon voyage malgré tout. Faites attention à vous et, disons, à lundi matin en forme comme ce soir.

— Pardonnez-moi, c'est plus fort que moi. J'aime vous taquiner. Vous comptez beaucoup pour moi, vous le savez bien. Bon week-end. Amusez-vous bien tous les deux. Et à lundi.

Cindy quitta la pièce et referma la porte derrière elle. Elle arborait un petit sourire. Mission accomplie, elle l'avait rendu moins triste, du moins pour un temps.

Tristan de nouveau seul prit un deuxième verre de Whisky. Il en avait bien besoin. L'idée de revoir Bill ne l'enchantait guère. Il le fallait bien pourtant. Il aurait pu récupérer ses enfants devant la porte comme bon nombre de couples divorcés, mais il avait décidé de changer de comportements et de tout faire pour que cela aille mieux. Il faisait dorénavant tout son possible afin de rendre la situation la moins pénible à ses enfants. Pour eux, il était prêt à des sacrifices. Par exemple, il n'avait rien dit quand il ne les avait pas vus pendant deux longues semaines. Et c'était le cœur lourd, qu'il avait dû se résigner à les voir partir, tous les quatre, comme une famille, en vacances. Ils étaient de retour et ce qui comptait à l'instant, pour lui, c'était le week-end qu'ils allaient passer ensemble.

Il était temps de partir, s'il ne voulait pas être en retard. Arrivé au niveau de sa place de parking, il contempla, sa dernière acquisition. Un superbe cabriolet rouge, quatre places, un bolide de 400 chevaux, véritable œuvre d'art, et vrai piège à femmes. Il se dit alors qu'il était tombé bien bas. Tout cet argent dépensé en frivolités. Il inspira alors une grande bouffée d'air et pensa à Pénélope. Il allait la revoir. On dit souvent qu'avec le temps, tout passe, mais pour lui, c'était toujours aussi douloureux. Voir sa bien-aimée avec un autre, assister à leur complicité et à l'échange de gestes tendres, ceux-là mêmes, qu'elle avait eus pour lui, lui étaient insupportables.

Deux ans déjà, qu'elle avait demandé le divorce ! Tout n'avait pas toujours été rose entre eux et ils s'étaient mariés jeunes, mais jamais il n'aurait cru qu'elle partirait. La surprise fût donc totale, et cela avait rendu l'affaire encore plus compliquée. La séparation fut douloureuse surtout avec ses enfants qu'il adorait par-dessus tout. Dans sa tête, cela ne pouvait être que temporaire. Elle voulait le punir, lui faire comprendre, qu'elle n'était pas heureuse et que les choses devaient changer. Il était d'accord sur tout, alors cela ne pouvait que s'arranger. Mais il dut se résoudre à l'évidence, malgré toute sa bonne volonté et son passage de chef de service à directeur de département, ce temporaire durait maintenant depuis deux ans.

Pénélope vivait maintenant avec Bob Whitmore, un producteur de télévision et de cinéma. Tristan le surnommait « Bill la facture ». Il était riche, très riche. Il avait beaucoup de relations et il payait les factures de Pénélope. D'où son surnom de « Bill ». Ils habitaient ensemble une immense demeure dans la montagne aux abords de la ville.

Il se disait que, peut-être, elle pensait encore à lui. À un moment, il s'était même dit, que s'il pouvait lui apporter la même insouciance financière, elle reviendrait. Mais la vie, que lui apportait Bill, était autrement plus intéressante, que celle qu'ils avaient vécu. Avec lui, elle côtoyait régulièrement les stars, organisait des dîners et des réunions. Elle avait une vie sociale et matérielle qu'il ne pouvait pas lui donner. Il avait fini par le comprendre, mais pas par l'accepter.

Vis-à-vis de ses enfants, il endossa évidemment tous les torts et prit en pleine face, la colère et la rancune de son fils, Dan.

Celle qui voulait être Phoenix

2.   Pénélope

Il arriva à destination alors qu'il était toujours dans ses pensées. Devant le portail de la résidence, il appuya sur le bouton de l'interphone.

Quelques secondes plus tard, une voix grave lui demandait de s'identifier.

— Tristan Chapman.

— Pas de Brad Pitt ou de Ryan Reynolds, ce soir Monsieur ?

— Je ne suis pas d'humeur ce soir Hector.

— Très bien. Une seconde Monsieur Chapman... Voilà, vous pouvez entrer.

Celle qui voulait être Phoenix

— Merci bien Hector.

Tristan entra, puis arrêta sa voiture près de l'entrée, où Hector l'attendait.

Hector était l'homme à tout faire des Whitmore. Dans le cadre de ses attributions, il officiait en tant que de gardien de villa, garde du corps et chauffeur. Il était noir, grand, massif et sa corpulence ne faisait pas de lui le genre de personne, qu'on intimidait facilement. Sa voix grave résonnait dans la nuit.

— Content de vous voir Monsieur. Madame et Monsieur Whitmore vous attendent dans le petit salon.

— Merci Hector. Juste une petite précision. C'est Madame Chapman et Monsieur Whitmore.

Hector esquissa, ce qui devait être pour lui un sourire, mais que toutes autres personnes, y compris Tristan, pouvaient interpréter comme un rictus inquiétant.

La demeure des Whitmore était une grande bâtisse qui devait avoir près de cent ans. Le style extérieur avec ses colonnes rappelait les grandes demeures du Sud. Elle semblait tout droit sortie du film « Autant en emporte le vent ». À l'intérieur, la décoration moderne de Pénélope en était à l'opposé, offrant aux visiteurs un réel contraste. Tristan n'en était pas fan. Pour faire simple, il n'aimait rien dans cette bâtisse. Peut-être était-ce dû à son propriétaire. Lorsqu'il arriva à la hauteur du petit salon, Bill vint à son encontre.

— Salut Bill. Comment vas-tu ?

— Salut Tristan. Bien, et toi ?

— En fait, si tu veux vraiment le savoir, je me fiche royalement de savoir si tu vas bien ou pas. Pour être honnête, j'espère même que non. Voleur de femme.

— Je tiens juste à te préciser, encore une fois, que lorsque je l'ai rencontrée, elle n'était déjà plus avec toi.

— Mais sans toi, elle serait revenue, non ? Alors, c'est du pareil au même.

Bill, ou plutôt de son vrai nom Bob Whitmore, avait 48 ans. Producteur à succès, 1m75, cheveux gris et petite moustache à la Clark Gable. Il avait un petit ventre et la bedaine de la quarantaine. C'était le nouvel homme de Pénélope et donc, par définition, l'homme qu'il détestait le plus au monde. À chacune de leur rencontre, Tristan prenait un malin plaisir à lui rendre la vie impossible. Bob, lui, le supportait tant bien que mal. Il le trouvait arrogant, prétentieux et sans aucun intérêt. Comment Pénélope avait-elle pu épouser ce genre de personnage ? Tout autre homme que lui aurait eu droit à un autre traitement, mais il était le père des enfants de Pénélope et à ce titre, il se contenait. Elle tenait à ce qu'ils s'entendent bien, alors il faisait des efforts pour elle. Le problème, c'était qu'il était le seul à le faire.

— Bob. Je m'appelle Bob. Trois petites lettres ! Tu devrais pouvoir t'en souvenir.

— Eh bien, je trouve que Bill te va mieux. Quatre grosses lettres au lieu de trois petites vont mieux à ta silhouette. Tu as encore grossi, non ?

Bill prit une longue respiration et répondit :

— Pourquoi faut-il, que tu sois toujours aussi désagréable ? Parfois, j'ai envie de te mettre mon poing dans la figure.

— J'aimerais bien voir ça ! Mais pour cela, faudrait que tu aies des couilles.

— Je sais très bien ce que tu cherches à faire et je ne te ferai pas ce plaisir. Pas ce soir.

— Dégonflé !

— Je te trouve aigri, méchant et vieilli. Un conseil : pense à prendre soin de toi. Faudrait pas que les jeunettes avec qui tu sors, aient l'impression de sortir avec leur grand-père.

— Tu es devenu comique.

— Je m'adapte à mon public.

— En tout cas, je ne suis pas obligé de les payer, moi.

— Tu insinues quoi par-là ?

— Tu crois vraiment que Pénélope est avec toi pour tes beaux yeux ? Regarde-toi dans la glace mon vieux ! Même, toi, tu devrais comprendre.

— Tu n'es qu'un con prétentieux Tristan. Faut te réveiller, mec. Ça fait deux ans et elle n'est toujours pas revenue. Quand est-ce que tu vas comprendre que c'est fini ? En attendant, c'est moi qui couche avec elle et ce n'est pas près de changer. Crois-moi !

— D'après ce que je sais, tu serais plus du genre à dormir qu'à coucher.

Bob s'apprêtait à se jeter sur Tristan, lorsque Pénélope fît son apparition, interrompant ainsi leur discussion.

Tout en descendant l'escalier, elle regardait Tristan. Elle le trouvait beau dans son costume. Il était même encore plus charmant depuis qu'il avait les tempes grisonnantes. Pénélope était issue d'une bonne famille. Elle avait reçu une éducation stricte, forgée en grande partie dans les établissements catholiques qu'elle avait côtoyés. Lorsqu'ils se rencontrèrent durant un dîner entre amis, elle avait été complètement sous le charme de cet homme. Il n'y avait pas eu de coup de foudre, du moins, pas de son côté. Il avait ce quelque chose, que les autres n'avaient pas. Il était comme un phare en pleine mer. En société, il attirait les regards et les intérêts avec ses conversations non conventionnelles, et puis, il était drôle, sarcastique. Comme souvent, ce qui vous attire le plus, peut également avec le temps, l'habitude, les années, devenir agaçant et insupportable. Elle l'avait finalement épousé malgré les réticences de sa famille et ils avaient eu deux merveilleux enfants. Elle l'avait aimé au-delà du raisonnable. C'était l'homme le plus intelligent qu'elle ait rencontré, et elle en avait rencontré du monde, depuis qu'elle était avec Bob.

Elle était loin d'être idiote elle aussi, mais il existait un fossé entre eux. Lorsqu'elle remarquait dans ses yeux, dans son souffle qu'il prenait sur lui pour lui expliquer à nouveau… Qu'à ce moment-là, il agissait avec elle, comme avec un enfant et qu'elle s'en apercevait. Tout le monde connaît Einstein, mais personne ne pense à sa femme. Pourtant la vie avec un homme tel que lui ne devait pas être simple. Tristan n'avait aucune ambition. Il aurait pu réussir dans tout et ne se contentait que de peu. Elle, aussi, avait besoin de briller. Elle ne demandait pas à être un phare, juste une luciole dans la nuit. Était-ce trop demander ? Avec Bob, elle avait tout cela. Elle se sentait son égal, importante. Il lui offrait cette exposition que

Tristan fuyait tant. Malgré tout, elle l'aimait encore, d'une autre manière, mais encore. Alors oui, elle était partie et elle lui avait brisé le cœur. Mais elle n'était pas partie pour un autre, juste pour elle, pour exister. Maintenant, elle était passée à autre chose. Malgré les demandes en mariage répétées, elle avait toujours jusque-là refusé par respect envers Tristan. C'était comme si elle avait du mal à mettre un point final à leur histoire. Pourtant il le fallait bien. La patience de Bob avait ses limites et puis il lui fallait s'engager pleinement dans cette autre vie.

Pénélope continuait de descendre le grand escalier. Tristan n'avait d'yeux que pour elle. C'était comme s'il assistait en rêve au tournage d'un film de cinéma. La scène tournée au ralenti soulignait l'élégance et la prestance de l'actrice. Quant au travelling avant et le gros plan, ne laissait aucun doute sur l'importance du personnage dans l'histoire. Tristan savait bien que ce film n'était rien d'autre que celui de sa vie et cette actrice, la femme de son cœur. Blonde, aux yeux marron, une silhouette parfaite, grande, mince et toujours aussi jolie. Elle portait avec élégance un tailleur bleu ciel. Son regard se porta ensuite sur ses yeux, d'un bleu si profond, que Tristan ne demandait qu'une chose, s'y plonger pour ne plus jamais remonter. Il l'aimait malgré tout ce qu'elle lui avait fait subir.

Malgré la présence d'un autre. Rien de raisonnable dans tout cela, juste un l'amour inconditionnel. Encore, toujours, c'était plus fort que lui, après tout, tant pis.

Au début, il avait tout fait pour l'oublier, sans succès. Puis il s'était mis en tête de la reconquérir, en vain. Enfin, elle avait rencontré Bob. Alors il s'était mis à le haïr. C'était tellement plus commode de s'en prendre à un inconnu. Au bout d'un moment, il aurait pu, il aurait dû comprendre, mais contre toute attente, il s'était entêté. C'était comme s'il avait pris une voie à sens unique, sans intersection ni détour, sans aucun moyen de faire machine arrière. Il roulait, encore et toujours sur ce chemin, espérant toujours trouver un endroit où s'arrêter, un lieu où tout recommencer.

3.   Le Dîner.

Pénélope, une fois arrivée au bas des marches, s'adressa aux deux hommes :

— Ça va ? Vous en faites une drôle de tête !

Les deux hommes répondirent en choeur que tout allait pour le mieux.

Ce n'était pas la première fois que Pénélope ressentait une gêne entre eux. Mais elle l'attribuait au fait qu'il n'était jamais simple à un ex de côtoyer son successeur.

— Tristan, mon chéri.

Tristan se tourna vers Bob, et tout en articulant les mots : « Mon chéri », lui adressa un clin d'œil.

Celui-ci, avec dédain, fît demi-tour sur lui-même, et alla rejoindre le salon, laissant Pénélope et Tristan seuls.

— Ma chérie, tu es… Waouh. Époustouflante, aussi belle que lors de notre première rencontre. Et ce tailleur te sied à merveille. Dommage que tu n'aies pas le même goût pour les hommes.

— Que de compliments ! Merci. N'oublie pas que c'est grâce à ce même goût, que je t'ai choisi !

— Touché. J'avais juste l'impression que tu avais meilleur goût avant.

— Rassure-toi, rien n'a changé. D'ailleurs, toi non plus. Tu es toujours le même. Un gentleman, qui sait parler aux femmes. Trêve de gentillesses. Je sais que tu devais manger avec les enfants sur le bateau et que je m'y prends un peu tard, mais j'aimerais que nous dînions tous ensemble ce soir. Tu veux bien faire cela pour moi ?

— Madame demande et je m'exécute.

— Alors c'est d'accord. Vous devez lever les amarres vers 22H30, je crois. Alors, si l'on s'y met maintenant, vous pourrez partir à temps.

Celle qui voulait être Phoenix

— Tu ne te trompes pas, c'est bien vers 22H30. Laisse-moi juste une minute afin de prévenir le capitaine et je suis tout à toi.

Tristan était en pleine conversation avec le capitaine lorsque les enfants dévalèrent à leur tour le grand escalier.

— Papa ! Papa !

La petite Sarah, 9 ans fut la première à se ruer sur son père. Une fois arrivée jusqu'à lui, elle lui sauta littéralement dans les bras. Elle était le portrait craché de sa maman, le même petit nez retroussé, le même regard. Pénélope avait dû anticiper sa réponse, car Sarah portait une splendide petite robe du soir rose avec un magnifique nœud blanc. Parfaite pour une soirée de gala, mais complètement inappropriée pour le bateau. Elle le serrait si fort, qu'il en avait les larmes aux yeux. Elle sentait bon, sa peau était si douce. Elle lui avait tellement manqué. Le week-end tant attendu était enfin là, deux longues journées avec ses enfants, il n'avait qu'une hâte, partir et en profiter.

— Papa, tu es là mon papa chéri. Tu as vu ma nouvelle robe. C'est Bob qui me l'a achetée.

— Elle est très belle, ta robe, mais elle n'est pas aussi jolie que toi.

— Merci, papa. Toi aussi tu es beau.

Celle qui voulait être Phoenix

— Merci, ma chérie.

— Bonsoir père.

Dan était maintenant un bel adolescent de tout juste 16 ans. Châtain, à la silhouette élancée et avec quelques boutons sur le front. Il ressemblait aussi beaucoup à sa mère, à part ses yeux marron, qui eux étaient ceux de son père. Il était du genre réservé. Il passait la plupart de son temps sur son ordinateur, à chatter ou à jouer aux jeux de rôle. C'était lui, qui avait le plus souffert de la séparation de ses parents. Il avait pris au pied de la lettre les explications de Tristan et depuis la communication était devenue difficile entre eux. Il était encore à un âge, où tout est soit blanc ou noir, sans nuances. Il ne pouvait pas encore comprendre que rien n'est simple dans le monde des adultes. Qu'il n'y a pas toujours un innocent et un fautif. Et puis, comment lui expliquer une chose, que même son père ne comprenait pas ? Il lui était bien plus facile de croire, que son père était le seul et unique responsable.

— Bonjour mon garçon. Tu as encore grandi non ?

— C'est un des nombreux avantages à ne pas se voir tous les jours, père. Toi, par contre, il y a du changement ! Pas de jeunes filles de mon âge à ton bras, ce soir ?

— Cela suffit, Dan. C'est ton père et tu lui dois le respect. Tu ne le vois déjà pas beaucoup, alors je souhaite que le peu de temps où vous vous voyez, vous le passiez sans vous chamailler. Je suis navrée, Tristan.

— Tu n'as pas à t'excuser pour lui. Il est jeune, il finira par comprendre.

— Je suis peut-être jeune, mais je ne suis pas idiot et je n'ai besoin de personne pour m'aider à comprendre.

Pénélope se dit qu'il était temps de mettre fin à cette conversation.

— Personne n'a dit cela Dan. Passons à table, cela fera du bien à tout le monde.

La petite Sarah toujours dans les bras de son père demanda :

— On mange quoi maman ? Quelque chose de bon, j'espère ?

— Tu le verras bien, ne sois pas impatiente. Je ne te dis rien, mais cela va te plaire, ma chérie.

Avec tout ça, Pénélope n'avait toujours pas dit bonjour à Tristan. Elle s'approcha de lui pour lui faire la bise. Lorsque ces lèvres touchèrent sa peau et qu'elle sentit son parfum, lui vint immédiatement le souvenir des baisers qu'ils s'échangeaient autrefois. Il lui arrivait de penser à lui, de regretter la complicité qu'ils avaient et puis au lit il était… Elle reprit son souffle. Elle se dit que c'était normal, c'était le père de ses enfants et qu'à ce titre, il aurait toujours une place spéciale dans son cœur.

Elle savait qu'elle allait à nouveau le faire souffrir. Cela la terrorisait, mais c'était inévitable. Elle avait fait son possible pour retarder l'échéance, mais elle se devait d'aller de l'avant.

Bob était l'homme, qu'il lui fallait, elle en était persuadée. Il était à la tête d'une société de production prospère, voyageait aux quatre coins du pays et déjeunait très souvent avec des célébrités. Ces mêmes célébrités qu'elle avait l'habitude de voir à la télévision, maintenant elle les recevait à sa table. Depuis qu'ils vivaient ensemble, sa vie s'apparentait à un conte de fées. Elle avait tout ce qu'elle désirait, et Bob était très épris d'elle. Cela lui faisait du bien de se sentir soutenue, utile, aimée. Jamais, elle ne s'était sentie inférieure avec lui. Elle savait également qu'il ne lui ferait aucun mal. Ce confort financier ne lui était pas indispensable, mais lui était bien agréable et puis elle pouvait toujours compter sur lui. Ce qui n'avait pas toujours été le cas avec Tristan. Il était moins brillant que Tristan et certainement moins séduisant. Mais lui au moins exploitait au mieux ces capacités et n'avait pas peur d'entreprendre. Avec Bob, elle se sentait vivre, exister.

— Allez tous à table ! Les enfants, asseyez-vous, s'il vous plaît. Merci.

Une fois, tous assis, Selena la servante des Whitmore, 65 ans, 1m60 et bien portante fit son apparition avec les entrées.

— Selena, vous n'avez pas changé depuis ma dernière venue, toujours aussi coquette. Je suis sûr qu'on va se régaler comme toujours avec vous.

— Et vous, Mr Chapman, vous êtes comme toujours aussi gentil. Ne vous inquiétez pas, j'ai pensé à vous pour le repas.

— Eh bien, même vous, Selena ! Tu vois Bill, toutes les femmes de cette maison pensent à moi.

— Je suis persuadé, que la maman de Selena aussi. Elle est venue l'aider ce soir. Si tu veux, je te la présenterai à la fin du repas. Cela te changera des midinettes habituelles.

— Ça suffit les garçons, pas aujourd'hui. Je n'aime pas les combats de coqs. Selena, vous pouvez servir s'il vous plaît. Merci.

— J'ai accepté l'invitation, mais, si je ne suis pas le bienvenu, je peux partir.

Celle qui voulait être Phoenix

Pénélope jeta un regard noir vers Bill.

— Tristan, tu seras toujours le bienvenu ici. Bill, je te demande de t'excuser auprès de Tristan. Il est notre invité. Soyons de bons hôtes.

Bill compris au ton de sa voix, qu'elle ne plaisantait pas. Et qu'il valait mieux s'excuser, s'il ne voulait pas passer quelques nuits sur le canapé.

— Tristan, désolé si je t'ai offensé. Ce n'était pas mon intention surtout en cette soirée, si importante pour nous.

Tristan comprit tout d'un coup ce qui allait arriver, mais il ne pouvait plus rien y faire. Il pensa à trois possibilités différentes et aucune ne lui plaisait. La première était qu'ils allaient déménager dans une autre ville, loin de lui. La deuxième, qui ne l'enchantait guère plus était que Pénélope était enceinte. Et la dernière, la pire de toutes, qu'ils allaient se marier. En y réfléchissant bien, elle pouvait très bien lui annoncer être enceinte et vouloir se marier. Si cela se révélait exact alors il préférait encore qu'elle déménage également...

— C'est quoi maman ? J'ai faim, moi, dis la petite Sarah.

Dan tout en regardant son père droit dans les yeux répondit à sa petite sœur : « Il se passe Sarah, que maman et Bill s'aiment, et vont se marier. Nous allons avoir un nouveau papa. C'est bien ça, maman ? »

— Dan, ça suffit ! Tu n'as qu'un seul père et cela ne changera jamais. Tristan, je suis désolée. Je ne voulais pas que cela se passe comme ça. Je voulais te le dire moi-même avec mes mots. Pardonne à ton fils.

Tristan n'écoutait déjà plus. Le petit garçon abandonné par ses parents refaisait surface. Après sa mort, celui qui n'avait rien fait de sa vie, croyait qu'il resterait une part de lui, sa famille. Et voilà qu'elle ne voulait plus de lui non plus. Il se devait de réagir, de tout faire pour les garder, mais si vraiment ses enfants étaient plus heureux avec Bob. Le sacrifice n'était-il pas la plus grande preuve d'amour ? Et il les aimait tellement. Il aurait pu répondre à Pénélope par une pirouette, comme il savait si bien le faire. Les féliciter, dire qu'il était heureux pour eux. Mentir. Mais il n'en avait pas envie, pas ce soir. Sans vraiment y penser, il se leva et, sans un mot, il se dirigea vers la sortie.

« Maman, pourquoi Papa s'en va sans nous ? » dit la petite.

— Ce n'est rien. Papa va revenir, ma chérie.

Elle sera alors fort sa fille dans ses bras, lui répétant « Il va revenir », comme pour se rassurer.

Celle qui voulait être Phoenix

Anesthésiée par la brutalité avec laquelle son fils avait annoncé la nouvelle, elle se trouvait toujours là accroupie avec sa fille. Elle se devait de réagir, de faire quelque chose. Sa première réaction fût de penser à sermonner sévèrement son fils, mais le plus important était de parler à Tristan. Elle se précipita dehors, mais celui-ci était déjà parvenu à sa voiture et démarrait en trombe. Son estomac se noua. Son cœur battait la chamade. Elle avait le souffle court en voyant la voiture s'éloigner. Elle avait un mauvais pressentiment. Elle s'était bien dit qu'il allait être touché par la nouvelle, mais elle ne s'attendait pas à ça. Elle avait justement décidé de cette date, car elle comptait sur le week-end, qu'il allait passer avec ses enfants pour faire passer la nouvelle. Tristan avait peut-être des défauts, mais c'était un bon père. Depuis leur séparation, elle avait assisté impuissante à la détérioration des relations avec Dan. Elle avait tout fait pour lui expliquer que ce n'était la faute de personne. Que ces choses-là arrivent. Mais rien n'y faisait, Dan avait besoin d'en vouloir à quelqu'un. Elle s'était dit qu'avec le temps, cela lui passerait. Mais là, ce qu'il venait de faire était inadmissible. C'était à elle, de lui dire, et à sa manière. Elle se décida à envoyer Bob à sa recherche.

— Je t'en prie Bob, va le chercher. J'ai peur qu'il ne fasse une bêtise. Et toi, Dan, monte dans ta chambre. Je préfère ne pas te parler ce soir, car j'ai peur de regretter mes paroles.

— Tu es sérieuse. Il n'est pas croyable. Il a encore réussi à ruiner notre soirée et c'est encore à moi d'aller le retrouver !

Dan, tout en montant les escaliers, déclara : « Il s'y fera, comme nous tous d'ailleurs. »

Celle qui voulait être Phoenix

4. La fin

Tristan roulait, toujours et encore. Sans but, ne sachant où aller. Il avançait, l'esprit vagabondant dans son passé. Des images de sa vie, avec Pénélope et les enfants, des moments heureux à quatre passaient dans sa tête inlassablement. Chaque naissance avait été pour lui un moment unique et mémorable. Tenir dans ses mains pour la première fois, un être frêle et se dire qu'il en serait responsable pour sa vie entière. Cette responsabilité semblait en cette soirée n'appartenir plus qu'au passé. Il pensa alors à son avenir sans eux. Ce fut, le néant qui l'envahit. Savaient-ils à quel point il les aimait ? De la manière dont son fils lui avait parlé, il se dit qu'il avait également échoué sur ce point.

Celle qui voulait être Phoenix

La musique de l'autoradio, tout comme les appels sur son téléphone ne semblaient pas le sortir de sa torpeur. À un coin de rue, il faillit même écraser une jeune fille en jogging. Un autre jour, il se serait posé la question sur la présence d'une joggeuse dans un quartier pareil. Il aurait même été étonné par son aspect, disons, différent, mais pas ce soir-là. Sa voiture déboucha alors sur le pont Nord, celui qui traversait l'estuaire. Il se rappela avoir vu un documentaire sur ce pont. On y disait que c'était le lieu où l'on dénombrait le plus de suicides de la ville. Il s'était même demandé pourquoi là, plutôt qu'ailleurs. Il arrêta sa voiture au milieu du pont, descendit, monta sur le petit trottoir et regarda au loin. La vue y était magnifique. On voyait la mer, on devinait les eaux douces et salées, se mélanger, c'était apaisant. Il comprit alors pourquoi tous ces gens avaient choisi ce lieu. Il décida alors de monter sur le parapet en se tenant à un des filins. Là en équilibre, tous ses sens revinrent. Il sentit à nouveau le vent, et la bruine qui ruisselaient sur son visage. Que c'était doux et paisible ! S'il sautait maintenant. Il emporterait cette douceur avec lui et il n'aurait plus mal. Il écarta les bras et des larmes coulèrent le long de son visage.

— Mes enfants, je vous aime. Pardonnez-moi.

5.   Kachenko.

On était vendredi, aux alentours de 23 heures. La nuit était claire et une jeune fille attendait près d'un pressing. On aurait pu croire qu'il s'agissait d'une adolescente, mais en y regardant de plus près, ce n'était pas le cas. Arrivée en courant un peu plus tôt, écouteurs dans les oreilles, musique à fond, elle s'était arrêtée pour reprendre son souffle comme n'importe quelle joggeuse. Mais depuis son arrêt, elle fumait cigarette sur cigarette. Pas vraiment, le comportement d'une sportive. De plus, elle ressemblait à ces filles gothiques, que l'on croise parfois à la sortie des écoles. Menue, pas très grande, de longs cheveux noirs et çà et là, des tatouages d'inspiration gothique. Une croix celtique à son bras droit et une multitude de piercings : Deux à chaque oreille et un au sourcil droit. Son accoutrement était bien étrange pour une coureuse. Elle portait un sweat noir et sa capuche était parsemée de clous qui couraient en ligne droite de la base jusqu'à son sommet, formant une crête. Une chaîne parcourait son torse reliant les deux épaules sur le devant. Le bas était plus classique. Un pantalon de jogging noir avec, comme motif, un squelette de couleur gris à la jambe droite. Aux mains, à l'index gauche, une bague en forme de crâne et des mitaines noires. Enfin, aux pieds, une paire de baskets blanche, classique, qui contrastait avec l'ensemble. Le style était peu commun et changeait un peu de celui du joggeur habituel. Elle semblait attendre quelque chose. Pourtant le quartier n'était pas le plus sûr de la ville et l'horaire tardif n'arrangeait pas les choses. Elle semblait consulter compulsivement sa montre. Ou bien un de ces gadgets connectés qui vous indiquent votre rythme cardiaque, le temps passé à courir, la distance et le nombre de calories dépensées. Au bout de plusieurs minutes, la voilà qui remet ses écouteurs, saisit son iPod et sélectionne un morceau de heavy métal. À haute voix, comme pour se motiver, elle se dit : « Allez, ma petite. Faut y aller ».

La voilà qui repart, se lançant dans une course effrénée le long du trottoir. À l'angle de la rue, elle manque de se faire renverser par une voiture, une BMW, un de ces gros 4x4. La musique de ses écouteurs, sa concentration sur sa course ne lui avait pas permis de la voir venir. Elle avait eu chaud, à un mètre près, elle y passait. Pourtant les deux protagonistes continuèrent leurs chemins sans un mot, ni un geste, l'un envers l'autre. C'était une drôle de scène à laquelle quelques passants présents ce soir-là assistèrent. L'un d'eux finit même par dire :

— Ces jeunes gens, tous des inconscients avec leur musique. Ils finiront tous sourds.

Elle continua à avancer, malgré le vent qui lui fouettait le visage. Ses traits beaux et fins dénotaient de la grossièreté du reste de sa personnalité. Ses yeux et ses paupières noirs, son petit nez retroussé, sa petite bouche pulpeuse faisaient penser à une enfant. En ne considérant que son visage, elle était même plutôt jolie. Son regard montrait une intensité peu commune si on le croisait : dur, fixe, il faisait baisser les yeux à nombre de personne. On sentait en elle, un caractère ainsi qu'une certaine force intérieure. Elle arrivait maintenant dans une rue annexe avec en ligne de mire un porche avec de grandes colonnes style gréco-romaines. Ce porche constituait, l'entrée de service du « Palace des nuits ». Cette boite de nuit très prisée connaissait un formidable essor depuis qu'elle avait été reprise par un certain Kachenko.

Cette issue était éclairée par une seule lampe, style lampion, diffusant une lumière tamisée, voire glauque. C'était l'entrée et la sortie la plus discrète de l'établissement, car elle donnait sur une petite rue peu fréquentée. À ce moment précis, la porte s'ouvrit et trois hommes en sortirent. Les deux premiers étaient de vrais colosses, deux mètres au moins et pas loin des cent dix kilos chacun, le troisième était de même poids, mais beaucoup plus petit et vieux. La première chose qui attira leur attention fut la musique de heavy métal, qui semblait émaner des écouteurs. Et puis cette frêle silhouette qui arrivait droit sur eux en courant. C'était inhabituel, pour ne pas dire unique, car ils n'avaient jamais vu de joggeur dans ce quartier. Une main glissée à l'intérieur de leurs vestes, en contact avec leurs révolvers, ils s'arrêtèrent, prêts à tout. Le joggeur, tête baissée, continuait sa course sans broncher. Igor se devait d'analyser la menace potentielle. Deux choix s'offraient à lui : battre en retraite, repartir vers la porte, ou alors continuer à avancer. En tant que chef de la sécurité, c'était à lui qu'incombait cette décision. Il regarda plus attentivement la menace et s'aperçut que c'était une fille, vêtue étrangement certes, mais une fille.

Celle qui voulait être Phoenix

« Encore une de ces tarées gothiques » se dit-il : « Elle a dû se perdre cette imbécile ». Il retira alors la main de sa veste et fît signe à l'autre garde d'avancer. Le petit groupe reprit sa marche.

Igor, ancien commando, adepte aguerri du Sambo, technique d'autodéfense russe n'était pas homme à se laisser intimider facilement, encore moins par une femme. Ce n'était pas le genre de chef à se planquer, il aimait être aux avant-postes. Bien bâti, puissant, ce gaillard de l'Oural ne semblait pas craindre grand-chose. Néanmoins, elle semblait s'obstiner à venir vers eux, et même, à leur couper la route vers la voiture. Inimaginable pour Igor, qui décida de l'intercepter bras droit tendu en avant, les jambes écartées bien ancrées au sol, opposant ainsi tout son corps. C'est à ce moment-là que la joggeuse leva la tête et que leurs regards se croisèrent. Igor comprit dès lors son erreur.

Le regard de cette fille le glaça jusqu'aux os. Il ne remarqua qu'ensuite qu'elle chantonnait un air étrange, qui n'avait rien à voir avec la musique qui sortait de ces écouteurs.

« Promenons-nous dans les bois pendant que le loup n'y est pas... »

Celle qui voulait être Phoenix

Ce conte, il y avait bien longtemps qu'il ne l'avait plus entendu. Cette capuche lui rappelait maintenant celle du petit chaperon rouge. Dans le conte, le loup déguisé mange le petit chaperon rouge. Mais pour la première fois, Igor eut la sensation de ne plus être le loup. Il voulut se saisir du colt 45, qu'il dissimulait sous sa veste, mais elle accéléra. À peine le touchait-il, qu'elle était déjà sur lui. Il s'attendit à l'impact, mais au contraire, elle disparut sous lui. Il voulut se retourner, mais ses jambes le lâchèrent. Elle avait glissé le long de la grille d'évacuation des eaux de pluie et lacéré en passant ses deux artères fémorales. Du sang coulait le long de ses jambes. Chaque battement de cœur voyait sa vie s'écouler hors de lui. Il se devait de réagir vite, s'il voulait s'en sortir. Il envisagea de se faire des garrots avec sa ceinture et sa cravate, mais c'était trop tard. Avec une seule artère, il aurait pu s'en sortir, mais là, c'était fichu. De plus, s'il réussissait, elle serait revenue le finir. C'était en tout cas, ce qu'il ferait. Alors il se dit que ce n'était pas si mal de mourir ainsi. La mort avait toujours fait partie de sa vie, il en avait fait son métier. Il la côtoyait depuis longtemps déjà : souvent violente, rarement douce. Elle faisait partie du jeu et les règles étaient claires : vivre ou mourir. Il en avait vu de gros durs, devenir de vraies chochottes, le moment venu. Il s'était demandé si lui, à l'heure venue, saurait garder sa dignité. Sa vie continuait de le quitter lentement, l'engourdissement le gagnait. Il aurait pu se saisir de son arme et faire feu. Mais, ce qu'il voyait l'hypnotisait. Comme le serpent avec son charmeur, il n'arrivait pas à la quitter des yeux. C'est à ce moment-là qu'il comprit ce que son patron avait vainement tenté pendant des années de lui inculquer : la beauté de l'Opéra. Il ne savait pas d'où cela venait, en tout cas cela n'avait rien avoir avec la musique de taré qui sortait des écouteurs. Il entendit une musique, de la vraie musique, d'abord douce, puis de plus en plus forte, envahissant sa tête. Même si cela était sûrement dû au manque d'oxygénation, il s'en fichait. C'était un air d'opéra, le « Flower Duet de lakmé ». Il l'avait écouté durant des heures, forcé par son patron, fan inconditionnel, et il n'avait jamais rien éprouvé. Mais là, les voix des deux chanteuses emplissaient sa tête, l'enivraient. Chaque note de musique prenait enfin son sens. Elles jaillissaient, créant une émotion qu'il ne pouvait pas décrire. C'était beau au point de pleurer. C'était donc cela, la mort. Son regard hagard se posa sur sa meurtrière. Il assistait impuissant au combat que menait son compagnon d'armes avec cette inconnue. Après s'être glissée sous lui, elle avait envoyé un de ses couteaux sur la main droite du deuxième garde. Celui-ci avait lâché son pistolet, qui tomba au sol. Elle était souple, efficace, entrainée et sa stratégie parfaite. Elle avait commencé par l'éliminer, lui, le chef, puis elle avait coupé toute retraite et renfort possible en se positionnant devant la porte. En posant un genou au sol, le deuxième garde voulut saisir le pistolet tombé avec sa main restante. Elle s'élança alors vers lui. Avec l'élan, elle monta le long du mur et lui retomba sur le dos. Le garde essaya de se relever, mais elle lui asséna un coup de pied derrière le genou et celui-ci retomba à terre. De ses deux bras, elle lui fit une clé autour du cou et c'en était fini de lui. Il s'effondra au bout d'un moment.

Tout cela sans un coup de feu tiré. À présent, le troisième homme essayait de prendre la fuite. Il reçut le deuxième couteau, derrière la cuisse droite et tomba au sol. Cette troisième personne n'était autre que Vladimir Kachenko lui-même. Il était gros et après son effort, il haletait. Lui, le mafieux qui terrorisait tout le monde transpirait de peur.

Elle le retourna tout en saisissant le couteau planté au dos de sa jambe.

— Tu sais qui je suis ? Je suis Vladimir Kachenko. Chef de la mafia russe de toute cette saloperie de ville. Si tu me fais du mal. On te tuera, toi, ta famille et tous tes amis.

— Je n'ai ni famille ni amis lui répondit la jeune femme.

— Que veux-tu ? De l'argent ? Pas de problème. Je suis prêt à doubler le montant pour lequel tu as été engagée. Donne-moi les noms des commanditaires et je jure de les buter, tous ces bâtards.

— Tu l'as déjà tuée.

Elle le poignarda alors entre les côtes, jusqu'au foie, provoquant une hémorragie interne fatale, mais lente.

— Aah, Salope ! Pourquoi ? J'en ai tué des gens. Comment veux-tu que je devine !

Elle se pencha alors sur lui et lui marmonna à l'oreille : « Tatiana ».

— Sale pute ! Mon fils, va te retrouver et te découper lentement en morceaux. Tu vas mourir et je te maudis.

— Je suis déjà morte.

Elle se pencha sur lui comme pour l'embrasser. Lentement, le visage près du sien, le regardant droit dans les yeux, avec le couteau, qu'elle tenait en main, elle appuya sur sa poitrine.

— Je viens de te perforer un poumon. Dès que j'aurai retiré la lame, il va se remplir et tu vas te noyer dans ton propre sang.

— Arrête ! Écoute. Il n'est pas trop tard. Emmène-moi à l'hôpital et je te jure de ne pas te faire de mal.

— Tatiana aussi a dû te supplier d'arrêter. Combien de personnes t'ont supplié en vain ?

— Je ne te supplie pas, et je ne te supplierai jamais. Je sais ce que je suis et j'ai accepté depuis longtemps de ne pas mourir dans mon lit. Si ma vie doit s'achever ainsi, alors soit. Je connais les gens, et toi tu n'es pas comme moi. Petite, tu n'es pas de taille. Tu joues un rôle trop grand pour toi.

— Je suis le petit chaperon rouge, et je tue les loups comme toi.

— Va au diable ! Toi et cette pute de Tatiana. Mais enfin qui es-tu ?

...

— Je suis Hanna.

6.   Le pont

Hanna ne pouvait se permettre de rester là trop longtemps. À tout moment, quelqu'un pouvait franchir la porte et la surprendre. Elle devait se dépêcher et partir au plus vite.

Tout en le regardant, doucement, lentement, elle retira le couteau. Kachenko poussa un cri et sentit le sang remplir sa cage thoracique. Il se mit à tousser, et du sang coula le long de ses lèvres. C'est alors qu'Hanna récupéra le deuxième couteau. Elle se leva et se mit à courir.

Elle avait fait consciencieusement ses devoirs durant les semaines passées. Elle avait suivi sa proie afin de connaître ses habitudes, ses allées et venues, ses horaires. Elle avait ainsi déterminé le meilleur moment et endroit pour passer à l'action.

Elle avait été jusqu'à consulter les plans des rues et des bâtiments à la bibliothèque de la ville. Tout avait été pensé, réfléchi. Même l'élaboration de deux plans de fuite. Le deuxième ne devant servir qu'en cas de complications et d'éventuelles poursuites. Elle avait pensé à tout, du moins elle l'espérait, car avec ces gens-là, elle n'avait pas le droit à l'erreur. Vu que tout se déroulait sans accrocs, elle se décida pour le plan A. Celui-ci consistait à prendre la rue d'en face, tourner sur sa gauche et ensuite se diriger vers la station de métro la plus proche. C'est à ce moment-là que deux hommes sortirent de la boite de nuit, des hommes de main de Kachenko. Alexey, le premier homme se porta immédiatement à son niveau. Il ne put que constater la mort de ses deux camarades et les graves blessures de Kachenko. Celui-ci, la bouche pleine de sang ne pouvant articuler un seul son, dans un dernier effort, tendit la main en direction de la joggeuse.

— Hé vous là-bas. Arrêtez !

La joggeuse se retourna brièvement, mais au lieu de s'arrêter, elle accéléra.

— Dimitri prévient les secours. Appelle Andreï et envoie-moi du monde. Je pars à sa poursuite.

— Andreï va nous tuer !

Celle qui voulait être Phoenix

— Ce n'est pas le moment Dimitri. Va !

— D'accord.

Au bout de la ruelle, Hanna qui avait ralenti pour ne pas attirer l'attention, se retourna afin de voir si elle était toujours suivie. Elle aperçut au loin Alexey, qui gagnait du terrain. Elle accéléra alors sa course et se dit : « Pas de panique, ma fille. Tu savais que cela pouvait arriver. Plan B, suivre le plan, rien que le plan ».

Une fois à l'angle de la rue, au lieu d'aller sur sa gauche elle tourna à droite, fit une quinzaine de mètres et alla directement jusqu'au porche le plus proche. Là, elle se précipita sur le digicode de l'entrée, composa le code, et entra. Elle referma immédiatement la porte en prenant soin de ne pas faire de bruit. Son poursuivant allait débouler dans la rue et devait se demander où elle était passée. Cela devait lui donner assez de temps pour la suite. La discrétion était primordiale. Elle attendit quelques secondes près de la porte retenant son souffle, le cœur battant, écoutant le moindre bruit provenant de la rue. Tout d'abord des pas de course, puis des pas de marche et puis plus rien. De longues, longues secondes sans aucun bruit. Son poursuivant s'était arrêté et cherchait à la localiser.

Celle qui voulait être Phoenix

Doucement, le plus lentement possible, Hanna recula sur quelques pas puis se retourna et se dirigea vers la porte qui se trouvait au bout de la cour intérieure. Elle sortit de sa poche un trousseau de clés, parmi les quatre, elle saisit celle qui portait le nombre 1.

« Ne fais pas de bruit, surtout ne grince pas. » Avec d'infinies précautions, elle ouvrit la porte, prenant bien soin de la refermer à clé. Elle descendit ensuite l'escalier et une fois en bas, se croyant en relative sécurité, elle reprit sa respiration comme si elle avait été en apnée. Cet escalier débouchait devant un long et sombre tunnel. Celui-ci traversait la rue perpendiculairement et donnait accès quelques rues plus loin aux quais. C'était en consultant les plans de la ville qu'elle avait trouvée ce tunnel. Celui-ci avait servi quelques siècles plus tôt aux contrebandiers.

Quand Alexey arriva au coin de la rue, il ne vit personne. La rue était vide et aucun bruit, aucun indice ne venait le renseigner. La joggeuse avait dû entrer dans un des bâtiments, mais lequel ? Il entreprit, alors, de vérifier toutes les portes. Rien, elles étaient toutes fermées et comportaient un accès par digicode. Il allait devoir attendre des renforts pour entrer dans chacune d'elles et fouiller tous les appartements. Mais dès à présent, il était déjà sûr de ne rien trouver. C'était une professionnelle, elle avait méticuleusement préparé son coup, et sa fuite. Le temps de tout fouiller, elle serait loin. Tout au plus espérait-il trouver des indices sur cette fille, lui permettant de remonter jusqu'à elle.

Pendant ce temps-là, Hanna avançait dans le tunnel en se servant de son porte-clés torche. Une fois arrivée au bout, elle prit l'escalier sur sa gauche, ouvrit la porte avec la clé portant le nombre 2 et monta deux étages. Arrivée devant une nouvelle entrée, elle saisit à nouveau le trousseau de clés, prit celle portant le nombre 3 et entra dans ce qui semblait être une chaufferie. La veille, elle y avait placé un sac avec de quoi se changer. Mais ce n'était pas l'unique raison pour laquelle elle avait choisi ce lieu. Cette chaufferie possédait une chose qui la rendait importante à ses yeux, un incinérateur. Le meilleur moyen d'effacer tout indice. Après s'être changée et avoir mis toutes ses affaires à brûler, Hanna redescendit l'escalier, prenant soin de refermer les portes derrière elle. À nouveau dans le tunnel, elle avança jusqu'à son extrémité et ouvrit la dernière porte à l'aide de la dernière clé du trousseau portant, non pas le nombre 4, mais un smiley souriant.

La personne sortant de ce tunnel n'avait plus rien à voir avec la joggeuse gothique qui y était entrée. Habillée d'une petite robe noire, d'escarpins, ornée d'un chapeau à large bord et de lunettes noires, Hanna passait pour une lady.

À la sortie du tunnel, la vision qui s'offrait à elle, était exceptionnelle. Elle éprouva le besoin de regarder au loin la mer, restant là quelques instants, sans bouger, appréciant simplement la vue. Elle pensa à Tatiana, à ce qu'elle avait fait en sa mémoire, mais aucune satisfaction ne l'habitait. Elle se décida enfin à bouger. D'abord, elle se débarrassa des deux couteaux en les jetant dans l'eau, puis du trousseau et ensuite, elle monta vers la voie piétonnière qui longeait la route parcourant le pont. Elle se dit qu'une fois arrivée de l'autre côté du fleuve, elle serait à l'abri.

Sur la voie piétonnière, elle remarqua une voiture abandonnée sur le bas-côté, celle-là même qui avait failli la renverser un peu plus tôt. Ce n'est qu'en arrivant à son niveau qu'elle vit son propriétaire sur le parapet, prêt à se jeter dans le vide. Elle connaissait la réputation de ce pont, mais elle n'aurait jamais cru un jour assister elle-même à un tel spectacle. Elle se dit alors : pourquoi ne pas en profiter ? Rentrer en BMW serait quand même plus classe qu'en métro.

Celle qui voulait être Phoenix

Elle ouvrit la porte, sans un mot ni un regard pour l'homme sur le parapet. Elle entra dans la voiture et voulut mettre le contact, mais il n'y avait pas de clé.

Hanna se dit : « C'est bien ma chance, je tombe sur le seul suicidaire, qui veut se jeter à l'eau avec ses clés de voiture !!! »

Elle sortit et interpella l'homme sur le parapet.

— Hey, là-haut. Je pourrai avoir vos clés ?

L'homme sur le parapet se retourna alors et répondit : « Pourquoi ? »

— J'ai l'impression que là où vous allez, vous ne risquez pas d'en avoir besoin.

Cette réponse sensée perturba Tristan dans un premier temps, mais il se reprit.

— Qui vous dit que je ne suis pas juste en train d'admirer la vue.

Hanna remarqua alors ses joues mouillées et dit :

— Le paysage est magnifique. C'est à en pleurer, n'est-ce pas ?

Tristan s'essuya du revers de la main.

— Oui, c'est très beau, mais j'ai bien l'impression que vous êtes du genre à sauter vite aux conclusions.

Celle qui voulait être Phoenix

— Je suis observatrice.

— J'en doute.

— Très bien. Je dirai qu'au vu de la voiture, des chaussures à 500 dollars, du costume à 1500, la montre et les boutons de manchettes style d'Artagnan, tu ne manques pas d'argent. Tes mains ne ressemblent pas à celles d'un travailleur manuel. Tu es plutôt beau gosse, même si tu es trop vieux pour moi. Je dirai donc que tu es un de ces cons prétentieux de cadres supérieurs, travaillant dans une de ces compagnies High Tech du centre-ville.

— Bien joué. À moi. Malgré ton déguisement de lady, ne serais-tu pas plutôt une de ces jeunes filles, désœuvrées, adeptes de heavy métal ? Je penche pour une enfance difficile, parents à problèmes, ou, plus probablement, une orpheline élevée par des parents adoptifs incompétents. Le genre de fille asociale capable de voler une voiture sur un pont.

— En tout cas moi, je ne me fous pas en l'air pour une nana !

— Qui te dit que c'est à cause d'une femme ?

— Je me trompe ?

Celle qui voulait être Phoenix

— Écoute. On ne se connaît pas et j'ai l'impression qu'on est parti du mauvais pied. Je me présente, Tristan.

— Moi, c'est Phoenix.

— Enchanté, Phoenix. C'est original comme prénom.

— Tristan, par contre c'est à chier. Comment as-tu su pour le heavy métal et les parents adoptifs ?

— Facile avec tes piercings, ton tatouage style gothique et pour finir une lady ne tutoie jamais. J'ai donc fait un pari sur les parents adoptifs en me disant, qu'il faut en vouloir à la terre entière, et surtout à ses parents pour martyriser autant son corps. Pari gagnant à priori. Et toi ?

— Tu n'as aucun problème d'argent, car tu as encore ta montre. Les bijoux de cette valeur, c'est ce qui se vend le plus facilement en cas de problème. La grosse voiture, les fringues à pas de prix, l'air hautain, tu as tout du parfait petit connard du centre-ville. Tu es habitué à tout avoir c'est donc quelque chose qui t'a été refusé. L'amour d'une femme. J'ai donc pris le parti que tu étais hétéro, et ça, malgré tes boutons de manchettes.

— Qu'est-ce qu'ils ont, mes boutons de manchettes ?

Phoenix sourit simplement et ajouta :

— Ça te donne un air, disons, précieux.

— Madame ne manque pas d'humour.

— Monsieur n'a pas l'air très pressé de plonger.

— Et je ne suis pas vieux !

— Tu pourrais être mon père.

— Tu as quel âge ?

— 26.

— Eh bien non. Je viens tout juste d'avoir 40.

— Tout juste ! Non, mais je rêve. Alors ces clés, ça vient ? Je suis pressée.

— Si je te les donne, tu vas en faire quoi de ma voiture ?

— Laisse-moi réfléchir. La conduire !

Tristan se dit alors que, malgré sa souffrance, il avait peut-être surréagi à la nouvelle du mariage de Pénélope et Bob. Il se dit que s'il n'avait pas déjà sauté, c'était parce qu'il savait au fond de lui que c'était peut-être une erreur. Il regarda son téléphone toujours éteint. Sa famille devait être inquiète, mais il ne se sentait pas le courage de leur parler. Demain, il les appellerait, mais cette nuit, il n'avait qu'une envie, se changer les idées, s'amuser.

Celle qui voulait être Phoenix

— Je connais une route dans la montagne, très sympa. Si tu veux, on pourrait y aller.

— Ensemble ? Et pour ton rendez-vous avec la mer ?

Tristan prit une seconde, regarda au loin, puis dit :

— Il n'y a pas d'urgence, cela peut attendre.

Hanna, ou celle qui se laissait maintenant appeler Phoenix, toujours aussi pressée de quitter les lieux, s'empressa d'accepter la proposition.

— C'est moi qui conduis.

— D'accord, on va voir ce que t'as dans le ventre.

Elle le fixa et après une légère inspiration lui répondit.

— Aucun problème.

Celle qui voulait être Phoenix

7.   Première soirée

La nuit venait de tomber sur la montagne, et ils roulaient depuis un bon moment. Phoenix prenait plaisir à sortir tous les chevaux du moteur. On aurait dit une enfant dans un manège. Elle s'amusait. Plus le temps passait et plus Tristan était curieux à son sujet, mais chaque fois qu'il abordait sa vie privée, elle changeait de conversation et éludait la question. À présent, sa dernière lubie ne l'amusait plus du tout. Elle consistait à éteindre les phares avant le virage, et à les rallumer une fois celui-ci franchi. C'était comme une sorte de roulette russe à la voiture. Tristan se demandait, si elle se moquait de lui ou bien si elle était sérieuse. Après tout, il ne savait rien d'elle. Que faisait-elle sur ce pont ? Il y avait de quoi se poser la question. Elle y était peut-être venue pour la même chose que lui. Et là, s'il ne faisait rien, ils allaient y passer tous les deux. Il lui fallait intervenir, trouver un moyen d'arrêter ce jeu macabre, avant qu'il ne soit trop tard.

— J'ai faim. Si l'on dînait, c'est moi qui invite.

— Tu as peur ?

— Pas du tout, je trouve juste ce jeu ridicule.

— Plus que de sauter d'un pont ?

— Il faut un certain courage.

— Tu l'admets ?

— Je n'admets rien. Je trouve cela courageux.

— Courageux ! Le vrai courage, c'est de continuer, de ne jamais abandonner. C'est si facile de laisser tomber.

— Tu n'as aucune compassion pour les suicidaires ?

— Non.

— Et peu importe les raisons ?

— Peu importe.

— Donc me voilà jugé, condamné, et cela sans procès.

Phoenix, alors même que l'asphalte défilait devant elle, tourna la tête vers Tristan. Elle le dévisagea durant quelques secondes sans s'inquiéter de la route, puis elle se reprit avant de lui lancer.

— Où ça ?

— Où ça quoi ?

— Pour manger.

Tristan hésita une seconde.

— Si tu prends la prochaine à droite, à dix minutes d'ici, il y a un très bon restaurant.

— D'accord, mais d'abord, pourquoi voulais-tu te foutre en l'air ?

— J'admirais le paysage !

— Très bien. On va redescendre en ville et je m'arrêterai devant la première station de métro.

— Tu abandonnes facilement.

— Je n'aime pas perdre mon temps.

— Très bien, je vais tout te dire.

— Tu es désespéré à ce point ?

— Je ne veux pas être seul ce soir.

— Alors ?

— Maintenant !

— Admets-le, et on mange ensemble.

Il se passa une interminable minute avant que Tristan ne prononce à nouveau une parole. La tête baissée et le regard sur ses mains jointes, il répondit enfin.

— C'est bon. Je l'admets. T'es contente ?

Un silence s'instaura entre eux, si pesant, que Phoenix décida de le rompre.

— À partir de maintenant, ne me mens plus jamais.

Tristan lui jeta un coup d'œil et tout d'un coup, il en eut assez d'être traité comme un élève réprimandé par sa maitresse.

— Et toi ? Que faisais-tu sur ce pont, et à cette heure-là ?

— Je ne faisais que passer.

— C'est l'hôpital qui se fout de la charité.

— J'essaye de te préserver.

— T'inquiètes. Je peux encaisser.

— Tu veux vraiment savoir ?

— Oui.

— Tu en es vraiment, vraiment sûr ?

— Allez, accouche !

— Avant d'arriver sur ce pont, j'ai tué le patron de la mafia russe, ainsi que deux de ses gardes du corps.

— Très bien. Je vois et moi, je suis la reine d'Angleterre.

— J'étais sûre que tu ne me croirais pas.

— Et je présume que tu as fait tout ça, en robe et en escarpins. Tu me prends vraiment pour un imbécile. Tu me demandes la vérité, et en retour, tu te moques de moi.

— Je me suis changée, gros bêta.

— Avec ton mètre soixante et tes quoi ? 40 kilos. Tu veux me faire croire que tu as tué à toi seule, de sang-froid, trois personnes.

— Impressionnant ?

— Oui, impressionné par ton imagination. Allons manger. On ne sait jamais, une fois le ventre plein peut-être retrouveras-tu tes esprits ?

— Let's go papy.

— Ne m'appelle pas papy.

— Pourquoi ? T'es vieux non.

— D'abord, je ne suis pas vieux. Ensuite, ce n'est pas parce que je n'ai pas envie d'être seul ce soir, que je vais tout supporter.

Phoenix avait faim aussi et la promesse d'un bon repas ne tenait qu'à un peu de selfs contrôle de sa part.

— OK. Le resto ? Pizza ? Chinois ? J'adore le chinois.

— Alors là, pas du tout. Je t'emmène dans un vrai restaurant, un palace aux menus distingués.

— Distingué ? Classe, tu veux dire ?

— Voiturier, maître d'hôtel, caviste… le grand jeu. Ce soir, tu es mon invitée et c'est la fête. J'ai envie de tout oublier et de dépenser sans compter.

— Bonne idée. Je ne suis jamais allée dans ce genre de restaurant.

— Hé bien, on célèbrera ta première fois.

Lorsqu'ils arrivèrent au fameux restaurant, Phoenix fit beaucoup rire Tristan, quand elle ne voulut pas donner les clés au voiturier. Peu aimable et avec son air bourru, elle réussit à ce que celui-ci le prenne mal. Tristan arrangea le malentendu avec un bon pourboire. Une fois entré dans le restaurant, le maître d'hôtel vint les accueillir tout en dévisageant Phoenix.

— Madame, Monsieur Chapman, bienvenue chez nous. Avez-vous une réservation ?

Celle qui voulait être Phoenix

— Malheureusement non, Richard, mais peut-être pourriez-vous arranger cela.

En même temps qu'il finissait sa phrase, Tristan glissait un billet dans la main du maître d'hôtel.

— Je vais voir ce que je peux faire Monsieur. Si vous voulez bien attendre au bar, je reviens vers vous dès que possible.

— Merci Richard.

— Ne me remerciez pas Monsieur. Nous faisons toujours tout pour satisfaire nos meilleurs clients.

Pendant, qu'ils se dirigeaient vers le bar, Phoenix ne put s'empêcher de questionner Tristan sur la pratique des pourboires.

— On n'est même pas encore à table, que tu as déjà dépensé plus, que dans les restos où je vais. C'est une vraie arnaque, ton distingué. On aurait dû avoir au moins une table immédiatement. Ils te prennent pour un pigeon. Laisse-moi faire. Avec moi ça ne va pas trainer. Tristan se mit à rire aux éclats, ce qui eut pour effet, dans un premier temps, de faire taire Phoenix, mais aussi de la mettre en colère.

— C'est moi qui te fais rire ?

Celle qui voulait être Phoenix

— Ici, il faut au moins réserver un mois à l'avance pour être sûr d'avoir une table.

— Tu veux dire qu'on n'est même pas sûr de manger ? Allez on se tire.

— Tu es tout le temps comme ça ?

— Comment « comme ça ? »

— Tu démarres au quart de tour. Déstresse un peu. Sois patiente. Fais-moi confiance. Tu verras, ça vaut le détour.

— C'est pour ça, que tu riais ?

— En partie, et aussi parce qu'il te prend pour ma cousine.

— On a rien de commun, toi et moi !

— En fait, il croit que tu es une Escort girl.

— Ah ! sympa.

— Tu n'es même pas fâchée ?

— Pourquoi ?

— Tu pourrais mal le prendre.

— Pourquoi ?

— Tu n'en es pas une ? En général, les filles n'aiment pas être prises pour ce genre de femmes. Et puis, c'est agaçant, tous ces pourquoi.

— Je ne suis pas n'importe quelle fille. Et puis, ça pourrait être drôle de jouer le jeu.

— Tu veux faire l'Escort Girl !

— Pourquoi pas ?

Tristan sourit.

— Tu es vraiment une fille bizarre.

— Je sais.

— Je te laisse un moment. Je dois aller aux commodités.

— C'est comme ça qu'on dit dans la haute. « Allez aux commodités ».

— Aux w.c., si tu préfères.

— Et, tu attends ma permission ? Si je te dis non. Tu n'y vas pas ?

Tristan, agacé, tourna les talons et partit en direction des toilettes. Quelques instants plus tard, alors qu'il revenait, il aperçut un attroupement et entendit un homme geindre. Il se fraya un chemin jusqu'au bar, et là, qu'elle ne fût pas sa surprise quand il vit Phoenix avec un homme, genou à terre. Elle lui tenait la main derrière le dos, le poignet plié en arrière, le pouce en pression sur sa main. Chaque fois, qu'elle appuyait l'homme baissait la tête et poussait un cri. Il n'arrêtait pas de dire : « Je suis désolé », mais elle continuait de vociférer à ses oreilles.

— Voilà, t'es content là. Tu voulais t'en prendre à une faible femme, hé bien, tu t'es trompé.

Tristan arrivait à temps, il interpella Phoenix.

— Phoenix, que s'est-il passé ?

— Ce pervers m'a mis la main aux fesses !

Tristan souffla…

— Je te laisse à peine deux minutes et voilà. Lâche-le, s'il te plaît. Je crois qu'il a compris.

Tristan s'adressant alors à l'homme à terre, lui dit qu'il était avocat et lui demanda s'il voulait porter plainte contre Phoenix. Il avait remarqué la trace sans bronzage à son annulaire, et il était certain qu'il ne voudrait pas que sa femme sache ce qui s'était passé. L'homme comprit immédiatement, qu'il avait intérêt à ce que cela en reste là. Il finit par dire non, que ce n'était qu'une méprise, et qu'il ne souhaitait qu'une chose : partir.

Phoenix regarda, alors, l'homme droit dans les yeux.

— Toi, si je te recroise un jour. T'es mort. T'as compris ?

L'homme, tout penaud, fit oui de la tête et s'empressa de disparaître. Malheureusement, comme Tristan s'en doutait le maître d'hôtel, alerté par l'incident arriva et voulut avoir une conversation en privé avec lui. Au bout de plusieurs minutes de discussions, Tristan revint enfin.

— Alors, faut qu'on dégage ?

— Non, j'ai tout arrangé et on va même passer à table.

— Hein ? Décidément, le resto distingué, c'est vraiment différent. Dans les miens, on te jette dehors pour moins que ça.

— Dis-moi Phoenix. J'ai l'impression que tu as joué ton rôle d'Escort à la perfection.

— En tout cas, la prochaine fois, il demandera avant.

— Je crois qu'il n'est pas près de recommencer. Tu lui as vraiment fait peur.

— T'es avocat ?

— J'ai menti. Je suis bien cadre supérieur dans une société High Tech. Je voulais juste être sûr que tu n'aurais pas d'ennuis.

— Et pour le maître d'hôtel, tu lui dis quoi ?

— Je lui ai dit, que tu étais une starlette de cinéma, que tu préparais un rôle et que tu voyageais incognito. En contrepartie, il y a de grandes chances, qu'il te demande de faire une photo avec lui devant l'enseigne du restaurant.

— T'es un vrai baratineur.

— Habituellement non. Faut croire que tu déteins sur moi.

— Je fais souvent cet effet-là. Mais pourquoi l'as-tu fait ?

— Je meurs de faim et le prochain restaurant est à des dizaines de kilomètres d'ici !

Elle se mit alors à rire.

— J'ai l'impression que tu te laisses aller. Une Escort girl est plus discrète.

— Tu n'aimes pas ?

— Si, j'adore.

— Je voudrais juste te dire que j'ai tendance à m'ennuyer assez vite.

— Ça tombe bien, moi aussi.

Pour la première fois, elle eut un doute. Elle regarda cet homme qui représentait tout ce qu'elle n'aimait pas et elle se dit qu'après tout, elle s'était peut-être trompée sur son compte. Ils furent conduits à leur table et leur dîner put enfin commencer. Phoenix avant même d'être servie, posa la question qui lui brûlait les lèvres :

Celle qui voulait être Phoenix

— Pourquoi voulais-tu sauter ?

— Encore un pourquoi. Décidément, tu es une adepte du « pourquoi ». Tu dois faire partie d'une sorte de secte secrète. C'est bien ça ?

— Arrête de faire le pitre, réponds-moi.

— Comme tu l'as deviné, à cause d'une femme, de ma femme.

— Tu es marié ?

— Enfin une phrase sans pourquoi. Tu as l'air surprise.

— Non, à ton âge, c'est normal d'être marié.

— Arrête avec mon âge. C'est agaçant. Et pour ta gouverne, je ne le suis plus.

— Susceptible ? Elle a demandé le divorce et c'est pour ça que...

D'un geste, Phoenix mima le saut dans le vide.

— Non et oui. C'est compliqué...

— C'est toujours compliqué, mais si tu pouvais faire simple, car tu m'ennuies déjà.

— Très bien. On est séparé depuis deux ans. Elle a refait sa vie depuis un an avec Bob, un gars quelconque, un petit producteur de cinéma. Et, là ce soir, elle me dit, enfin non, mon fils m'annonce qu'ils vont se marier.

— Tu as des enfants ?

— À nouveau surprise ? Eh oui, vu mon âge, c'est bien naturel non !

— Ha, ha, ha, t'es drôle.

— Même deux ! Extraordinaire non ? Une fille de 9 ans, Sarah et un garçon de 16 ans, Dan.

— Je ne comprends pas. Vous divorcez il y a deux ans, elle refait sa vie il y a un an. Et là, elle décide de se marier avec cet homme. C'est bien ça ?

— Oui

— Il y a déjà eu des cas de maladies mentales dans ta famille ?

— Pourquoi, tu me demandes ça ?

— Après deux ans, tu te fous en l'air, parce qu'elle va se marier ? C'est quoi ton problème ?

— Je l'aime. Il y a bien des hommes qui tuent femme et enfants lors de séparation. Moi, je ne voulais que me tuer.

— Mais, ils le font au moment de la séparation, pas au bout de deux ans. Tu n'as toujours pas compris que c'était fini !

Celle qui voulait être Phoenix

— J'ai toujours cru qu'elle allait revenir, se rendre compte qu'elle avait fait une erreur. J'ai tout fait pour qu'elle revienne.

— Du genre, sortir avec toutes les filles du coin, afin qu'elle se rende compte à quel point tu es désirable. Dépenser tout ton argent en voiture de luxe, afin qu'elle sache que tu n'es pas dans le besoin financièrement.

— À peu près. Elle me connaît bien et elle sait qu'elle peut compter sur moi.

— L'amour ça rend con. Mais alors, toi, t'es un champion du monde. Amis, c'est le pire des statuts ! Ne jamais devenir amis avec quelqu'un qu'on aime.

— C'est la femme de ma vie.

— C'était, Tristan, c'était. Ça serait bien de t'y faire.

— As-tu déjà aimé ?

— Cela ne te regarde pas.

— Je veux dire vraiment. Quand tu la vois, ton cœur s'accélère. Quand elle est là, tu es bien, tout va et rien d'autre ne compte. Quand elle n'est pas là, elle te manque, rien ne va plus et elle occupe tout ton esprit.

— Ah, c'est ça le véritable amour ? Cela ressemble plus à de l'envoûtement qu'à de l'amour.

— Je crois que, quand deux cœurs battent à l'unisson, ils créent une sorte de connexion entre eux. Cela peut se voir comme de l'envoûtement, mais sans maître ni esclave.

— Je comprends maintenant.

— Quoi ?

— Qu'elle t'ait largué. Les romantiques se font toujours jeter. Les femmes préfèrent les « Bad boys ».

— Tant que tu n'as pas été amoureux, tu ne peux pas comprendre.

— Tout ça pour finir sur un parapet ?

Tristan accusa le coup. La sentant réticente à ce genre de conversation, il décida de passer à autre chose.

— Écoute, si l'on commandait.

Tristan appela d'un geste le chef sommelier.

— Je souhaiterais, pour commencer un Romanée Conti.

— Excellent choix. Monsieur a-t-il une préférence pour le millésime ?

— 1995.

— Je n'aurai pas mieux choisi. Je vais, de ce pas, vous le chercher.

Celle qui voulait être Phoenix

Phoenix se sentant exclut et voulant participer activement à la discussion, intercepta le sommelier et lui demanda :

— Et une bouteille de Vodka.

Le sommelier s'arrêta net, tellement il était offusqué par son ignorance. Comment pouvait-on souhaiter boire avec un tel cru de la Vodka ? Il finit par lui répondre le plus élégamment possible : « Le Romanée Conti se suffit à lui-même, Madame ».

Sans se laisser démonter pour autant, Phoenix fit semblant de réfléchir et lui répondit : « Vous avez raison, ça ne serait pas bien. Alors, je prendrais en plus de la Vodka, un verre de coca ». Le sommelier tourna les talons et partit sans demander son reste.

— Tu as vu sa tête. C'est quoi, ce Romanée Conti ?

— C'est un vin rouge français très cher.

— Cher à quel point ?

— Dans les 13 000 dollars la bouteille.

— 13 000 dollars !!! Là, c'est certain, t'as perdu la tête.

— Pourquoi ? Parce que j'ai envie de passer un bon moment avec toi ?

— Pourquoi moi ?

— Parce que tu étais là, j'ai envie de dire. De plus, tu m'as sauvé la vie d'une certaine façon.

— On ne se connaît même pas.

— Tu es une tueuse et moi un suicidaire, cela devrait nous suffire. Et si cela ne suffit pas, cela peut s'arranger. On a tout le dîner pour se poser toutes les questions qu'on veut.

— Par exemple. Que fais-tu dans la vie ?

— Oui par exemple. Je suis ingénieur et je dirige le service Hardware. Mon service s'occupe tout particulièrement de concevoir les machines qui seront vendues par ma société.

— Elles font quoi ces machines ?

— Comment dire…

— Avec des mots, ce serait bien.

— Imagine par exemple une société concevant un nouveau processeur pour une imprimante. Elle souhaite le tester avant même qu'il n'existe, car cela coûte très cher à fabriquer. Eh bien ! cette société peut injecter le code de ce composant et le simuler dans notre machine.

— Ah ! d'accord, comme ça ils peuvent non seulement tester le composant au niveau physique, mais aussi démarrer la conception du logiciel qui va avec. Économies de temps et d'argent, une fois le composant fabriqué, le logiciel est déjà prêt.

Tristan fixa Phoenix avec un air si étonné. C'était la première fois, qu'il rencontrait une personne externe à son travail qui avait non seulement compris, mais qui avait extrapolé les avantages qui en découlaient.

— Quoi, ce n'est pas ça ?

— Si, si. Je suis juste étonné. D'habitude on me demande plus d'explications.

— Tu vas t'y habituer.

— Et toi, pour gagner ta vie, que fais-tu ?

— Je suis une experte un peu particulière en cyber sécurité. Les sociétés font appel à moi pour tester leur sécurité.

— Pourquoi un peu particulière ?

— Parce que je refuse tout contact physique avec les clients. On me contacte par email ou par téléphone et quelque temps après je leur rends mon rapport par écrit. Ils ne savent pas à quoi je ressemble ni où je travaille.

— Étrange en effet. Ils te payent pour les pirater et ensuite tu les conseilles afin d'améliorer leur sécurité. Et t'est-il déjà arrivé d'échouer ?

Celle qui voulait être Phoenix

— Jamais.

— Tu n'es jamais tombé sur un système inviolable ?

— Non. Je suis très douée.

— D'accord, mais tout le monde à ses limites. En tout cas, ce n'est pas la modestie qui t'étouffe.

— Pourquoi ? C'est la vérité.

— Je ne crois pas au système inviolable. À moins d'avoir affaire à un système fermé, inaccessible depuis l'extérieur. Et encore, même comme cela, quand ce n'est pas au niveau de la machine, c'est le plus souvent au niveau de l'humain qu'on trouve la faille.

Cette fois, c'était à Phoenix de regarder Tristan avec ce même regard étonné. Peu de gens et en tout cas aucun de ceux qu'elle avait pour habitude de côtoyer ne se rendait compte que le point faible c'était eux, les utilisateurs. Ces amis ne comprenaient rien à son métier, et les quelques personnes qui le comprenaient n'étaient que des pseudos sur son ordinateur. Elle ne les avait jamais rencontrés physiquement. Mais là, avec lui, c'était différent. C'était si incongru et surprenant, que pour la première fois, elle ne sut quoi répondre.

Celle qui voulait être Phoenix

Le dîner continua, chacun parlant, de plus en plus, de lui-même, de sa vie, se confiant au-delà de leurs habitudes, mais sans jamais aborder le passé de Phoenix. Chaque fois, que Tristan abordait le sujet, elle l'éludait en répondant vaguement, ou en le questionnant sur sa propre vie sans jamais répondre. Au bout de deux heures de conversations, ils avaient l'impression de mieux se connaître. C'est à ce moment-là que le maître d'hôtel s'approcha d'eux.

— Je suis désolé, Monsieur, mais nous devons bientôt fermer.

Regardant autour d'eux, ils s'aperçurent bien vite, qu'ils étaient seuls. Il ne restait plus que le personnel impatient de les voir partir. Le maître d'hôtel enfin heureux qu'ils s'en rendent compte demanda, s'ils voulaient encore autre chose tout en espérant bien que non.

— Richard, l'addition, s'il vous plaît.

— Merci, Monsieur.

Tristan s'adressant à Phoenix : « Voilà, j'espère que cela t'a plu et que tu ne t'es pas ennuyée ? »

— Oui et non. Et toi ?

— Oui. Cela m'a plu aussi. Je dirai même que c'était assez étonnant.

— Ah !

— Tu m'as surpris plus d'une fois et ce n'est pas chose facile. Tu n'as rien à voir avec l'idée, que je me faisais de toi. Et, on peut dire, sans conteste, que tu es vraiment différente des personnes que j'ai l'habitude de voir.

— Et quelle idée avais-tu de moi ?

— Ne te fâche pas, mais je pensais que tu étais le genre de fille gothique, sans emploi ni études, à l'esprit étriqué. Sans grande culture ni connaissances. Avec comme seul centre d'intérêt sa musique et sa garde-robe. Mais, il y avait, ce, je ne sais quoi qui m'intriguait en toi. Peut-être, cette opposition entre ton style gothique, tes tatouages et les habits que tu portais lors de notre rencontre. Ce dîner m'a permis d'en apprendre plus sur toi et je me rends compte maintenant à quel point tu es à l'opposé de tout ça.

— Comment ça ?

— Sous cet aspect brut de fonderie, tu es cultivée, bien plus que certaines personnes que je connais, pourtant bardées de diplômes. Mais tu ne cherches pas pour autant à le montrer, ni à en tirer avantage. Tu n'es ni complaisante ni compatissante.

Oui, tu es assez brute de décoffrage. Ça, c'est vrai, mais tu es franche. Tu n'es pas du genre passive, à attendre que l'autre fasse la conversation. Tu n'hésites pas à donner ton éclairage sur le sujet, et bien souvent, on est surpris par l'orientation, que tu choisis. Avec toi, je me dois d'être attentif, sous peine d'être dépassé. Cela ne mettait jamais arrivé avant. Jamais. Je dois te l'avouer, en cette fin de repas, je me sens vidé.

Phoenix ne savait pas quoi lui répondre. Elle aussi aurait voulu lui dire que, pour la première fois de sa vie, elle ne s'était pas retenue, qu'elle avait oublié ses filtres, qu'elle lui avait confié bien plus de choses qu'à toute autre personne, mais ce n'était pas dans son caractère. L'avouer équivaudrait pour elle à faire preuve de faiblesse. Cela, elle ne pouvait le tolérer. De plus, les sentiments et les compliments la mettaient mal à l'aise.

— Tu parles comme si la soirée était déjà terminée. À mon tour de faire le programme.

— Que proposes-tu ?

— D'abord, on va passer chez moi. Faut absolument que je me change. Je ne supporte plus ces vêtements. Ensuite, on va aller faire la fête dans un endroit, que je connais bien, à deux pas de chez moi.

Celle qui voulait être Phoenix

— Ça marche.

Phoenix et Tristan prirent, à nouveau, la route, mais cette fois-ci en direction de la ville. Pendant tout le chemin, le silence régna entre eux. Comme-ci après leur joute verbale, chacun avait trouvé évident de reprendre des forces. Ce silence n'était interrompu, que par les indications de Phoenix concernant les directions à prendre. Une fois arrivés, Tristan s'inquiéta du lieu. Le quartier lui paraissait peu sûr. Devoir laisser sa voiture là, sans surveillance, ne lui disait rien qui vaille. Phoenix lui demanda alors s'il avait du papier et un crayon. Tristan étonné les lui donna et après avoir déposé le papier sous les essuie-glaces, il put lire l'inscription : « Propriété de Phoenix, ne pas toucher ».

— Et, tu crois qu'il suffit d'écrire cela pour que personne n'y touche. Mais, pourquoi les vendeurs d'alarmes n'ont-ils pas pensé à ça ?

— Sarcastique ! Fais-moi confiance.

Après tout, il y a encore quelques heures, n'était-il pas prêt à l'abandonner sur un pont ?

— Très bien, dit-il.

L'immeuble, où logeait Phoenix, ne payait pas de mine, c'est le moins qu'on puisse dire. Le crépi tombait çà et là du mur. La façade était tellement ternie, qu'on avait du mal à discerner la couleur originelle. Ils montèrent au 5e et dernier étage, évidemment sans ascenseur. L'intérieur était à l'avenant de l'extérieur : il n'était pas insalubre, mais n'en était pas loin. En tout cas, c'était le genre d'endroit, où Tristan ne se serait jamais aventuré seul. Ils arrivèrent, enfin, devant la porte de l'appartement. Mais au lieu d'ouvrir directement la porte, Phoenix saisit un trombone qui se trouvait sur le haut de la porte.

— À la James Bond ! C'est pour savoir si quelqu'un est entré chez toi ?

— Exact.

— Après la feuille sur le pare-brise, je ne devrais pas être plus étonné que ça par un trombone alarme sur une porte. Je te savais experte en cyber criminalité, et je te découvre spécialiste en alarmes. Mais je comprends, vu l'endroit, que tu prennes tes précautions.

— Ne sois pas sarcastique avec moi.

Une fois entré, Tristan découvrit l'appartement. Il s'agissait d'un studio miteux avec cuisine à l'Américaine. Les murs étaient blancs, mais la couleur avait jauni, avec des taches d'humidité présentes de-ci, de-là. Un peu plus loin se trouvait la salle de bain, du moins il le supposait. Il n'y avait guère de mobilier dans la seule et unique pièce à vivre. Phoenix s'était assise devant ce qui semblait être le meuble le plus important : un bureau, où trônaient trois écrans et une unité centrale. Un ordinateur qui sortait tout droit d'un film de Star Wars avec des lumières de partout. Phoenix tenait dans ses bras, un chat de gouttière et à ses pieds ses gamelles trainaient près du bureau. Dans un des coins de la pièce, un matelas à même le sol qui devait servir de lit, un petit canapé deux places et une armoire. La pièce n'avait aucune décoration murale. L'unique fenêtre était occultée afin de ne pas laisser entrer la lumière. Cela lui rappelait son appartement d'étudiant, mais en pire. Pour finir, un petit coin cuisine avec le minimum syndical, une table, deux chaises, un petit réfrigérateur, un évier et un four à micro-onde. La seule chose intrigante se trouvait à côté du bureau, une étagère pleine de livres et à son extrémité un bocal avec un poisson rouge. Il s'approcha de l'étagère, pris quelques livres : sécurité et hacking, administration et management de réseaux. Ils traitaient tous d'informatique de haut niveau.

— Classe, très classe.

— Fonctionnel. Rien à voir avec ton appart, je suppose ?

— Tu supposes bien.

Celle qui voulait être Phoenix

— Je vais prendre une douche et me changer.

— OK. Moi, je serai quelque part par là, entre le chat et le poisson rouge.

Quelques minutes plus tard, alors que Phoenix était encore sous la douche, la sonnerie de la porte d'entrée retentit.

— Tu veux bien aller ouvrir ?

— D'accord.

En ouvrant la porte, Tristan tomba nez à nez avec une jeune femme. Mesurant 1m70, les cheveux noirs corbeau, elle était habillée telle une bohémienne : une robe multicolore avec une ceinture se nouant sur le devant et un bandana en tulle sur la tête.

— Qui êtes-vous ? Qu'avez-vous fait à Phoenix ?

— Rien, elle prend une douche. Je m'appelle Tristan et vous, qui êtes-vous ?

La gitane le transperça du regard et lui répondit d'un ton sec :

— Je suis Manouch, sa petite amie.

Surpris, Tristan ne savait pas comment répondre. Heureusement, Phoenix sortait de la salle de bain et interrompit cet instant gênant.

Celle qui voulait être Phoenix

— Que fais-tu là ?

— Ça fait une semaine que je n'ai plus de tes nouvelles. Tu ne réponds pas mes messages. Alors j'ai décidé de venir te voir. Je tombe mal, on dirait. Tu me trompes avec un mec !

— Arrête ça tout de suite !

— Madame n'est pas d'humeur. Ça ne s'est pas bien passé ? Monsieur est un mauvais coup ?

Tristan commença à ouvrir la bouche, mais avant même qu'il ne puisse parler, Phoenix reprit de plus belle.

— Je ne suis pas à toi. Je n'appartiens à personne.

— Alors, voilà, c'est fini ?

— Oui. Manouch. Je t'avais prévenue, dès le début. J'aime trop ma liberté et toi, tu m'étouffes.

— Moi, je t'étouffe ? On ne se voit quasiment jamais et à chaque fois c'est toi qui décides quand et où. Et je t'étouffe !

— C'est mieux ainsi.

Manouch la gitane, leva alors la main et pointa le doigt vers eux.

— Ça ne se passera pas comme ça. Je ne suis pas n'importe qui. On ne me largue pas comme ça. Tu vas me le payer, toi et ton bonhomme.

— Tu me menaces ? Moi ? Va-t'en, tant que tu peux encore le faire.

Elle pivota sur elle-même et sortit en claquant la porte.

— Bon débarras.

— C'est chaud, quand même. Tu n'as pas peur qu'elle mette ses menaces à exécutions.

— Ne dis pas de conneries.

— Je vais prendre cela pour un non.

— On y va ?

— D'accord, mais où ?

— À la boite. On y va à pied. C'est à quelques pas d'ici.

Après quelques centaines de mètres, ils arrivèrent devant une tour. La façade était en verre et un grand escalier prenait place en son centre. Sur le trottoir, une file d'attente interminable s'écoulait jusqu'à l'angle de la rue.

— Tu as vu ce monde ? On n'est pas près d'entrer.

— Ne t'inquiète pas. On est des VIP.

— Ah bon, il y a des VIP ici ?

Phoenix saisit la main de Tristan et l'emmena directement vers l'escalier. Le videur à l'entrée reconnut immédiatement

Phoenix et vint au-devant d'elle. Une fois près d'elle, il lui déposa un bise sur la joue.

— Salut, Phoenix, ça fait un moment qu'on ne t'a pas vu.

— Salut, Charlie. J'étais occupée. Il y a du monde ce soir.

— Ç'a été comme ça, toute la semaine. Pas d'embrouille ce soir, d'accord ?

— Tu me connais.

— Justement, c'est pour ça que je te le demande.

— Tu ne vas pas me mettre mal à l'aise devant mon ami ?

— Je ne fais, que mon travail, tu sais. Amusez-vous bien et bonne soirée.

— Merci Charlie.

Une fois parvenus en haut des marches et la porte d'entrée franchie, Tristan découvrit l'intérieur. Là, il se dit que décidément cette soirée n'avait rien d'ordinaire. Elle allait se finir comme elle avait commencé : en apothéose. Comment décrire cet intérieur ? Les phrases lui manquaient. Ne lui venait en tête, qu'un seul mot « grotte ». Comment pouvait-on à ce point avoir autant mauvais goût ? On se serait cru à l'époque de Cro-Magnon. Évidemment, ce Cro-Magnon-là avait pensé à faire quelques aménagements par-ci par-là : une énorme piste de danse en son centre, surplombée d'un étage VIP, un bar et au fond un escalier latéral donnant sur la cabine du disc-jockey. Si seulement, il en était resté à la décoration. Malheureusement, il avait dû également s'occuper de l'ambiance musicale. La musique était assourdissante. Le chanteur hurlait à s'en casser la voix, essayant sans succès de se faire entendre avec une voix venue tout droit de l'enfer. C'était abominable et incompréhensible. Tristan se demandait, ce qu'il pouvait bien faire là.

— Je te laisse un moment, le disc-jockey est un ami. Je vais aller le saluer.

— Très bien, moi, je serai… au bar.

Il se dirigea vers le bar, chercha une place libre, s'accouda et fit un geste, afin d'attirer l'attention du barman. Évidemment celui-ci ne le remarqua même pas. Là, seul face au comptoir, la mélancolie l'envahit de nouveau et il se mit à penser à Pénélope, Bill et à ses deux enfants. À cette famille recomposée à laquelle une nouvelle vie s'offrait et dont il ne ferait pas partie. Il ne sortit de sa torpeur que grâce aux aboiements du barman. Tristan reconnut immédiatement le maître des lieux : Cro-Magnon en personne. C'était un homme massif aux os épais, des tatouages semblant s'étendre sur tout le corps, entièrement habillé de noir et pas particulièrement aimable. Il prit une grande inspiration et hurla de sa voix la plus rauque :

— Tavernier, un Whisky s'il vous plaît !

L'homme le dévisagea de manière désobligeante, mais s'exécuta tout en s'adressant aux autres clients.

— Voilà les gars, ce que c'est que la classe et la politesse.

Une minute plus tard, son Whisky était là, devant lui.

— T'as un problème ?

— Euh, moi non. Mais mon Whisky, oui.

L'homme s'approcha de lui, menaçant.

— Qu'est-ce qu'il a ton Whisky ?

— On ne met jamais de glaçons !

L'homme passa alors son index sous son nez puis plongea ses doigts dans le verre et retira les deux glaçons, qui s'y trouvaient.

— Voilà, Monsieur est content ?

Tristan écœuré et décidé à ne pas le boire, se résolut à en commander un autre.

— Je pourrai en avoir un autre.

— Pourquoi, il n'est pas assez bien pour toi celui-là ?

Tristan lui répondit alors avec un peu d'humour et un petit sourire.

— J'ai l'impression que celui-ci est « bouche au nez ».

— T'es un marrant. Tu sais ce qu'on fait au marrant ici ?

Le ton n'était pas particulièrement gentil et l'homme des cavernes en plus d'être un piètre décorateur paraissait ne pas avoir d'humour du tout. Tristan se dit qu'il était temps de faire profil bas, s'il ne voulait pas que cela s'envenime. Alors, il s'appliqua à lui répondre de la manière la plus courtoise possible.

— Je ne cherche pas les ennuis. Je voudrais juste boire un verre tranquillement en attendant mon amie.

Le barman s'adressa alors aux autres clients du bar.

— Monsieur est un comique. Il est venu donner des leçons et voir comment les gens comme nous s'amusent. Alors, je vous demande de l'aider pour qu'il ait quelque chose à raconter une fois chez lui.

Un homme s'approcha et le saisit par les épaules.

— Tu portes sur toi plus, que ce que je gagne dans l'année.

Celle qui voulait être Phoenix

Tristan voulant se dégager fit l'erreur de faire deux pas en arrière et se retrouva très vite entouré par tout un groupe d'hommes et de femmes. Tous lui parlaient en même temps. Les femmes hurlaient encore plus fort, que leurs hommes. Le barman s'avança vers lui et dit à toute l'assemblée :

— Vous n'allez pas le laisser partir sans lui donner une petite leçon de savoir-vivre. Faut bien lui faire comprendre qu'on n'est pas au Zoo ici.

Tristan, de plus en plus mal à l'aise, se retrouvait à présent poussé d'un côté à l'autre. À chaque fois qu'il essayait de sortir du cercle, on le repoussait vers le centre. La gorge nouée, il n'avait plus rien à voir avec l'homme serein qu'il était en entrant. Il se demanda comment tout cela allait finir et pourquoi il n'était pas rentré chez lui. Il n'avait rien à faire avec ces gens-là, ni avec ce genre d'endroits. Il ne pensait plus qu'à partir, et le plus vite serait le mieux. Affolé, toujours balloté d'un homme à l'autre, le cercle se réduisait. La panique commençait à le gagner. Mais tout à coup, le cercle se brisa et Phoenix déboula près de lui, telle Jeanne d'Arc venant au secours de son roi. Les vociférations cessèrent immédiatement comme par enchantement.

— Qu'est-ce qui vous prend ?

Celle qui voulait être Phoenix

Le barman aussitôt lui répondit :

— Ce pingouin est venu chez nous, pour nous narguer, avec ses beaux habits et tout son fric. Il se croit tout permis. On a décidé de lui donner une petite leçon.

— Il t'arrive parfois de penser à autre chose, qu'avec tes couilles ?

Une femme ivre au premier rang commença, alors à lui hurler dessus.

— On n'en a rien à foutre de ce que tu penses. Allez-y les gars ! On va pas en rester là !

L'homme à sa droite la prit immédiatement par le bras et lui murmura :

— Tu te souviens, je t'ai déjà parlé d'une certaine Phoenix. Hé bien, c'est elle.

La femme déconfite par la révélation, tête baissée, la voix chancelante :

— Je suis vraiment désolée Phoenix. Je ne voulais pas te manquer de respect.

Phoenix, le regard noir, toisa toute l'assemblée.

— Déjà, on m'a pris la tête à l'entrée, et maintenant ça ! J'invite un ami à venir ici, afin de passer un bon moment. Et vous ? Vous faites quoi ? Pour qui, je passe là ?

— On est désolés Phoenix. Comment aurait-on pu savoir qu'il était avec toi ?

— Peut-être en te servant de ce que tu as entre les deux oreilles !

Tristan surpris par la tournure que prenaient les choses et ne souhaitant pas d'histoire, s'interposa entre les belligérants.

— Phoenix, ce n'est pas grave. Il n'y a pas de mal. Je vais bien, calme-toi.

— Tu ne comprends pas. Si je ne fais rien, je passe pour une faible.

— Je te le demande. Fais-le pour moi. Laisse tomber. On est là pour s'amuser non ?

Phoenix regarda Cro-Magnon droit dans les yeux et lui dit :

— Tu devrais le remercier.

L'homme commença à déglutir et eut beaucoup de mal à avaler sa salive.

— Je ne savais pas que Monsieur était ton ami, Phoenix. Sinon tu penses bien que…

Celle qui voulait être Phoenix

— Que quoi ?

— J'ai beaucoup de respect pour toi, tu le sais bien. Jamais, jamais, je n'aurai embêté sciemment un de tes amis.

— Très bien. Parce que mon ami me le demande, je veux bien faire une exception. Mais à une seule condition : que tu offres une tournée générale.

L'homme, heureux de s'en tirer à si bon compte ne se fit pas prier. La tension retomba et la fête put enfin reprendre. Malgré ce début pour le moins difficile, Tristan s'amusa plus que de raison. L'ambiance et l'alcool aidant, il se laissa porter par la musique électronique.

Au bout de la nuit, ils revinrent tant bien que mal jusqu'à l'appartement. Dans l'état où il se trouvait, il lui était impossible de rentrer. Il pensa bien à appeler un taxi, mais Phoenix lui dit qu'aucun ne viendrait dans le quartier à cette heure-là. Alors, il se résolut à l'écouter et à dormir chez elle.

Une fois arrivé à l'appartement, vu l'exiguïté du lieu se posait la question : où dormir ?

— Voilà, je te propose de dormir dans mon lit, et moi, je dormirai sur le canapé.

— On est chez toi. C'est à moi de dormir sur le canapé.

Celle qui voulait être Phoenix

— Comme c'est chez moi, c'est à moi de décider.

N'ayant plus la force de protester, Tristan s'affala sur le lit et ferma les yeux. Le lit se mit immédiatement à tourner sur lui-même. Il se dit qu'il avait trop abusé et se promit de redevenir raisonnable dès le lendemain. Malgré tout, il s'endormit presque aussitôt.

Ne sachant pas depuis combien de temps il dormait, il fut réveillé par une silhouette, qui cherchait à se glisser auprès de lui.

— Je croyais que tu n'aimais pas les hommes ?

— Tais-toi.

8.   Amanda

Encore habillée, allongée sur son lit, regardant son homme endormi, Amanda Myers se questionnait sur sa vie. Elle aimait particulièrement ces moments paisibles où elle pouvait réfléchir tranquillement sans être dérangée. Le silence n'étant interrompu que par les longues respirations de son compagnon. Cette nuit, elle se demandait encore combien de temps Sean allait pouvoir supporter tout cela.

Amanda était consciente d'être à un tournant de sa vie. Elle venait tout juste d'avoir 32 ans. Sa carrière semblait bien lancée et pourtant, elle se questionnait sur sa vie et son avenir. Elle était grande, blonde, jolie, de formidables yeux bleus et une tête bien faite. Toujours sur son 31, car prenant soin d'elle,

elle pouvait facilement passer pour un top modèle. Tout lui réussissait. Alors pourquoi toutes ces interrogations ?

Côté carrière, travailleuse acharnée, elle était sortie première de sa promotion. Passée rapidement lieutenante, la voilà déjà pressentie pour devenir capitaine. Elle était le parfait exemple de la carriériste. C'est simple : elle était partante pour toutes les missions, sans discussion. Rien d'autre ne comptait, pas même Sean.

Côté vie privée, enfin le peu de temps restant, elle le consacrait uniquement à Sean, son compagnon.

Sean O'Connor, au contraire, était le parfait exemple de la discrétion. Autant elle aimait être remarquée, autant lui agissait en parfaite fourmi travailleuse, faisant son travail consciencieusement sans tambour ni trompette. Il n'y avait pas plus opposé. Pourtant leurs amis les citaient en exemple : jamais une histoire, jamais une embrouille, le couple parfait. Sean faisait la même taille qu'Amanda. Il avait les cheveux châtain clair et de beaux yeux verts. Issu d'un quartier pauvre de la ville, il avait côtoyé jeune les actuels lieutenants de la pègre locale et il aurait très bien pu finir comme eux. Pourtant, il avait su leur tourner le dos, et dire non à cet engrenage infernal en devenant le pire ennemi de ses anciens amis : un flic.

Depuis sa sortie de l'académie de police, il avait fait son chemin. Rien de comparable, évidemment à Amanda, car elle était exceptionnelle. Non, lui était juste bon. Sans plus. Il faisait correctement son job et était respecté des siens. Cela lui suffisait. Il n'avait aucun besoin de reconnaissance ni de promotion. Son truc c'était le terrain. C'était là, où il se sentait le mieux. À aucun moment, il ne se voyait derrière un bureau au milieu de la paperasse à donner des ordres. Son travail comptait, mais pas au détriment de sa vie privée et pour Amanda, il était prêt à tout. À l'opposé d'elle, il était disponible, s'occupant du quotidien, sans jamais rien attendre en retour, sans jamais se plaindre.

Acceptant de venir en second après son travail, il avait su, à force de gentillesse, s'imposer et prendre sa place. Il était devenu son homme, son amour, un être à part, avec qui elle avait envie de partager sa vie. Tout cela, elle aurait pu le lui dire, mais telle n'était pas sa nature. Ce n'était pas son genre. Sans doute son éducation. Dans sa famille, on préférait garder pour soi ses sentiments plutôt que de les partager. Jamais, par exemple, elle ne lui aurait avoué que les soirs où elle rentrait tard, comme celui-là, elle avait la boule au ventre en ouvrant la porte, guettant le moindre indice de sa présence, de peur qu'il ne soit plus là.

Leur histoire était simple, sans chichis, à leur image. Ils s'étaient rencontrés à l'école de police, s'étaient aimés et depuis ils ne s'étaient plus quittés. Ils ne s'étaient fait aucune promesse, aucune obligation. Chacun restant libre de ses engagements. Pour eux, la vie ne devait pas se faire sous les contraintes. Alors, tout s'était enchaîné naturellement, simplement, indistinctement. Jusqu'à ce qu'il se rende compte un jour qu'ils ne pouvaient plus se passer l'un de l'autre.

Son ascension rapide et même les quolibets sur le « Qui porte la culotte » n'étaient pas parvenus à semer la discorde au sein de leur couple. Ils avaient su, là encore, accepter la situation et même en rire. Comme cette fois, où lors d'une cérémonie, il avait dû la saluer en tant que supérieur hiérarchique et le soir venu, il était rentré déguisé en Capitaine afin qu'elle fasse de même. Ils avaient trouvé un équilibre, une paix fragile, mais prête à rompre à cause de sa propension au travail.

Continuant à se questionner sur sa vie, son avenir de femme, elle ferma les yeux. Sa carrière était là, toute tracée. Elle était à portée de main. C'était ce qu'elle avait toujours souhaité. Elle s'était tellement battue pour cette promotion. Enfin, elle touchait au but. Alors pourquoi ces doutes ? Et si elle s'était fourvoyée ? Cela valait-il tous ces sacrifices ? Sean méritait mieux à n'en pas douter. Combien de temps tiendrait-il encore comme cela ? Ils n'avaient presque pas de vie privée. Les week-ends et leurs vacances se comptaient sur les doigts de la main. Une vie de famille dans ces conditions apparaissait des plus compliquées. Leurs métiers étaient ainsi faits, les crimes ne connaissant ni horaires de bureau ni jours fériés.

Son souhait avait toujours été de devenir la première femme chef de la police. Pour cela, elle s'était dédiée corps et âme à son travail, telle une sœur à son sacerdoce. Maintenant, pour lui, elle se demandait, si elle ne devait pas lever le pied. Prendre une année sabbatique, partir, voir le monde. Et pourquoi pas, prendre le temps de faire un enfant. Était-elle prête à tout remettre en question pour lui ? Pour eux ? Jusque-là, la police avait été sa seule et unique famille et elle ne savait rien faire d'autre.

Depuis ses 12 ans, elle n'avait souhaité qu'une chose : devenir policière. Comme souvent, cette vocation précoce lui était venue lors d'un drame personnel survenu dans sa jeunesse. Ce drame avait affecté toute sa famille. Malgré le temps passé, la douleur était toujours là, présente, ne demandant qu'à refaire surface. Alors, en parler même à Sean était au-dessus de ses forces. Sean ne savait rien, et elle estimait que c'était mieux ainsi, du moins pour l'instant. Un jour, peut-être, viendrait le temps, où elle lui confesserait tout, mais il était encore trop tôt.

Elle se remémora alors son enfance. Elle pensa à sa mère. Inconsolable, dépressive qui, un mois après la tragédie, quitta son foyer, sans un mot ni une lettre. Abandonnant son homme et son enfant sans jamais revenir. Cet abandon était sans aucun doute à l'origine de sa volonté de ne pas avoir d'enfant. Elle avait été claire avec Sean. Mais maintenant, elle réalisait qu'elle n'était pas sa mère, qu'elle devait laisser de côté son passé, si elle voulait aller de l'avant.

Elle eut alors une pensée pour son père. Que dire de lui ? Qu'il avait été tout : un père, une mère, un confident. Il avait été anéanti lui aussi. Mais il ne l'avait pas abandonnée. Il était resté, par amour pour elle, sa fille. Il avait fait face à l'adversité. Il avait consacré tout son temps, à ce qu'elle ne manque de rien. Il ne refit jamais sa vie et il l'éleva seul. Peut-être espérait-il secrètement que sa mère revienne un jour. En tout cas, il en garda sa vie durant, une mélancolie qui frisait parfois la dépression.

Celle qui voulait être Phoenix

La vocation d'Amanda fut la seule chose positive qui ressortit de cette période difficile. Elle grandit avec ce désir de justice chevillé au corps. Et c'est tout naturellement qu'elle se dirigea vers un métier lui permettant de l'assouvir. Son esprit d'enfant se nourrissait de l'idée qu'elle se faisait de la police : des énigmes, des chasses aux preuves, des traques aux méchants, en omettant évidemment les inconvénients : les difficultés d'avoir une vie conjugale, les lourdeurs administratives et la hiérarchie.

À sa majorité, c'est donc de manière évidente qu'elle s'inscrivit à l'académie de police. S'ouvrit alors pour elle une période faste, au cours de laquelle, les cours et les exercices ne firent que confirmer sa vocation.

Ses deux seuls regrets, durant ces années d'école, concernaient son père.

Le premier fut l'acte le plus inexcusable aux yeux de son père. Elle s'inscrivit sous le nom de jeune fille de celle, qui les avait abandonnés : Myers. Abandonner son nom de Romanovitch fût vécu par son père comme une trahison et un reniement de tout ce qu'il avait accompli pour elle. Mais il finit par comprendre et accepter qu'il n'était pas simple d'avoir un nom à consonance russe dans une ville gangrénée par la Bratva, la mafia russe.

Le deuxième fut sans aucun doute, le plus douloureux pour elle. L'absence de son père lors de la remise des diplômes. Il aurait été tellement fier d'assister à l'aboutissement de son éducation. Malheureusement en ce jour de fête pour les autres élèves, pour elle, ce ne fut que douleurs et tristesse. Dans la salle, aucun proche, aucune famille. Son père, son protecteur, son unique famille était parti lui aussi. Elle était désormais orpheline.

On l'avait retrouvé mort quelques semaines auparavant, terrassé par une crise cardiaque sur son lieu de travail. Il n'avait que deux passions : sa fille et son bar. Il y avait travaillé toute sa vie durant. 40 ans de dur labeur dans le même établissement du quartier russe de la ville ne comptant jamais ses heures. Il n'y avait que son amour pour elle qui venait avant son travail.

À sa mort, elle aurait pu baisser les bras, mais lui n'avait jamais abandonné. Alors plutôt que de s'apitoyer sur elle-même, elle puisa dans sa terrible souffrance, la force de continuer. Cette force se mua rapidement en rage, de celle qui vous fait réussir. Elle, l'enfant abandonnée par sa mère, orpheline, n'avait trouvé que cette voie pour exister. Briller pour subsister, telle aurait pu être sa devise. Alors, à force de persévérances, elle avait fini première de sa promotion.

Lors de sa sortie de l'école, son bon classement lui permit de choisir son affectation et elle choisit les homicides. Ce choix du roi était le lieu idéal pour exercer ses talents tout en se garantissant un avancement rapide. Elle y trouva rapidement ses marques, car elle était faite pour enquêter. Ses capacités de déduction dépassaient de loin celles de ces collègues et elle ne tarda pas à se faire remarquer en résolvant bon nombre d'affaires.

Ce soir encore, elle en avait fait la preuve. Appelée pour la disparition d'un enfant de 15 ans, l'affaire avait été bouclée en deux heures et demie.

Elle débuta comme à son habitude par l'enquête de voisinage. Cela lui permettait d'entrer doucement dans l'affaire, de mieux cerner les protagonistes. Qui mieux que les voisins pour vous informer des petites histoires et des commérages ? Une fois la lecture du rapport terminée et seulement après avoir entendu tous ses enquêteurs, elle entra dans la maison auditionner la famille.

Celle qui voulait être Phoenix

Ce soir-là, elle commença par visiter les lieux. Puis elle interrogea tout le monde en finissant par le beau-père, la dernière personne à l'avoir vu. Elle le trouva d'emblée suspect. Les voisins avaient tous été catégoriques : ce n'était pas la panacée entre eux. Lors de son témoignage, il était nerveux, confus. Ses mains tremblaient tellement, qu'il avait fini par les joindre. Quoi de plus normal ! C'était son beau-père après tout. Mais l'instinct d'Amanda n'arrêtait pas de lui dire que quelque chose clochait. Il était le dernier à l'avoir vu. Il n'avait pas d'alibi. D'après lui, l'enfant avait fugué. Dès qu'il eut lancé ce mot, elle en fut certaine. Il lui cachait des faits, peut-être même qu'il mentait.

Elle lui demanda alors :

— Connaissez-vous bien les jeunes d'aujourd'hui ? Si votre beau-fils a bien fugué comme vous le prétendez, pourquoi est-il parti sans vêtements de rechange, ni téléphone ? J'ai du mal à croire qu'un ado part en fugue en laissant son smartphone.

Le beau-père, désarçonné par la question, mit quelques secondes avant de répondre.

— Je ne sais pas. Il était pressé ou il a oublié. Pendant que vous m'interrogez, on perd du temps. On devrait plutôt aller le chercher.

— C'est vous qui le connaissez le mieux. Si vous dites qu'il était tête en l'air. Je veux bien vous croire.

Elle se décida à changer de stratégie. Tout en regardant ses notes, elle lui parla alors de sa voisine, Madame Sanders.

— Madame Sanders, votre voisine de droite.

— Oui.

— Elle a vu un individu suspect rôder près de chez elle. Si j'en crois mes notes, le suspect était de type asiatique, portait un jogging à capuche blanc et avait une paire de chaussures de running jaunes.

Les autres enquêteurs présents dans la pièce se regardèrent et se mirent tous à tourner les pages de leur cahier, cherchant des informations à propos de cet individu.

— L'avez-vous vu ?

Après une bonne minute de réflexion.

— En effet, maintenant que vous m'en parlez. J'ai bien aperçu cet homme près de la maison. Mais je n'y avais pas fait attention sur le moment. Vous pensez qu'il aurait pu enlever Victor ?

— Il est encore trop tôt pour le dire, mais notre enquête avance bien. Je dois vous laisser ici quelques instants. Je dois parler avec mon équipe. Je reviendrai vous voir plus tard.

— Merci pour tout ce que vous faites pour nous.

— Il n'y a pas de quoi. Nous ne faisons que notre devoir. Faites-moi confiance. On va arrêter la vermine responsable.

Amanda sortit de la maison et demanda à son équipe de venir avec elle au-dehors.

— Arrêtez de me regarder avec ces yeux-là. Vous n'avez rien manqué. Le suspect n'existe pas. J'ai tout inventé.

Toute l'équipe, comme encore en apnée, reprit son souffle.

— Je lui ai tendu une perche et il l'a immédiatement saisie. Bizarre pour un innocent. Donc, à partir de maintenant on va le traiter comme un suspect. Ça veut dire, demande de mandat, puis fouille du domicile, et en particulier tout ce qui touche au beau-père y compris sa voiture. D'ailleurs, commencez par là. Il l'a peut-être transporté. Passez tout au révélateur. Je veux des résultats le plus vite possible.

S'ensuivit ensuite un chœur « Chef, oui chef » qui était devenu une tradition dans leur équipe.

Malheureusement, ses doutes se virent vite confirmés par les découvertes de traces de sang sur une des vestes ainsi que dans le coffre de la voiture. Il avait blessé ou tué Victor et l'avait ensuite transporté ailleurs. Il n'y avait pas de temps à perdre au cas où il serait encore vivant. Le meilleur moyen était d'obtenir des aveux. Lors du premier interrogatoire, le beau-père avait été assez fébrile, alors elle décida d'opter pour la manière forte. Lorsqu'elle pénétra à nouveau dans la pièce où se trouvait le beau-père, elle lui lança : « Levez-vous, les mains derrière le dos ».

Après lui avoir passé les menottes et lu ses droits, Amanda décida de lui donner la dernière estocade.

— Nous avons trouvé des traces de sang sur une de vos vestes ainsi que dans le coffre de votre voiture. Tout est maintenant terminé pour vous. Et je n'ai pas besoin de vous dire, ce qu'on fait aux tueurs d'enfants en prison.

L'homme apeuré ne savait pas quoi répondre pendant un temps puis il se mit à nier.

— C'est sûrement cet homme asiatique qui a mis du sang sur ma veste et dans ma voiture pour me faire porter le chapeau.

— J'ai inventé cet homme et vous êtes tombé dans le piège.

Celle qui voulait être Phoenix

— Aidez-moi. Je vous en prie.

— Écoutez, tant qu'on n'a pas les résultats des tests ADN, on ne peut pas dire si c'est celui de Victor, même si je n'ai aucun doute. Si vous passez aux aveux immédiatement. Je dirai un mot au juge afin de vous placer dans un quartier sûr de la prison.

L'homme, après un instant, craqua et avoua être le meurtrier de l'adolescent ainsi que l'endroit où se trouvait le corps. Son beau-fils était constamment en conflit avec lui et c'était devenu un obstacle à la vie commune avec sa mère. Ne le supportant plus, lors d'une énième dispute, il avait perdu son sang froid et il lui avait fracassé le crâne avec un presse-papier.

Voilà ce que voyaient en elle ses supérieurs : une tête bien faite sur un joli corps, une sorte de Sherlock Holmes en jupons. Sa hiérarchie l'appréciait. Le fait qu'elle était agréable à l'œil et qu'elle passait bien dans les médias arrangeait bien leurs affaires. Hélas, comme pour toute ascension, elle avait aussi ses détracteurs. Certains disaient d'elle qu'elle n'était que photogénique, une sorte de speakerine en uniforme, minimisant ainsi ses réussites.

Celle qui voulait être Phoenix

Elle était encore là, à le regarder dormir, quand la sonnerie de son téléphone retentit. Elle essaya tant bien que mal de la faire taire, mais il était déjà trop tard, Sean était réveillé.

— Salut.

— Salut mon cœur. Je suis désolée. Rendors-toi.

— Tu arrives ? Où bien tu pars ?

— Je viens de rentrer.

— Il est quelle heure ?

— Il est 1 h 30, mon chéri.

— Qui peut bien t'appeler à cette heure-ci ?

— C'était le bureau du maire. Je dois les rappeler.

— Très bien. Tu veux que je te fasse du café ?

— Non, ce n'est sûrement rien. Rendors-toi. Je te rejoins dans cinq minutes.

— Comme tu veux.

Amanda déposa un baiser sur les lèvres de Sean et celui-ci se retourna et s'endormit presque aussitôt.

Elle alla ensuite dans la cuisine s'assoir à la table, qui leur servait pour le petit déjeuner, et appela son répondeur. On lui demandait d'appeler de toute urgence le bureau du maire.

Amanda inquiète composa le numéro non sans une certaine appréhension.

— Amanda Myers.

Elle tomba à son plus grand étonnement sur le maire lui-même.

— Bonsoir Madame Myers. Désolé de vous déranger à cette heure tardive, mais il s'agit d'un cas d'urgence. Vladimir Kachenko vient de se faire abattre près de la discothèque « Le Palace des nuits ». Vous devez vous douter des conséquences pour la ville et la sécurité de nos concitoyens. Je ne veux pas de guerre des gangs dans ma ville. À cette fin, je souhaite que vous preniez l'affaire en mains et je vous nomme dès à présent Capitaine. Vous avez carte blanche. Tous les moyens humains et matériels nécessaires seront mis à votre disposition. Avez-vous des questions ?

— Capitaine ! Monsieur, c'est un très grand honneur et je ferai tout pour ne pas vous décevoir.

— Très bien. Je veux que vous vous rendiez immédiatement sur les lieux. Réglez-moi cette affaire au plus vite.

— J'y vais de ce pas. Merci encore de me faire confiance Monsieur.

— On m'a dit que vous étiez la meilleure, alors ne me décevez pas. Voyez avec mon équipe pour les détails. Tenez-moi au courant des avancées de l'enquête et faites-moi un rapport journalier. À demain.

— À demain, Monsieur.

Amanda raccrocha. C'était son premier contact avec le maire et elle ne savait pas trop quoi en penser. Elle hésitait entre joie et inquiétude. Sa nouvelle nomination au poste de Capitaine la rendait folle de joie. Cependant, l'attitude et le ton du maire ne lui disaient rien qui vaille.

Alors que quelques instants plus tôt, elle était là à se demander si elle ne devait pas prendre du recul sur sa vie professionnelle, maintenant elle ne pensait plus qu'à une seule chose, sa promotion. Tout excitée, elle n'avait qu'une hâte, partager ce moment de réussite avec l'homme de sa vie.

— Chéri, réveille-toi !

— Qu'est-ce qu'il y a encore ? Tu ne viens pas te coucher ?

— Non, j'ai une grande nouvelle. Le maire vient de me nommer Capitaine.

— Félicitations, ma chérie, mais il aurait pu attendre demain au lieu d'appeler en plein milieu de la nuit !

Celle qui voulait être Phoenix

— Kachenko vient de se faire descendre et le maire veut que je me charge de l'enquête. Je vais devoir me rendre sur les lieux tout de suite.

Au nom de Kachenko, Sean se redressa immédiatement sur son lit.

— Kachenko ! Le fils ou le père ?

— Le père, Vladimir.

— Tu en es sûre ? Merde.

— Oui, comme tu dis. En plus une bonne partie de la police bosse en sous-main pour son organisation. J'ai besoin de gens de confiance, de gens comme toi. Ça te dirait de bosser pour moi ?

— Je suis aux Stups, pas aux homicides !

— Le maire m'a donné carte blanche. Alors, je peux prendre qui je veux.

— Écoute, je ne crois pas que ce soit une bonne idée.

— Très bien. Je comprends que tu ne veuilles pas travailler sous mes ordres. Je n'insiste pas.

— T'es fâchée ?

— Non, un peu déçue. Je dois y aller.

Ils s'embrassèrent tendrement et Amanda quitta l'appartement.

À peine était-elle partie que le téléphone de Sean sonnait lui aussi. C'était un appel inconnu. Après une petite hésitation, Sean décrocha.

— Allo.

…

Tu es fou de m'appeler chez moi.

…

Mais comment veux-tu que je fasse. Je travaille aux Stups pas aux homicides.

…

Ton père ne l'aurait jamais accepté.

…

Très bien. J'ai dit d'accord. Je vais voir ce que je peux faire. Ne m'appelle plus sur ce numéro.

…

Salut.

Sean raccrocha, la tête tombante, le regard dans le vide. Comment allait-il s'en sortir ? Il devait réfléchir, vite et bien, s'il ne voulait pas que la situation lui échappe. Il finit par prendre son téléphone.

— Chérie, c'est moi. J'ai bien réfléchi. Je suis désolé pour tout à l'heure, j'ai mal réagi. C'est ta première enquête en tant que Capitaine et si tu as besoin de moi, je suis là.

...

— Très bien. Je m'habille et j'arrive tout de suite.

...

— Moi aussi, je t'aime.

9.   Le Palace des nuits

Le quartier habituellement calme à cette heure avait fait place à une foule de badauds qui s'était pressée là afin d'assouvir leur curiosité. Autour de la boite de nuit, des policiers fébriles essayaient tant bien que mal de les maintenir à distance. La mort de Vladimir Kachenko s'était propagée comme une trainée de poudre et ce n'était pas une bonne nouvelle pour les forces de l'ordre. La ville entière redoutait maintenant l'embrasement, une nouvelle guerre des gangs.

Amanda arriva difficilement à se frayer un chemin en voiture parmi la foule. Une fois sur les lieux, elle resta au volant sans bouger, les deux mains fermement agrippées, prenant de longues et profondes respirations. Elle savait ce moment solennel. Un chapitre de sa vie professionnelle se terminait et un autre s'ouvrait devant elle. Désormais, il lui fallait endosser de nouvelles responsabilités, un nouvel uniforme que beaucoup trouveraient trop grand pour elle. C'était à elle de leur démontrer qu'ils avaient tort et qu'elle méritait sa place parmi l'élite. Cette enquête était la sienne et tel un capitaine de navire, elle en serait seul maître à bord. Elle sentit alors le poids des responsabilités, car en cas d'échec, elle en serait aussi l'unique responsable.

Après une dernière inspiration, elle descendit. De sa voix la plus assurée, elle interpella les policiers en faction et leur ordonna d'éloigner les badauds. Puis, elle se dirigea d'un pas décidé vers les corps. Le regard fixé sur les dépouilles, elle s'agenouilla près de Kachenko, regarda ses plaies et enchaîna ensuite par les deux autres victimes. La pression sur ses épaules était énorme, tout le monde était là attendant ses ordres. Elle pouvait presque sentir leurs souffles sur elle.

Le noyau dur de l'équipe d'Amanda était constitué de trois policiers, deux hommes et une femme. À première vue rien de commun entre eux, si ce n'était une certaine originalité. Une originalité perçue par les autres collègues comme un handicap et qui nuisait à leurs carrières.

Celle qui voulait être Phoenix

Lorsqu'elle les avait rencontrés, tous les trois faisaient partie des exclus. Ils n'avaient pas su, ou pas pu s'intégrer dans leurs équipes respectives. Seule Amanda avait su déceler en eux un potentiel. Les réunir n'avait pas été simple. Au début, les faire travailler ensemble avait été un challenge. Mais petit à petit, elle y était parvenue, et leurs complémentarités se mariaient à présent à merveille.

Jonas Clump était un grand gaillard, athlétique, les yeux verts, peu bavard, placide, distrait et solitaire. Certains le disaient même autiste. Avec un profil pareil, il avait été cantonné à des tâches subalternes et il remplissait à longueur de journée des rapports pour les autres. Or, il était intelligent et pugnace et ce qui jusque-là était présenté comme un handicap, se révéla entre les mains d'Amanda, un atout immense. Jonas pouvait passer des heures à éplucher des relevés téléphoniques ou des comptes bancaires sans jamais se lasser, et trouver ainsi l'indice clé d'une l'affaire. C'était l'analyste de l'équipe.

Le deuxième homme du groupe était Jacob Sanders. De taille moyenne, aux cheveux bruns et à la bonne bouille, c'était un petit rondouillard aux yeux marron. Volubile et extraverti, il était le parfait opposé de Jonas. Qui aurait pu croire que ces deux-là deviendraient les meilleurs amis du monde. Avant Jonas, il n'avait jamais eu de véritable ami. Toutes les personnes qu'il côtoyait n'étaient pour lui que des connaissances sans valeur. Il travaillait dans le service logistique, connaissait tout sur tout et tout le monde. À ce titre, il ne manquait jamais de rendre service, mais il demandait toujours quelque chose en retour. C'était du donnant donnant. Intelligent, débrouillard et réactif, on pouvait lui demander l'impossible. C'était le logisticien du groupe.

Amber Clairy, silhouette élancée, les cheveux châtains foncés assez court avait de grands yeux marron en amande, une petite bouche, un nez fin, et la seule femme de l'équipe. Jolie et entreprenante, on aurait pu la définir comme un Casanova en jupons. Mais la limiter à cela aurait été réducteur, car elle était avant tout une experte en armement et une spécialiste du Krav Maga. Elle était le parfait garçon manqué qui ne se laissait pas marcher sur les pieds, ce qui lui avait, auparavant valu bien des déboires. Malgré son physique, c'était le monsieur muscle du groupe.

Amanda avait su les amadouer et en faire une équipe hors du commun. Elle les connaissait depuis maintenant trois ans. Des complicités étaient nées et ils étaient devenus bien plus que des collègues. Les nombreuses affaires résolues démontraient leur efficacité et prouvaient qu'elle avait eu raison de parier sur eux.

Celle qui voulait être Phoenix

Les vilains petits canards du début étaient devenus des agents expérimentés et respectés. Et cela, ils le devaient à Amanda. Pour elle, ils étaient prêts à tout. Même à donner leurs vies s'il le fallait. Pourtant, elle ne le voyait pas comme une victoire personnelle. Sa réussite était avant tout la leur.

Elle les avait appelés dès son départ. Et comme un seul homme, ils s'étaient mis au travail. Tous, pas vraiment. Amber comme à son habitude manquait à l'appel.

Amanda se décida à rompre le silence :

— Je ne comprends pas. Le champ de vision est d'au moins 50 m et complètement dégagé. Kachenko a l'habitude d'engager des anciens des forces spéciales russes pour sa protection. Comment ont-ils pu se laisser surprendre ? Si l'on regarde le premier garde, l'angle des blessures sur ses cuisses est étrange. Jonas, vous avez presque la même taille. Approchez.

Jonas s'exécuta aussitôt. Amanda s'accroupit et mima avec ses deux index les lames de couteaux pénétrant les cuisses.

— Vous voyez, cela ne correspond pas. Si je suis devant lui et que je le taillade, je n'ai pas accès à l'arrière de sa jambe. C'est impossible d'avoir les mêmes angles devant et derrière.

Jacob lui répondit :

— Peut-être a-t-il fait le tour ?

Sans même paraître l'écouter, Amanda continua sur sa lancée :

— Jacob, dites au légiste que je veux son rapport dès ce soir.

Jacob tout en la regardant avec un large sourire lui répondit.

— Très bien, mon Capitaine.

— Les nouvelles vont vite à ce que je vois. On aura bien le temps d'en parler plus tard. Pour l'instant, on a une affaire à boucler.

Jonas et Jacob acquiescèrent afin de montrer que le message avait été bien reçu.

— Pouvez-vous me donner la situation ?

Toujours avec le même sourire, Jacob lui donna les dernières informations glanées par les policiers arrivés avant eux.

— D'après ce que l'on sait, Kachenko est arrivé vers 19H et il est reparti du club vers 21H avec ses deux gardes du corps. Aucun coup de feu n'a été tiré et pour l'instant on n'a pas de témoin. Voilà pour les informations que j'ai.

— Quelque chose de particulier ce soir à la boite ? Un client mécontent ou éconduit ?

— Non, rien de particulier. Il n'y a eu ni bagarre ni esclandre. Rien qui sort de l'ordinaire.

— Cela confirme la piste du tueur extérieur à l'établissement. Cette histoire sent le règlement de compte à plein nez. Le maire ne va pas être content.

— Depuis quand tu t'inquiètes de ce que pense le maire ?

Amanda regarda dans les yeux Jacob pour la première fois depuis son arrivée et lui répondit non sans malice.

— Depuis qu'il m'a nommée Capitaine.

Mais elle se reprit vite et comme pour effacer ce moment de faiblesse lança sur un ton des plus sévères.

— Sérieusement, on doit rester concentrés sur l'enquête. On aura tout le loisir de s'amuser une fois qu'elle sera finie. A-t-on au moins retrouvé l'arme du crime ?

— Non. On a déjà ratissé les lieux et on n'a rien trouvé. Je vais agrandir le périmètre, mais je n'y crois pas trop. Pour moi, c'est l'œuvre de professionnels.

— Je veux le pedigree complet de ces deux gardes du corps ainsi que leur passé militaire.

Jonas, jusque-là discret, prit la parole.

— Je m'en occupe et félicitations chef.

Amanda se retourna vers lui prête à l'envoyer sur les roses. Quand elle le regarda, toute colère s'effaça. Jonas, c'était Jonas. Un grand enfant qui n'aurait pas supporté de se faire gronder devant ses copains. C'est là, qu'elle s'aperçut de son erreur. Ce n'était pas parce qu'elle était promue qu'elle devait changer son comportement. Alors, comme à son habitude avec lui, elle fit comme si de rien n'était.

— Merci Jonas. Bon, pour résumer : on a trois victimes tuées à l'arme blanche, pas d'arme du crime, pas de témoins et sûrement pas d'empreintes. Une enquête qui démarre bien en somme.

Jacob voyant que Jonas ne s'était pas fait réprimander se lança lui aussi dans une remarque.

— Disons que passer Capitaine, ça se mérite.

Amanda ne l'écoutait déjà plus. Tout son esprit était déjà accaparé par son enquête.

— Voilà, comment je vois la chronologie. Premier mort, le garde du corps qui n'a même pas pu dégainer. Deuxième mort, l'autre garde, celui qui a eu le temps de sortir son arme. Il a été touché deux fois. La première fois à la main droite, ce qui lui a certainement fait lâcher son arme. En dernier, notre ami Kachenko, qu'on a retrouvé tout près de la route. Il a dû chercher à s'enfuir… Pourquoi n'est-il pas reparti vers la boite de nuit ? Cela semblait être la meilleure solution…

Amanda se figea, et après un moment, son visage s'illumina comme si elle venait de découvrir quelque chose.

— À moins que le ou les tueurs ne lui barrent la route. Et puis il y a ces blessures aux jambes… Je parierai sur un seul tueur !

Jacob interloqué par cette hypothèse s'empressa de la réfuter.

— Tu es sûre Amanda ? Ces gars-là n'avaient pas l'air d'être des enfants de chœur. Un seul tueur me paraît improbable.

— Justement. S'ils avaient été nombreux, ils se seraient méfiés… Non, ça ne tient pas la route. Je penche pour un seul tueur, déterminé, avec un profil non agressif, en tout cas à leurs yeux.

Jonas revint à temps avec les informations sur les deux gardes.

— J'ai les renseignements sur les gardes. Igor Vasof et Milan Bortnik, 32 et 34 ans, d'origine russe et anciens militaires. Tu avais raison ce sont deux anciens des forces spéciales, des Spetsnaz. Ils ont fait la guerre de Tchétchénie ensemble et Igor a même été décoré.

— Merci, Jonas.

Jacob ne croyait définitivement pas à l'hypothèse du tueur unique.

— Alors pour toi, un gars s'amène comme ça, et en moins d'une minute tue deux gardes expérimentés et puis disparaît sans laisser de traces.

— Pourquoi un gars ?

— Une femme ? Passer Capitaine t'a rendue folle !

— Je dis juste qu'il ne faut omettre aucune possibilité.

Tout ce que savait Amanda, c'était que le premier garde n'avait pas pu dégainer son arme et que le deuxième n'avait pas pu l'utiliser. Les indices étaient minces et sans témoins, impossible de connaître le nombre de tueurs. L'utilisation d'une arme blanche impliquait une proximité entre le ou les tueurs et les victimes. Comment un tueur professionnel avait-il pu être aussi hasardeux en s'approchant de si près ? Qui plus est, sans arme à feu. Sûrement quelqu'un de déterminé et sûr de lui. Quelqu'un de dangereux. Elle ne comprenait pas cette prise de risque, et encore moins, comment des gardes aussi bien entrainés avaient pu être bernés aussi facilement.

Décidément, cette enquête pour l'instant ne démarrait pas sous les meilleurs auspices. D'un côté, pas d'arme à feu, pas de témoins et sûrement pas d'empreintes. De l'autre, la principale victime était un chef de gang, avec pour conséquence, une multitude de mobiles possibles. Kachenko était une vraie pourriture et elle ne le regretterait pas, mais sa mort pouvait entrainer une guerre, avec son lot de victimes innocentes. Elle se devait de réagir vite, si elle ne voulait pas perdre le contrôle.

C'est à ce moment-là qu'Amber fit enfin son apparition.

— J'ai fait le plus vite que j'ai pu. J'en connais un qui n'est pas près de me le pardonner. Alors, j'espère que cela en vaut la peine.

Jacob, curieux comme à son habitude lui demanda des précisions.

— T'étais avec le gars de la 107e ?

— Non, lui c'est fini depuis longtemps !

— Mais, je vous ai vu ensemble la semaine dernière.

— C'est bien ce que je dis.

— On ne doit pas avoir la même notion du temps.

Amanda coupa court à la discussion, car ils avaient une enquête à mener et peu de temps à perdre. Elle n'avait pas le choix, il lui fallait aller à la pêche aux informations.

— Amber, peux-tu regarder les blessures aux jambes du premier garde et me donner ton avis ?

Amber encore penaude d'être arrivée en retard s'exécuta immédiatement.

— Oui chef.

Après quelques minutes à étudier les blessures, Amber revint vers eux.

— Je pense que les blessures aux jambes ont été faites par un couteau de combat tactique, la lame de ces modèles étant assez rectiligne. Je pencherais pour un modèle pliable, facile à transporter et à cacher.

— Très bien Amber et as-tu une hypothèse qui expliquerait la symétrie des blessures ?

— Je me suis creusé la tête et la seule explication valable est que le tueur s'est glissé entre ses jambes.

— D'accord. Jonas, tu vas t'occuper de regarder toutes les caméras routières des alentours. On va dire 10kms à la ronde. On cherche tout ce qui semble suspect et l'on vérifie toutes les identités. Jacob, tu t'occupes des Russes de la boite. Tâche de savoir si en ce moment quelqu'un leur en veut. Je veux être informée de tout. Amber, tu restes avec moi. On va rendre visite à Andreï, le fils de Kachenko. Je dois le voir en personne et me faire une opinion sur ses intentions. Il doit être en colère et je dois le dissuader d'user de représailles. Allez ! Au boulot !

C'est à ce moment-là que Sean arriva auprès d'eux.

— Bonjour à tous.

Amanda lui sourit, et le présenta immédiatement au groupe.

— Voilà, je vous présente Sean O'Connor des stupéfiants. Je lui ai demandé de se joindre à nous pour cette enquête, et il a gentiment accepté.

Amber s'avança tout sourire et s'empressa de lui tendre la main.

— Amber. Si tu as besoin de quoi se soit, je suis à ton entière disposition, nuit et jour.

Jacob lui donna alors un grand coup de coude tout en la fusillant du regard.

— Non, mais ça ne va pas. T'as un souci ou quoi ?

Jacob s'adressa au nouveau venu tout en ignorant Amber.

— Soit le bienvenu parmi nous Sean.

Il regarda alors Jonas qui se tenait toujours à l'écart et le pressa du regard de dire quelque chose. Après un moment qui parut à tous interminables celui-ci sous la pression finit agacé par parler.

— Idem.

Amanda après les présentations d'usage reprit la main.

— Je disais juste avant ton arrivée qu'Amber et moi allions voir le fils de Kachenko. Tu pourrais venir avec nous ?

— Je serais peut-être plus utile ici non ?

À la surprise d'Amanda, pour sa première intervention Sean ne semblait pas très motivé pour suivre ses ordres.

— On en a fini ici. Je préfère que tu viennes. On ne sera pas trop de trois au cas où il y aurait du grabuge.

— C'est que je devais passer aussi au bureau. Mon chef veut me voir pour une affaire en cours.

— Tu veux que je l'appelle pour lui expliquer ?

— Ce n'est pas la peine, je l'appellerai plus tard ».

Celle qui voulait être Phoenix

Amber s'approcha de Sean et tout en le regardant dit « Moi, j'adore le corps à corps, pas toi ? »

— Ça dépend de ce qu'on entend par là.

Jacob s'immisça alors dans son plan drague, ce qu'il ne faisait jamais d'habitude.

— Amber, je peux te parler une minute.

Amber s'adressant à Sean lui dit « Je reviens tout de suite, ne bouge surtout pas »

— Jacob ! Ça ne va pas, qu'est-ce qui te prend ?

Une fois à l'écart, Jacob s'empressa de s'expliquer.

— T'es pas bien ? Tu n'es pas au courant ?

— Au courant de quoi ?

— Sean est le petit ami d'Amanda !

— Merde ! Pourquoi on ne me dit jamais rien ?

— Je ne voudrais pas te vexer, mais tu devrais plus écouter.

— Tu veux dire que je suis la seule à ne pas le savoir ?

Jacob fit un mouvement de la tête qui signifiait « Sans doute ».

Les deux collègues se dirigèrent à nouveau vers le groupe, Amanda donnait ses dernières consignes avant de partir.

Celle qui voulait être Phoenix

— Je propose qu'on se retrouve tous dans une heure au café italien, le Napolitain.

Tous lui répondirent d'accord sauf évidemment, Jonas qui ne faisait que sourire. Toutes les têtes étaient tournées vers lui et attendaient cet assentiment qui tardait tant à venir. Comme Jonas était assez souvent tête en l'air, se fut comme de coutumes, son ami Jacob qui vint à son aide.

— Jonas, tu nous y retrouves ?

— Euh, non.

Vraiment mal à l'aise, celui-ci lui répondit : « Ah ! D'accord. Comme tu veux ». Amanda reprit alors la main.

— Enfin Jonas, ce n'est pas comme si je te demandais ton avis !

— Tu nous as donné une heure et j'ai au moins 25 min de route pour aller à la salle de contrôle des caméras urbaines. Alors, il faut se décider. Je fais quoi ?

— Mince, j'avais oublié ce détail. Navrée. Tu vas à la salle de contrôle, et on dit même lieu, demain matin, vers 10 H. Cela convient à tout le monde cette fois.

Tout le monde regardait avec insistance Jonas.

— Quoi ?

Celle qui voulait être Phoenix

— Tu y seras ? demanda Jacob.

— Évidemment puisque c'est tout le monde.

L'équipe se divisa en deux groupes afin de rejoindre les véhicules : Jonas et Jacob d'un côté, Amanda, Sean et Amber de l'autre. Le groupe d'Amanda se dirigea vers la voiture la plus proche, celle de Sean. Il était temps d'aller rendre une petite visite au successeur de Kachenko, son fils Andreï.

Celle qui voulait être Phoenix

10.   Andreï Kachenko

Andreï Kachenko, 20 ans, grand gaillard de 1 m 90 aux cheveux bruns et aux yeux noirs était assis à son bureau, entouré par deux de ses gardes du corps. S'il avait le même tempérament que son géniteur, sur le plan physique, ils n'avaient rien en commun. L'unique fils et successeur désigné de Kachenko était depuis sa majorité, le bras droit de son organisation. Parce qu'il ne voulait pas être relégué au simple rôle du « fils de » et pour faire taire les critiques, il était devenu le plus sauvage d'entre tous. En deux ans seulement, il était parvenu à se faire une réputation au grand au dam de sa mère. Celle-ci s'y était pourtant opposée de toutes ses forces, car elle aurait aimé pour lui une autre vie. Longtemps, elle avait cru qu'elle y parviendrait, mais elle avait dû se rendre à l'évidence : on ne peut lutter contre sa nature. Son fils aimait trop la violence et elle s'était résignée à devoir au mieux le contrôler.

Au moment, où il apprit la mort de son père, Andreï entra dans une colère noire, personne n'osait plus lui parler. Tout le monde connaissait son tempérament et les conséquences que cela pouvait entrainer. Sa réputation était telle, qu'elle inspirait le respect même aux plus durs de son organisation. Il faut dire que pour en arriver là en si peu de temps, Andreï avait mis les bouchées doubles. Il était devenu cruel. Sans pitié, incontrôlable. Certains disaient même qu'il y prenait plaisir.

Il était partisan des représailles démesurées. On le volait, il coupait la main du voleur et s'appropriait tous ses biens. On s'attaquait à lui ou à ses proches. Il tuait le responsable, sa famille, femmes et enfants compris.

Voilà, ce qu'était Andreï : un psychopathe sans émotion et sans pitié. On comprend mieux pourquoi aucun de ses hommes n'avait envie de le déranger.

Il y avait bien une personne capable de le faire plier. Cette personne n'était pas son père, mais sa mère. Son appel téléphonique et ses mots réconfortants furent le déclic, qui lui permit de reprendre ses esprits. Malgré sa douleur et sa volonté de vengeance, elle lui entonna l'ordre de ne rien faire sans l'avoir consultée. Mais la colère d'Andreï était trop forte pour rester sans rien faire. Il commanda à Alexey et à Dimitri de venir sur-le-champ faire leurs rapports.

Les deux hommes arrivèrent vingt minutes plus tard dans son bureau. La première chose qu'Alexey fit en entrant dans la pièce fut de regarder ses pieds. Il voulait s'assurer qu'il ne marchait pas sur une bâche plastique. On n'est jamais trop prudent. Évidemment, ils n'avaient rien dit à la police et leurs premières paroles furent pour exprimer leur tristesse concernant la mort de leur chef.

— Toutes mes condoléances pour ton père. Ce soir, nous avons perdu trois hommes valeureux. Et tu sais à quel point je tenais à Igor. Il était comme un frère. Il m'a sauvé la vie bien des fois en Tchétchénie. Je te jure que j'aurais les responsables.

— Raconte-moi comment mon père est mort.

Les deux hommes, anciens combattants habitués aux stress des situations de guerre, n'en menaient pourtant pas large. Alexey avala sa salive et se lança le premier. C'était le plus gradé, c'était donc à lui qu'incombait la tâche.

Celle qui voulait être Phoenix

— Ton Père est sorti, comme à son d'habitude, vers 21H avec sa garde habituelle : Igor en premier, Milan en second. Nous, on est resté à l'intérieur. Quelques minutes après leur départ, on est sorti fumer. Une fois dehors, j'ai vu ton père, Igor et Milan au sol, puis j'ai aperçu une jeune fille, qui s'éloignait en courant, une sorte de joggeuse.

— Et tu l'as laissée filer ?

— Quand on l'a appelée, elle ne s'est pas arrêtée. Je l'ai alors poursuivie dans la rue. Elle était bien entrainée. J'ai perdu sa trace une fois arrivée à l'angle de la rue Manhattan. Dans cette rue, comme tu le sais, chaque porte possède un digicode. J'ai demandé des renforts à Dimitri. Quand ils sont arrivés, on a fouillé chaque appartement et chaque cave. On a découvert au numéro 5 une cave qui donne sur les quais. Je pense que c'est par là qu'elle s'est échappée. Il lui suffisait ensuite de traverser le pont et de prendre le métro. Voilà tout ce que l'on sait, Andreï.

— Dis-moi, pourquoi n'as-tu pas tiré sur le tueur de mon père ?

— Je la voulais vivante, pour que tu puisses l'interroger.

— Mais tu as échoué.

Celle qui voulait être Phoenix

— C'est une pro. Elle avait tout calculé. J'ai envoyé Dimitri lui couper la route du métro. Quand elle s'en est aperçue, elle a changé de direction et elle a pris la rue Manhattan. Elle avait déjà anticipé cette possibilité et étudié une échappatoire.

— À ton avis, ça vient de qui ?

— Un de nos concurrents, mais qui ? Ça, je ne saurais dire.

— On a connu d'autres attaques ce soir ?

— Non. En venant, j'ai interrogé tous nos hommes et rien. La nuit a été calme dans le reste de la ville.

— Si c'était un de nos concurrents, pourquoi n'ont-ils pas poussé l'avantage et profité du chaos de la mort de mon père pour nous attaquer ?

— Je ne sais pas.

— Tu es censé être un de mes meilleurs hommes et tu ne sais rien. À quoi me sers-tu ?

— J'ai vu la fille et je saurai la reconnaître.

— Elle ressemblait à quoi ?

— On aurait dit une gamine. Petite, trapue, du genre collégienne gothique. J'ai cru voir un tatouage.

— Tu crois ?

— J'en suis sûr.

À ce moment-là, un autre homme entra et se dirigea prestement vers Andreï. Après lui avoir parlé à l'oreille, celui-ci repartit aussitôt.

— On verra cela un peu plus tard. La police vient ici. Tu mets tout le monde en alerte. Personne ne dort ce soir. Je veux aussi que tu doubles la garde chez ma mère. On ne sait jamais.

— Très bien chef.

Amanda, Amber et Sean arrivèrent devant le quartier général des Kachenko. Tout en se garant, ils ne furent pas surpris de découvrir l'impressionnant dispositif de sécurité. Une herse avait été disposée devant le bâtiment et des hommes armés faisaient les cent pas devant l'entrée. Le premier à rompre le silence fut Sean.

— Je me propose de rester dans la voiture et de surveiller depuis l'extérieur. Si cela tourne au vinaigre, j'appelle les renforts et je vous porte secours.

Amanda voyait là une manœuvre de son petit ami pour se mettre en retrait. Il avait décidé de la jouer « Body Guard » : présent, mais transparent.

Celle qui voulait être Phoenix

— Sean, je ne t'ai pas demandé de m'aider, pour que tu restes le cul planté dans une voiture. Tu as accepté de nous rejoindre et tu fais partie de mon équipe maintenant. Mes hommes ne restent pas inactifs. Tu peux encore changer d'avis si tu le souhaites ?

Amber ne savait pas où se mettre. Voir le petit ami de son chef se faire sermonner de la sorte n'était pas bon pour la cohésion du groupe.

— C'était une idée Amanda. Je n'ai pas dit oui, juste pour faire de la figuration. Je voulais seulement qu'on soit prudent. Ce sont des hommes très dangereux. Je les connais bien.

— Alors on est d'accord. Parce que ce n'est pas à mon petit ami que j'ai demandé de l'aide. C'est au policier.

Amber décida d'intervenir dans ce qui semblait être une dispute conjugale.

— Très bien chef. On y va ou on continue le bavardage ?

Les trois policiers entrèrent alors dans le repaire de la famille Kachenko. La nervosité se lisait sur tous les visages. Avec la mort de leur chef, une période d'incertitude commençait et dans leur milieu, cela se traduisait souvent par des morts. On les fit patienter un moment au rez-de-chaussée et un des gardes armés voulut les dépouiller de leurs armes, mais Amanda s'y opposa fermement.

Au dernier étage, Andreï fut prévenu de leur arrivée et de l'incident.

— Laissez-les monter.

Le trio entra finalement dans le bureau de Kachenko. Le fils n'avait pas perdu de temps en s'installant à la place de son père. Le bureau était simple avec peu de mobilier. À l'entrée, un coin salon, constitué d'une table basse, de deux fauteuils et un canapé. Au fond, un grand bureau, derrière lequel se trouvait un grand fauteuil de ministre, avec au mur une sorte de fresque, représentant un ours se battant contre un loup dans la steppe enneigée russe. Andreï se rappela le moment, où jeune enfant, son père l'interrogea sur cette peinture. Le garçon de 12 ans, qu'il était, avait alors répondu que l'ours allait manger le loup. Il n'oublia jamais ce que lui avait rétorqué son père. Celui qui gagne n'est pas forcément le plus fort. Le plus motivé, le plus rusé et le plus courageux l'emportent le plus souvent. Et, il faut être courageux pour s'attaquer à plus fort que soi. Enfin, deux petites chaises faisaient face au bureau, créant ainsi une différence de hauteur, entre l'hôte et ses invités. Décidément, Kachenko avait l'art de recevoir.

Celle qui voulait être Phoenix

Amanda et Amber s'avancèrent jusqu'au bureau près des chaises, mais sans s'assoir. Quant à Sean, il était resté discrètement à l'entrée, adossé à un mur.

— Je voulais personnellement vous présenter toutes mes condoléances pour la mort de votre père. Je suis Amanda Myers et le maire m'a chargée de l'enquête, sur l'assassinat de votre père.

— Vous auriez pu me dire tout ça au téléphone.

— Je préfère le face à face et je voulais également vous faire passer un message.

— Ah.

— Ne faites rien. Laisser la police faire son travail. Nous allons trouver les coupables. Je ne tolèrerai aucun règlement de comptes dans la ville.

— Et sinon ?

— Je ferai une descente dans chaque local de votre organisation et j'arrêterai tous vos hommes, s'il le faut.

— Vous me menacez ?

— Je vous avertis.

— Et moi, je vous dis que les meurtriers n'iront jamais en prison.

— Alors, c'est vous que je mettrai en prison.

Andreï regarda Amanda droit dans les yeux et esquissa un petit sourire.

— Moi aussi j'ai une question à vous poser. Connaissiez-vous mon père ?

— Pas personnellement. Pourquoi ?

— Pour rien. La porte est là. Je ne vous retiens pas.

Une fois au-dehors, Amber engagea la conversation.

— Je l'ai trouvé plutôt calme. Et, à la vue de sa réputation, je m'attendais à pire.

— Justement, cela ne présage rien de bon. Amber appelle le central et demande à ce qu'une patrouille reste en permanence devant chez eux.

Sean, discret jusque-là, intervint.

— Tu ne penses pas qu'il va prendre cela pour de la provocation ?

— Ce sera surtout une preuve que je ne plaisante pas. Amber, on en a fini pour cette nuit. Il est déjà tard et la journée de demain risque d'être longue. Alors, je te ramène à ta voiture et on se revoit demain comme convenu.

— D'accord, chef.

Celle qui voulait être Phoenix

Revenus à la boite de nuit, Amber partit de son côté pendant qu'Amanda et Sean rentraient respectivement dans leurs voitures. Une fois chez eux, alors qu'ils se préparaient à se mettre au lit, le téléphone d'Amanda sonna.

— Ah, non pas encore, dit Sean.

— C'est Jonas. Je te promets de faire vite. Couche-toi. Je te rejoins dans un instant.

Amanda ferma la porte de la chambre et s'installa dans le salon. Jonas n'avait pas pour habitude d'appeler pour rien.

— Jonas, qu'y a-t-il de si urgent ?

— J'ai trouvé une piste. J'ai visionné les vidéos des caméras de surveillance, et celle du pont est très prometteuse.

— Tu as plus de détails ?

— On y voit un gros 4 × 4 BMW s'engager sur le pont et on ne le voit repartir qu'une demi-heure plus tard. Quand la voiture pénètre sur le pont, il n'y a qu'un homme au volant. Par contre quand elle en sort, ils sont deux : le même homme et une femme avec un large chapeau blanc.

— Dis-moi que tu as pu identifier les plaques et le propriétaire.

Celle qui voulait être Phoenix

— Il s'appelle Tristan Chapman, divorcé, deux enfants, sans histoire jusqu'à présent. Il est cadre supérieur dans une société High Tech du centre-ville. Pas du tout le profil habituel dans ce genre d'affaires.

— C'est peut-être une couverture. Es-tu sûr que c'est lui sur la vidéo ?

— J'ai la photo de son permis de conduire et il correspond à la vidéo.

— C'est du bon boulot Jonas. Demain matin à la première heure, tu appelles le juge Jones et tu lui demandes un mandat afin d'accéder au GPS de la BMW. Avec un peu de chance, elle va nous mener à eux.

— Très bien chef. Bonne nuit et à demain.

— À demain, Jonas, et encore, bon travail.

Amanda le sourire aux lèvres retourna dans sa chambre.

— Qu'est-ce qu'il te voulait à cette heure-ci ?

— Jonas a trouvé une piste.

— Ah. Il a retrouvé le tueur ?

— Peut-être.

Celle qui voulait être Phoenix

Amanda tout excitée par la nouvelle raconta à Sean toute l'histoire et à quel point elle avait hâte d'obtenir les informations du GPS de la voiture.

— Et, tu penses que ce Chapman est notre tueur ?

— Non. Je pense que c'est la fille. Mais on a sûrement affaire à un duo. Si on le trouve, lui. Elle ne devrait pas être très loin.

Ils allaient, enfin, pouvoir s'endormir quand Sean s'écria « Merde ».

— Qu'est-ce qu'il y a ?

— J'ai oublié mon flingue dans la voiture.

— La tienne ou la mienne ?

— La mienne. Bon, je descends le chercher. Endors-toi, je reviens vite.

— Très bien, mais il y a de grandes chances que je dorme quand tu remonteras. Je suis lessivée.

Sean l'embrassa tendrement sur la bouche.

— Ce n'est pas grave ma chérie, dors bien. Je t'aime.

— Je t'aime aussi.

À peine sorti de l'appartement, il saisit son téléphone. Il hésita un moment, puis composa un numéro.

— C'est Sean. On a un suspect. D'après les caméras du pont, un 4 × 4 BMW appartenant à un certain Tristan Chapman est resté immobilisé pendant 30 min. Il est arrivé seul. Quand il est reparti, il était avec une femme. Demain, ils vont demander un mandat, afin d'avoir accès au GPS de la voiture.

L'homme au bout du fil, sans un mot, raccrocha. Sean repartit alors se coucher.

11.   Première nuit

Tristan avait été surpris par la venue de Phoenix dans son lit. Après tout, elle avait peut-être changé d'avis et préféré le confort d'un matelas à son canapé. Mais il se rendit vite à l'évidence qu'elle n'avait pas sommeil. Cette nuit-là, ils firent deux fois l'amour. Enfin, le plus exact serait de dire qu'ils avaient par deux fois eu des rapports sexuels...

Il était maintenant 11 h du matin et Tristan ouvrait enfin les yeux. Phoenix était déjà debout, assise sur son fauteuil pianotant sur son clavier d'ordinateur. Elle était en sous-vêtement et uniquement vêtue d'un long tee-shirt. Sur celui-ci, on pouvait y voir imprimer l'affiche de l'Oncle Sam pointant son doigt. Mais au lieu de l'inscription « I want you for US army », on pouvait y lire « I fuck you ». Tristan avait l'étrange impression que ce message s'adressait à lui.

— Bonjour Tristan.

— Bonjour.

— Bien dormi ?

— Pas assez.

Phoenix sourit.

— Tu as faim ?

— Oui.

— Il doit rester des céréales dans la cuisine.

— Merci.

Tristan s'installa dans la cuisine et commença à manger ses céréales tout en continuant à observer Phoenix. La soirée et la nuit passées avaient été plus que spéciales, et cela, jusqu'à dans leur finalité. Jamais il n'aurait cru coucher avec elle et pourtant c'était arrivé. Pourquoi ? Elle n'était pas son type. Il les préférait d'habitude plus classes, plus civilisées et surtout hétéros ! Il n'y avait qu'à regarder son appartement. Il n'avait rien vu de plus minable depuis qu'il avait été étudiant.

Phoenix sentait son regard sur elle.

Celle qui voulait être Phoenix

— T'as un problème ?

— J'espère pas. On était tellement bourrés hier soir, qu'on n'a pas pensé à se protéger !

— On doit tous mourir un jour.

— C'est le genre de réflexion, qui ne mène à rien. Et puis j'aurais préféré que tu me rassures en me disant ne t'inquiètes pas.

— C'est moi, qui devrais peut-être m'inquiéter ?

— Je suis clean !

— Si tu le dis. Alors moi aussi. Tu vois, il n'y a aucun problème.

— Très drôle.

— Pour un suicidaire, tu m'as l'air de prendre bien soin de toi.

— C'est que j'ai envie de mourir en bonne santé.

Phoenix sourit, se leva et s'approcha de Tristan.

— Tu regrettes ? Ça ne t'a pas plu cette nuit ?

— La boite était sympa.

— Je ne te parlais pas de ça.

— Je sais.

— Surpris ? Tu pensais que j'aimais exclusivement les femmes.

— Cela m'a traversé l'esprit.

— Déçu ?

— Non, non.

— Quel enthousiasme !

— Disons que c'était particulier. C'est toujours comme ça ?

— Particulier ? On ne me l'avait jamais dit avant.

— Sûrement parce que mes prédécesseurs manquaient de vocabulaire ou bien qu'ils avaient peur.

Phoenix commença à élever la voix.

— Tu devrais peut-être toi aussi.

Tristan la toisa du regard. Elle n'avait pas l'air de plaisanter.

— T'es sérieuse ?

— À ton avis ?

— OK. Alors, le faire dans le noir, pourquoi pas. Que tu gardes ton tee-shirt et que tu ne veuilles pas que je glisse mes mains dessous, à la rigueur. Mais, que tu te serves de moi comme d'un Sextoy alors là, je dis non.

— Un Sextoy ?

Celle qui voulait être Phoenix

— À chaque fois que je prenais une initiative, tu me repoussais. Je viens sur toi. Deux secondes après tu me bascules sur le côté et c'est toi qui es sur moi. C'est simple, tu étais toujours active et moi, je subissais. J'avais presque l'impression de me faire violer, c'est pour dire. À tel point qu'en me réveillant ce matin, j'ai cru que le motif sur ton tee-shirt était un message personnel.

Phoenix était maintenant hors d'elle.

— Sextoy ! viol ! Hé, bien moi, je te traite d'incapable. Facile de rejeter la faute quand on n'est pas capable d'initiatives.

Sur ces mots, Phoenix lui tourna le dos et entreprit de retourner à son bureau. Mais Tristan se leva d'un bond et poussa Phoenix contre le mur de la cuisine. Elle avait sa joue gauche contre le mur. Il était tout contre elle. Sa main gauche tenait sa gorge et sa main droite parcourait ses seins.

— Ah ! Tu veux de l'initiative !

Phoenix aurait pu se dégager facilement. Il lui suffisait de lui écraser les orteils avec son talon. Il aurait alors reculé juste un peu, suffisamment pour pouvoir lui envoyer un coup de coude aux côtes. L'obligeant à la lâcher une fraction de seconde. Elle n'avait plus qu'à se retourner pour le finir d'un bon coup de genou dans les parties. En un rien de temps, il serait à sa merci, gémissant de douleur.

Ses mains parcouraient à présent tout son corps et elle sentait son souffle chaud sur sa nuque. Sa main droite descendit le long de son ventre, jusqu'à se glisser dans son shorty. Sa respiration devenait de plus en plus hachée, haletante. Ses deux paumes étaient encore contre le mur, quand elle leva sa main droite en arrière, l'attrapant par la nuque et l'amenant doucement vers ses lèvres. En faisant cela, elle cambra d'autant plus son corps et ils finirent par s'embrasser. Leurs langues se mêlèrent. Tristan ne pouvait pas lui laisser ne serait-ce, qu'une bribe d'initiative. Alors il se reprit. Il cessa de l'embrasser et repoussa à nouveau sa main contre le mur. Il s'accroupit derrière elle. Sa main gauche délaissa sa gorge, et il déchira violemment son Shorty avec ses mains. Il se releva lentement, sa poitrine frottant le long de ses fesses puis de son dos. La main droite de Tristan reprit sa position initiale, et, lorsqu'il entra en elle, elle poussa un cri. Sa respiration s'accéléra. Une douce chaleur lui envahissait maintenant le bas ventre, se propageant au reste de son corps. Sa respiration, ses battements de cœur et le rythme de Tristan paraissaient jouer le même tempo. Phoenix se sentait comme happée par cette musique. Elle poussa sur ses mains, jusqu'à tendre les bras, et tout en s'éloignant du mur, elle se pencha en avant, s'offrant ainsi totalement à son partenaire. Tristan lâcha ses prises et empoigna ses hanches. Son rythme s'accéléra encore. Leurs respirations atteignirent leurs paroxysmes. Phoenix vit son corps saisi de spasmes. Sa respiration rythmée jusque-là, connaissait maintenant des ratés. Pour une inspiration, il lui fallait trois expirations. Son corps se tétanisait. Elle perdait tout contrôle sur elle-même. Elle s'abandonnait. C'est ce moment-là, que Tristan choisit pour la rejoindre. Tous deux ne faisant plus qu'un. Un seul corps. Une seule respiration. Même les gouttes perlant de leurs fronts semblaient ruisseler à l'unisson.

Leurs deux corps reprenaient maintenant petit à petit le contrôle. Leurs respirations et leurs cœurs revenaient lentement à la normale. Phoenix se tourna vers Tristan pour l'entourer de ses mains. Tendrement, elle approcha ses lèvres et ils s'embrassèrent. Elle prit la main de Tristan et la glissa dans son dos, sous son tee-shirt. Lorsqu'il s'aperçut, que son dos était parsemé d'aspérités, il retira ses lèvres et se figea un instant. Phoenix voulut se dégager, mais Tristan l'en empêcha et continua son exploration. Lorsqu'il eut atteint ses épaules, il la regarda droit dans les yeux, sans pitié. Par son seul regard, il voulait lui assurer que cela ne comptait pas. Il l'embrassa à nouveau avec la même fougue, sinon plus que la précédente. Ce baiser signifiait bien plus qu'une acceptation. Il signifiait un nouveau départ.

Phoenix rompit le silence par un « Je vais me doucher » et se dirigea vers la salle de bains. Tristan la regarda partir, admirant sa démarche féline. Lorsque celle-ci arriva devant la porte, elle fit une pause, enleva son tee-shirt et le jeta au sol. Elle resta là, immobile, guettant une quelconque réaction de son amant, qui ne vint pas. Tristan vit son dos parsemé de traces de lacérations. Ces lacérations étaient toutes inclinées sur la droite et remontaient du bas jusqu'à la moitié de son dos. Au vu de l'inclinaison des traces, il se dit, que celui ou celle, qui lui avait infligé cela devait être gaucher. Et le fait que la moitié haute soit épargnée, que cela avait dû se passer dans sa jeunesse. Mais, ce qui attira le plus son regard fut le Phoenix tatoué sur son omoplate droite. Il comprit immédiatement la portée de cet acte et l'honneur, qui lui était fait. Cette fille était bien plus complexe qu'il ne le pensait. Son regard sur elle commençait déjà à changer.

12.   L'appartement

Alexey et Dimitri au contraire de la police n'avaient pas eu besoin de mandat pour localiser la voiture. Quand l'organisation voulait une information, elle l'obtenait. Ils l'avaient vite retrouvée. Et, évidemment, elle était vide. Il y avait bien une drôle d'inscription sur un papier, mais avec la pluie du matin, rien de déchiffrable. Cela faisait maintenant deux bonnes heures qu'ils arpentaient le bitume photo en main, recherchant Tristan. Le temps leur était compté. La police ne tarderait pas à arriver. Ils se demandaient maintenant, si les tueurs n'avaient pas tout bonnement abandonné la voiture. La chance pourtant leur sourit. Manouch, la gitane sortait de chez elle, quand elle tomba littéralement sur les deux hommes. À la vue de la photo, elle eut une réaction qui ne faisait aucun doute à leurs yeux. Elle le connaissait.

— Vous le connaissez ?

— Vous lui voulez quoi ?

— Son ex-femme le recherche.

— Et vous êtes ?

— Des détectives privés.

— Vous me prenez pour une demeurée ? Vous avez autant l'air de détectives privés avec votre accent russe que moi d'une diva.

Alexey voyait que cela ne mènerait à rien de continuer.

— Il nous doit de l'argent.

— Beaucoup ?

— Assez.

— Et vous lui ferez quoi ?

— On veut juste l'emmener avec nous et récupérer ce qu'il nous doit.

— Et s'il ne veut pas ?

— On peut être très convaincants.

— Si je vous dis où le trouver, vous me promettez de ne rien faire à la femme qui est avec lui.

— On ne cherche que cet homme. Ceux qui se trouveraient avec lui ne nous intéressent pas.

— Très bien, alors c'est d'accord. Venez, ce n'est pas très loin d'ici.

— Une seconde. Je dois d'abord informer mon chef dit Alexey, tout en se mettant à l'écart.

Deux minutes plus tard, Alexey revint parmi eux.

— Qu'est-ce qu'il t'a dit ? Dis Dimitri.

— De rester avec la gitane et d'attendre les renforts et de n'intervenir que s'ils cherchent à se sauver.

— Moi, je dis qu'il a cherché à se sauver ! On le doit bien à Igor.

Manouch qui avait été mise un peu à l'écart, commença à s'impatienter.

— Alors, on y va ou pas ?

— On y va lui répondit Alexey.

Alexey et Dimitri lui emboîtèrent le pas. Une fois arrivée devant l'immeuble de Phoenix, Manouch, comme pour se rassurer interrogea à nouveau les deux hommes.

— C'est promis, vous ne ferez aucun mal à la fille ?

— Ta copine on s'en fiche, nous on veut Tristan Chapman.

Ils montèrent l'escalier jusqu'au dernier étage. Depuis le palier, Manouch indiqua la porte de Phoenix.

— La dernière porte à droite.

Celle qui voulait être Phoenix

Alexey se plaça devant la porte et actionna prestement le bouton de la sonnerie. Manouch n'eut pas le temps de lui dire de ne pas le faire. Phoenix avait une sainte horreur du bruit. Elle avait bien prévenu tous ses amis de ne jamais sonner, de juste toquer.

Au moment où l'œilleton de la porte s'éclaircit, les deux hommes saisirent leurs armes et tirèrent à travers la porte. Ils prirent soin de viser en dessous de la poignée. Leur but n'était pas de tuer, mais de blesser. Le bruit, d'un corps tombant au sol, se fit entendre. Alexey d'un bon coup de pied au niveau de la poignée, défonça la porte. Dimitri posa sa main gauche sur l'épaule droite de son compagnon, dans une configuration classique des commandos. Les deux hommes entrèrent, l'un derrière l'autre, dans l'appartement quittant ainsi le champ de vision de Manouch, tétanisée sur le palier. Deux autres coups de feu se firent alors entendre, suivis de deux bruits sourds.

Manouch, le souffle coupé, prit son courage à deux mains. Son amie, son amour était peut-être blessée ou pire, tuée par les hommes qu'elle avait amenés. Elle aurait dû partir, se mettre à l'abri et alerter la police. Mais c'était plus fort qu'elle. Elle voulait savoir.

Celle qui voulait être Phoenix

Devant la porte, au sol, gisait le corps des deux hommes. Ils avaient été tués d'une balle dans la tête. Tristan était couché par terre et Phoenix était invisible.

Tristan restait allongé, immobile. Tout s'était passé tellement rapidement qu'il revoyait la scène afin de comprendre ce qui s'était passé. Il y eut d'abord, la sonnerie de la porte d'entrée. Il allait ouvrir quand Phoenix s'interposa. Elle lui plaça immédiatement la main sur la bouche et l'emmena hors du passage. Puis, elle saisit un pistolet, dissimulé sous l'évier. Ensuite, elle grimpa sur le plan de travail, afin de se hisser et glisser le long du meuble haut. Allonger entre le meuble et le plafond, à l'aide du balai qu'elle avait saisi, elle entrouvrit doucement l'œilleton. Immédiatement, deux fortes détonations déchiraient l'air. Des projectiles traversèrent la porte d'entrée, et par réflexe il se jetait au sol. Immédiatement après, la porte était défoncée par deux grands Russes. Enfin, le bouquet final : les deux tirs à bout portant de Phoenix, les deux corps qui tombaient inanimés, et tout ce sang qui se répandait sur le sol.

C'était la première fois, qu'il assistait à une telle violence et qu'il voyait des hommes mourir devant lui. Il se leva précipitamment et se rua vers l'évier de la cuisine, où il vomit jusqu'à ses entrailles. Puis il s'assit à même le sol tellement il était secoué.

Manouch se retourna vers la porte d'entrée et vit Phoenix encore perchée, pointant son arme sur elle.

— Manouch ?

Encore sous le choc, Manouch balbutia quelques mots.

— Ils sont morts ?

— Non, ils font un petit somme. Je n'en reviens pas, que tu m'aies trahie !

— Ce n'est pas de ma faute ! C'est de la sienne ! C'est lui, qu'ils cherchaient. Regarde dans leurs poches. Ils ont une photo de lui.

— Peut-être, mais c'est toi qui les as amenés.

— Ils m'avaient promis qu'ils ne te feraient rien. Comment j'aurais pu me douter ? Qu'est-ce qu'on va faire ?

— Toi, rien. Rentre chez toi. Prends tes affaires et quitte la ville. Et fais en sorte que nos chemins ne se croisent plus jamais.

Manouch ne se fit pas prier, trop heureuse de ne pas avoir à assumer tout ce qui venait de se passer.

Celle qui voulait être Phoenix

Phoenix tout en descendant de son perchoir s'adressa à Tristan.

— Tu n'as rien ?

Tristan leva lentement la tête vers elle.

— T'as vraiment tué le parrain de la mafia russe ?

— Pourquoi, j'aurais inventé une histoire pareille ?

— Je pensais que tu plaisantais !

— Tu pensais mal.

— T'es quoi ? Une sorte de tueuse professionnelle ?

— C'est compliqué.

— Ha non. Tuer des gens, et être recherchée par la mafia du coin, c'est compliqué, mais dire la vérité, c'est simple ! J'ai le droit de savoir.

— Pas ici, pas maintenant. Viens avec moi et je te dirai tout.

— Non. Je ne bouge pas d'ici. Je ne veux plus rien avoir à faire avec toi. Je vais attendre la police et tout leur expliquer. Toi, tu n'as rien à perdre. Alors que moi, j'ai une vie, une famille, des enfants, un travail. Je n'ai rien fait. Je suis innocent.

Celle qui voulait être Phoenix

Phoenix se retourna vers le premier russe, le fouilla et retira de sa poche intérieure une photo. Elle la tendit vers lui.

— Ce n'est pas moi qu'ils recherchaient.

— Je n'ai rien fait.

— Tu le sais. Moi, je le sais. Mais eux, ils pensaient le contraire.

— Si tu restes avec moi. Tu pourras dire à la police que je n'y suis pour rien.

— Je les connais. Ils ont des hommes parmi la police. Si je fais ce que tu dis, ce soir on sera tous les deux morts.

Tristan semblait abattu. Il n'était pas dans son milieu. Que fallait-il qu'il fasse ? Faire confiance à une presque inconnue ou à la Police ? Phoenix le ramena à la réalité.

— On doit partir Tristan. Je ne te demande qu'une heure, le temps de tout t'expliquer.

Tristan la regarda, encore indécis.

— D'accord une heure pas plus, et à condition que tu me racontes tout.

— Ok, mais pas ici. On doit partir. La police ne va pas tarder.

Celle qui voulait être Phoenix

Elle se releva et lui tendit la main. Tristan la saisit et se mit debout.

— Avant de partir, je dois effacer tout ce qu'il y a sur mon ordinateur.

Elle sauta sur son fauteuil et pianota une bonne minute sur son clavier. L'écran s'illumina. Des 0 et 1 apparurent, faisant des lignes ininterrompues sur toute la surface. Ensuite, ils partirent en direction du couloir. Arrivés au niveau de l'escalier, au lieu de descendre Phoenix le surprit en montant. Une fois sur le toit, elle se dirigea vers le muret nord du bâtiment et attrapa une longue plaque de métal. Celle-ci mesurait 1 m de largeur et faisait au moins 4 m de longueur.

— Tu me donnes un coup de main ?

Tristan agrippa un bord, et ils la placèrent pour faire un pont entre les deux bâtiments. Une fois passés, ils la retirèrent et la rangèrent à nouveau contre le muret. Ainsi placée, elle était complètement invisible depuis l'autre immeuble.

— Et maintenant on fait quoi ? Dis Tristan.

— Viens, j'ai une surprise pour toi.

Ils descendirent à l'étage du dessous et empruntèrent le couloir. Phoenix s'arrêta devant une des portes. Elle sortit une clé et entra. Quelle ne fut pas la stupeur de Tristan ? Ce nouvel appartement n'avait rien à voir avec le précédent. Autant le premier était miteux, autant celui-ci respirait le bon goût. Un chat vint tout heureux à leur encontre.

— Mistigris ! Je suis de retour.

Il n'était pas encore au bout de ses surprises. Devant eux, dans la pièce principale, un énorme ordinateur avec pas moins de quatre écrans. Sur ces écrans, on pouvait voir des images du premier appartement. Tristan restait planté là, ébahi par tout ce qu'il voyait.

— Tu croyais vraiment que je pouvais vivre dans un appart aussi pourri ?

Tristan ne savait pas quoi répondre.

— Tu as des caméras qui filment l'appartement ?

— Et j'ai des micros aussi. Tout est enregistré. Tu veux que je te repasse le film de cette nuit ?

— Non, merci. J'aimerais juste que tu m'expliques.

— Je ne suis pas celle que tu crois.

— J'ai cru comprendre, mais qui es-tu ?

— Avant tout, je vais te dire pourquoi j'ai tué Vladimir Kachenko.

Celle qui voulait être Phoenix

— Alors, c'est vrai, tu l'as vraiment fait ? Dans quelle galère je suis.

Tristan se disait : « Réfléchis, il y a sûrement une solution. Tu peux encore t'en tirer. »

— Et si tu leur disais que tu m'as braqué sur le pont et ensuite enlevé ?

— Excellente idée. Quand ils visionneront les images de la boite de nuit, ils vont adorer te voir danser avec tes menottes.

— Merde. J'avais oublié la boite. Tu as raison, c'est con.

— Tu veux tout savoir ?

— Oui. Au point où j'en suis…

— Alors, je dois te parler de Tatiana.

Celle qui voulait être Phoenix

13.   Tatiana

Phoenix démarra alors la narration de la vie de Tatiana.

— La première fois que je l'ai vu. J'étais chez moi, assise dans mon canapé. Un reportage passait à la télévision et elle en était le sujet principal. Une affaire ignoble de prostitution et de traite des blanches. Tatiana était une jeune prostituée russe et devait témoigner contre Kachenko. On l'avait retrouvée, découpée en morceau et déposée dans la benne à ordure d'un poste de police.

— C'est horrible !

— J'ai piraté l'ordinateur du légiste et j'ai découvert qu'elle avait été torturée et découpée encore vivante. Le choix du poste de police était une leçon pour toutes les autres. La preuve qu'ils ne craignaient rien, qu'ils étaient au-dessus des lois.

— Comment peut-on faire cela à un être humain ?

— J'ai également eu accès à son dossier de police.

— Illégalement, je suppose.

Phoenix continua comme si de rien n'était, elle était trop prise par son histoire.

— Cette pauvre fille n'avait que 18 ans. Elle avait été arrachée à sa famille à l'âge de 16 ans. Elle avait été exploitée chaque jour depuis cette date. Elle n'avait pas eu d'autre choix, que d'obéir. Autrement, sa mère restée au pays en aurait subi les conséquences. On la droguait, afin qu'elle soit plus docile et dépendante. Au moins, cela l'aidait à mieux supporter, l'insupportable. Malgré toutes ces menaces, Tatiana avait eu le courage de dire non. De témoigner, tout en sachant qu'elle risquait non seulement sa vie, mais aussi celle de sa famille. Elle voulait que cela cesse. Elle avait été prise en main par une équipe spéciale chargée de la garder 24 heures sur 24. Malgré toutes les précautions, Kachenko et ses hommes, aidés par des complicités internes à la police, ont fini par la retrouver.

— Je comprends, mais tu ne la connaissais pas personnellement. Qu'est-ce qui t'a poussée à agir ?

— La conférence de presse de Kachenko. Son égo surdimensionné. Son égocentrisme. Cette sensation, qu'il était intouchable. Bien entendu, après la mort de Tatiana, les charges retenues contre Kachenko avaient été immédiatement abandonnées. Il s'était alors pavané devant les caméras, se posant en victime. Il dénonçait les pressions policières, qu'il avait subies pour rien. L'annulation des charges par le procureur prouvait bien que le dossier était vide et qu'il était innocent. Pour moi, c'était trop. La justice avait échoué à faire son travail en arrêtant ce porc. Alors quelqu'un d'autre devait s'en occuper.

— Et ce quelqu'un, ça devait forcément être toi ?

— J'ai lu tous les dossiers de la police le concernant. À chaque fois, il s'en est toujours tiré : Perte d'indices, témoins qui reviennent sur leurs déclarations, procédures annulées pour irrecevabilité. Il avait les meilleurs avocats de la ville dans sa poche. Après toutes ses heures de lecture, j'en suis arrivée à me dire qu'il ne serait jamais inquiété. Et quand bien même cela arriverait, il continuerait à diriger son organisation depuis une cellule VIP, comme si de rien n'était.

— Alors, tu as décidé de faire justice toi-même ?

— Oui.

— Mais, pourquoi toi ?

— Tu n'as rien écouté ! Pour la justice ! Pour sa mémoire ! Elle ne méritait pas ça ! Il devait payer pour ce qu'il lui avait fait. Crois-moi, il en a eu pour son compte.

…

— J'ai vu tes cicatrices dans le dos. Es-tu sûr que cela n'a rien à voir avec toi ? Ne t'es-tu pas reconnue en elle ?

— Arrête !

Celle qui voulait être Phoenix

— Je pense qu'en tuant Kachenko, c'est celui ou celle qui t'a fait ça, que tu voulais tuer.

— Un conseil arrête !

— C'est humain Phoenix. En lisant les dossiers de Tatiana, tu as revécu ces moments douloureux. Je ne connais rien de ta vie. Je crois qu'inconsciemment, tu t'es dit que tu aurais pu finir comme elle. C'est cela qui t'a mis en colère. Et, c'est cela qui t'a fait agir.

À peine avait-il fini de prononcer le mot « agir », qu'il se retrouvait au sol. Phoenix au-dessus de lui, tenait un couteau posé tout contre sa gorge. Sur son visage, une larme roula le long de sa joue gauche. Ils restèrent là un moment, Tristan n'osant pas dire un mot, tellement la lame était proche de sa trachée.

— T'es ingénieur ou un putain de psy ?

Tristan de sa main droite repoussa un peu la lame.

— On me dit souvent que je parle trop.

— Tu dis surtout un tas de conneries.

— Si ce sont des conneries, tu es drôlement susceptible.

Phoenix approcha sa tête, le regarda en face afin qu'il vît bien ses yeux.

— Qui te dit, que ceux qui m'ont fait ça sont encore en vie ?

Tristan avala sa salive et dit : « S'ils sont morts, c'est qu'ils le méritaient ».

— Pourquoi ?

— Pourquoi quoi ?

— T'en sais rien. Je suis peut-être une tueuse psychopathe, qui aime tuer tout ce qui la dérange ?

— Je ne crois pas.

— Tu jouerais ta vie ?

— Oui.

À cet instant, ils entendirent des sons provenant des haut-parleurs de l'ordinateur. Phoenix se tourna, voyant les images de plusieurs personnes, elle se leva, laissant Tristan allongé sur le sol. Elle s'assit à son fauteuil, accaparée par ce qu'elle voyait et entendait. Tristan se leva à son tour et tout en se massant la gorge lui demanda.

— C'est qui ? Encore des Russes ?

Elle saisit un bloc-notes, un crayon et tout en écrivant répondit : « Non. La police ».

— Super ! On est sauvé ! On y va ?

— Et je leur dis quoi pour les deux hommes dans mon appartement ?

— Légitime défense. Je témoignerai que c'est eux, qui ont ouvert le feu en premier. Tu n'as fait que de te défendre.

— Non.

— Comment non ?

Celle qui voulait être Phoenix

— Non.

Phoenix continuait d'écrire sur son bloc-notes et cela l'exaspérait.

— Écoute, tant pis. Moi, j'y vais.

— Cool.

— Tu n'essayes même pas de m'en dissuader ?

— Pourquoi ?

— Arrête avec tes pourquoi ! C'est énervant !

— T'es un suicidaire non ?

— Je ne vois pas le rapport.

— Très bien, vas-y si tu veux. Ce soir, tu seras mort. C'est bien ce que tu voulais ? Bonne fin de vie.

— Tu ne peux pas en être sûre.

— Alors, réponds-moi. Pourquoi étais-tu prêt à jouer ta vie sur le fait que je ne sois pas une tueuse psychopathe ?

— Si tu l'étais vraiment. Tu m'aurais déjà tué sur le pont. Tu ne m'aurais pas amené dans ton appartement. Tu ne m'aurais pas gardé près de toi. Tu ne savais pas si ma voiture avait été repérée. Alors, je pense que tu as fait tout ça pour me protéger.

Phoenix le regardait tendrement.

— Et crois-tu que je te mentirai maintenant ?

Celle qui voulait être Phoenix

Tristan prit une longue respiration, puis il s'assit sur une des chaises.

— Non. Mais si tu veux que j'aie une entière confiance en toi et que l'on continue ensemble ; il va falloir que tu me dises tout sur toi, sans rien omettre et sans mensonges.

...

— D'accord.

— Alors, commençons. Phoenix est-il ton vrai nom ?

Phoenix qui parlait habituellement d'une voix ferme répondit pour la première fois d'une voix tremblotante : « Non. Mon véritable nom est Hanna. »

Celle qui voulait être Phoenix

14. Hanna

— Je n'ai pas beaucoup de souvenirs de ma famille. Après toutes ces années, les images sont de plus en plus floues. Quelques fois, il m'arrive même de croire que j'ai tout inventé.

— Ils sont décédés ?

— Tu me laisses raconter, où tu vas m'interrompre tout le temps ?

— Désolé.

— Je disais donc... J'ai peu de souvenirs, mais je me souviens du jour où j'ai été enlevée.

— Tu as été kidnappée ?

Celle qui voulait être Phoenix

Phoenix, lui jeta à nouveau un regard qui en disait long sur son exaspération.

— Pardon.

— J'ai été enlevée à l'âge de cinq ans par un couple : les Harris. Je jouais dans le jardin avec ma poupée, quand une dame est venue me voir. Elle m'a dit que ma maman m'attendait dans la camionnette qui se trouvait devant la maison. Je lui ai donné la main et je l'ai suivie.

Tristan crut déceler au ton de sa voix, comme une sorte de culpabilité.

— Tu n'avais que cinq ans. Ce n'était pas de ta faute.

— Qui a dit que c'était de ma faute !

— OK ! Autant pour moi.

Phoenix paraissait désorientée, mais elle décida tout de même de continuer.

— Je n'oublierai jamais le cri que j'ai entendu en montant dans le van. Ce cri était si aigu qu'il déchira l'air comme un fouet qui claque. Quand j'y repense, j'aime croire que c'était celui de ma mère. Quand la nuit venait chez les Harris, seule dans le noir, couchée sur mon petit matelas, la seule chose qui me réconfortait, était de croire qu'elle avait essayé de me sauver.

— C'est probable. Elle s'est peut-être absentée juste une minute, une minute de trop. Je n'ose imaginer l'horreur pour toi, si petite et tes parents. Ces Harris étaient des personnes en mal d'enfants ?

— Non.

— Ah, ils t'ont kidnappée pour obtenir une rançon ?

— Non plus.

— Bon, j'ai compris. Je te laisse continuer.

…

— C'étaient des prédateurs sexuels.

Tristan était bien décidé à la laisser continuer son histoire sans intervenir, mais c'en était trop.

— Tu avais cinq ans ! Moi, j'appelle cela des pédophiles !

— Comme tu veux. En tout cas, ils m'ont enlevée, puis ils ont…

Un silence interminable et une gêne s'installèrent après le dernier mot prononcé. Cette fois, Tristan atterré était bien décidé à la fermer.

Celle qui voulait être Phoenix

…

Après un long moment, Phoenix reprit le cours de son histoire.

— Arrivée chez eux, je me suis rendu compte que je n'étais pas la première. Je n'étais pas seule. Plus tard, je découvrirai qu'ils gardaient les enfants en moyenne entre deux et quatre ans, suivant leur obéissance et leur utilité.

— Je ne sais pas quoi te dire. Il n'y a rien de pire que ces gens. Ils ne méritent que la mort.

— Il y a toujours pire : il y a moi.

— Comment ça ?

— Le pire, c'est d'être conscient que c'est mal. Mais de le faire malgré tout, parce que tu veux survivre.

— De faire quoi ? De quoi parles-tu ?

— Afin de survivre, je les ai aidés, volontairement.

— Je ne comprends pas ?

— Je savais que si je ne faisais rien, je finirais comme les autres, enterrée dans le jardin. Alors, j'ai décidé d'accepter de collaborer avec eux. Je voulais vivre. Alors, je les ai appelés, Monsieur et Madame. J'étais à leur service. Je servais à l'occasion de rabatteuse pour leurs nouvelles victimes…

Celle qui voulait être Phoenix

Tristan à cette révélation resta sans voix.

— Tu restes muet ? Tu vois. Tu me condamnes déjà. C'est pour ça que je ne parle jamais de mon passé. Personne ne peut comprendre.

— Je conçois que tu aies voulu sauver ta peau, mais il y a d'autres moyens. As-tu tenté de fuir ?

— J'avais le gîte et le couvert offert. En plus, l'ambiance était sympa. Pourquoi serais-je parti ?

— T'es sérieuse ?

— Évidemment, non ! Je répondais juste à une question débile !

Tristan se demandait si sa patience n'avait pas atteint ses limites. Il était peut-être temps pour lui de partir et de retrouver sa vie. Après tout, il ne lui devait rien. Il pouvait très bien la laisser là avec son sale caractère, son histoire et ses ennuis. Quand Phoenix s'aperçut qu'elle était en train de le perdre, elle reprit le cours de son récit.

— Bien sûr que j'ai essayé ! Comment peux-tu en douter ? Tu as vu mes cicatrices dans le dos ?

— Oui.

Celle qui voulait être Phoenix

Phoenix se leva, remonta son tee-shirt et tout en se retournant lui dit : « Chacune d'elle correspond à une de mes tentatives. Ne me dis pas que je n'ai pas essayé ».

Tristan en dénombra neuf, de longueur différente. Les deux plus longues couvraient la largeur de son dos et toutes étaient orientées de la droite vers la gauche. Son sang se glaça, puis rapidement un sentiment de colère monta en lui.

— Comment peut-on infliger cela à un enfant ?

— J'avais tout tenté en vain. Je devais me rendre à l'évidence. J'allais finir comme les autres. Mais je n'arrivais à me résigner. J'avais tellement de choses à voir et à découvrir. Cela ne pouvait pas, cela ne devait pas finir comme ça. Je ne suis pas fière de moi, ni de ce que j'ai dû faire. Je sais que je ne connaîtrai jamais le pardon. C'est comme ça ! J'ai survécu, et maintenant, je dois vivre avec.

Un long silence s'installa entre eux. Tristan savait bien que c'était à lui de le rompre. Cependant, le choc était tel, qu'il ne savait plus quoi dire.

— Je ne te juge pas Phoenix ou Hanna. Je ne sais même plus par quel nom t'appeler.

— Celui que tu veux. Hanna est mon vrai nom. Phoenix est celui que je me suis choisi.

Celle qui voulait être Phoenix

— Alors ce sera Phoenix. Il est facile de juger quelqu'un en disant, moi j'aurai fait ci ou ça. La vérité, c'est que je n'y étais pas. Je ne sais pas ce que j'aurais fait à ta place. Ce dont je suis sûr, c'est que tout ce que tu as fait, tu l'as fait parce que tu n'avais pas le choix ! N'oublie jamais que tu es une victime et que sont eux les coupables.

— Tu ne comprends rien. Je suis coupable et il aurait mieux valu que je meure là-bas.

— On forme une bonne équipe de tarés à nous deux.

Phoenix esquissa un léger sourire. Tristan reprit de plus belle.

— La preuve que tu n'es pas une psychopathe, c'est que tu te poses des questions. Les vrais eux ne s'en posent pas. Ces gens-là n'ont aucun remords et prennent leur pied en revivant leur passé. Je vois bien que ce n'est pas ton cas.

De nouveau, il y eut une pause. Au début Tristan pensa qu'il était souhaitable de la laisser souffler. Puis il se dit que le meilleur moyen pour qu'elle passe à autre chose, c'était qu'elle continue son histoire.

— Comment t'en es-tu sortie ?

Celle qui voulait être Phoenix

Phoenix le fixa du regard et mit un certain temps à répondre, comme-ci la suite lui était encore plus difficile.

— Je me rendais bien compte que plus je grandissais, plus je m'éloignais de leurs critères et plus j'approchais de ma fin. Mes plans d'évasion avaient tous échoué, car ils étaient tous basés sur du court terme ou sur des opportunités. Il me fallait réfléchir, être patiente et élaborer un plan plus ambitieux.

— Combien de temps es-tu restée séquestrée ?

— De l'âge de cinq ans, jusqu'à mes quatorze ans. Neuves longues et interminables années. Je ne te donnerai aucun détail. Je ne veux pas que l'on me plaigne et je préfère ne plus y penser. Si seulement, je pouvais tout effacer, mais c'est là, ancré en moi.

— Tu es trop dur avec toi. Sache que si tu le souhaites, je serai là. Avec moi, tu auras toujours une oreille attentive. L'important, c'est que tu aies réussi à t'échapper.

Phoenix le regarda fixement dans les yeux sans bouger ni parler. Puis, elle baissa lentement la tête, le regard cloué vers le sol.

— Toutes mes attentions envers eux ont fini par payer. Mon aide leur est vite devenue indispensable et les années ont passé. L'année de mes treize ans, après avoir murement réfléchi au moyen de m'évader, je décidais de passer à l'action. Comme tu t'en doutes, nous n'allions pas à l'école. Dans leur grande bonté, nos geôliers nous laissaient regarder durant quelques heures la télévision. J'étais libre de sélectionner les émissions que je voulais. C'est ainsi que j'appris seule et en cachette à lire et à écrire. En visionnant les séries policières, je pris conscience de l'importance de l'ADN dans la résolution des enquêtes. Mon plan nécessitait que je maitrise parfaitement l'écriture de Madame. Cela me prit toute une année. Une fois satisfaite du résultat, il ne me restait plus qu'à passer à la suite, bien plus délicate. Après avoir récupéré des cheveux de Madame sur sa brosse, il me fallait pouvoir les déposer sur le lieu du prochain enlèvement, sans me faire prendre. La principale difficulté pour moi était de pouvoir justifier la présence de ses cheveux. Il devait y avoir une explication logique, afin de ne pas éveiller les soupçons. L'attente fut longue avec nombre de désillusions. Mais au final, une occasion se présenta.

— Tu jouais ta vie sur un coup de dés. Je ne sais pas, où tu as trouvé la force et le courage après toutes ces années de captivité. Prendre autant de risques sans savoir si cela s'avérerait payant. Car pour que l'ADN soit utile, il faut qu'au préalable il soit fiché sinon il n'est d'aucune utilité. Et tu aurais fait tout cela pour rien. À ta place, je ne sais pas si je l'aurais tenté.

— Qui te dit que je cherchais à les identifier ?

— Tu me parles d'ADN, de cheveux. Je ne vois pas bien à quoi cela allait servir sinon.

— Si tu me laissais finir ?

— D'accord.

— Un jour où nous devions enlever une petite fille, par chance ou malchance, il s'est trouvé que sa sœur jumelle était là, elle aussi. L'occasion était trop tentante pour Madame. Elle dérogea au scénario habituel. Elle quitta l'abri du véhicule pour aller chercher le deuxième enfant. J'ai su que c'était là, l'occasion que j'attendais. Il ne me restait plus qu'à laisser les cheveux dans un endroit où l'on pourrait être sûr de les trouver. Cela sans me faire remarquer des Harris. Il me fallait agir vite. Je décidai de les coincer sous le bras de la poupée que tenait la petite, qui était avec moi. Il ne me restait plus qu'à la laisser tomber au sol et prier pour que les journalistes ne donnent pas trop de détails.

— Attends, cela me dit quelque chose. Il y a quelques années, il y a eu une histoire d'enlèvements de jumelles. Elles s'appelaient comment déjà… Shirley et Kate. Oui, c'est bien ça ! On les a retrouvées peu de temps après. Une mystérieuse jeune femme les avait déposées devant un hôpital. C'était toi ?

Phoenix, surprise, ne s'attendait pas à ce que Tristan s'immisce comme cela dans son histoire.

...

— Oui.

— C'est pas incroyable ! Par contre, je ne me souviens pas si on a retrouvé les kidnappeurs.

— Tu veux que je te raconte l'histoire à ma manière, ou à la tienne ?

— Je t'en prie continue.

— Où en étais-je ? Ah ! oui ! Le soir même, les informations annonçaient le kidnapping des deux sœurs et indiquaient également qu'un indice important avait été découvert. L'ADN d'une femme avait été retrouvé sur les lieux.

— Tu vois bien que j'avais raison. Si je me souviens bien, le ravisseur était inconnu des services de police et donc l'ADN n'avait servi à rien. Je te l'avais bien dit. Tu as pris trop de risques.

Celle qui voulait être Phoenix

— Et je te le répète encore, je ne cherchais pas à ce qu'ils soient identifiés. Je souhaitais juste introduire le doute dans leur couple. Ils avaient commis une erreur. Du moins, ils le croyaient et c'était la première fois. Ils étaient devenus vulnérables. Chaque flash télévisé le leur rappelait et ne faisait qu'attiser leurs disputes.

— Malin. Pendant qu'ils se disputaient, ils faisaient moins attention à toi, te laissant plus de liberté.

— En effet !

— Revenons à nos moutons. Cette histoire me passionne. Je suis curieux de savoir comment tu t'es échappée.

— Tu te souviens que pendant un an, je me suis entrainée à imiter l'écriture de Madame.

— Oui, mais je ne vois toujours pas à quoi cela pouvait te servir.

— J'y viens justement. Monsieur ne pardonnait pas l'amateurisme de sa femme. Il ne comprenait pas comment elle avait pu être aussi négligente. Madame, elle, jurait qu'elle n'y comprenait rien. Rien n'y faisait. Cela ne passait pas. J'attendis patiemment que leurs disputes atteignent leur paroxysme pour abattre mon dernier atout.

— Et cet atout impliquait l'écriture de Madame.

— Quelques semaines plus tôt, j'avais réussi à voler une enveloppe et du papier. Par prudence, j'avais attendu le dernier moment pour rédiger une lettre de dénonciation.

— Excellent !

— Dans cette lettre, je demandais une amnistie totale en échange de mon témoignage contre mon mari, le seul coupable. Signée par Madame, elle était adressée au procureur qui suivait l'affaire.

— Et tu l'as envoyée ?

— Un peu de patience. J'ai presque fini. Un matin, alors que Madame était sortie, je suis allée voir monsieur. Je lui ai tendu le courrier en lui disant que je l'avais trouvé par terre. Comme c'était l'écriture de sa femme et qu'il n'y avait pas de timbre, il la regarda attentivement.

— Comment a-t-il réagi ?

— D'abord, agacé d'avoir été dérangé, puis il explosa littéralement quand il s'aperçut qu'elle était adressée au procureur. À tel point, qu'il me demanda ensuite de descendre à la cave, rejoindre les jumelles. Il faisait toujours cela quand il était hors de lui. Depuis la cave, les filles et moi avons entendu des cris et des bruits de vaisselle cassée.

— Que s'est-il passé quand elle est rentrée ?

— Rien. Monsieur m'avait demandé de ne rien dire à Madame.

— Et alors ?

— Le lendemain, Madame n'était plus là.

— Elle était partie ?

— En quelque sorte. En regardant bien la pelouse du jardin, on pouvait remarquer une zone où la terre avait été fraichement retournée.

— Non ? Il l'a tuée à cause de ta lettre ? Et tu te doutais qu'il ferait ça ?

— Je l'espérais.

— Une de moins. Je ne devrais pas, mais elle le méritait. Mais comment a-t-il justifié son absence ?

— Il nous a dit, qu'elle était partie quelques jours chez des parents éloignés. Je ne pouvais pas me réjouir, car c'était aussi le moment le plus critique de mon plan.

— C'est-à-dire ? Il n'avait plus qu'une personne pour te garder. C'était donc plus facile de t'échapper, non ?

— Oui, mais il pouvait également décider d'effacer toutes les traces. Et toutes les trois, nous étions les preuves vivantes de sa culpabilité. Je devais faire vite, si je voulais nous sauver.

— Comment as-tu procédé ?

— Je savais où Madame rangeait les somnifères. Elle les utilisait sur les enfants les premiers jours pour les calmer. N'étant plus là, c'était à moi de préparer le repas du soir.

— Je suppose que vous deviez manger la même chose. Alors, comment faire pour être sûr qu'il en prenne et pas vous. Que lui as-tu préparé ?

— Une soupe.

— Ah ! Pas d'entrée ni de dessert ?

— Non, il souhaitait juste une soupe.

— Il devait se méfier. Comment as-tu fait ?

— Je ne pouvais rien mettre dans la soupe, car nous devions manger devant lui. Mais, je connaissais ces habitudes et il avait comme manie de saler énormément ses plats. J'avais donc préparé la soupe sans mettre un gramme de sel, de telle sorte que le plat soit le plus fade possible. J'ai ensuite méticuleusement broyé les cachets de toute une boite de somnifères et j'ai remplacé le sel de la salière par ma préparation.

— C'était une bonne idée à condition qu'il ingurgite suffisamment de médicaments.

— Je voulais qu'il dorme. Quelques minutes me suffisaient.

— Eh donc ? C'est comme cela que vous vous êtes enfuies ?

— Pas exactement.

— Il dormait. Vous pouviez donc partir ?

— Oui, mais je voulais qu'il paye pour tout ce qu'il avait fait.

— Qu'as-tu fait ? Tu n'avais que quatorze ans et tu ne devais pas faire plus de 1 m 50.

— Quatorze ans peut-être, mais loin d'être une idiote. Je l'ai ligoté et bâillonné sur sa chaise avec du gros scotch. Ensuite, j'ai pris un drap, je l'ai déployé derrière lui et je l'ai fait basculer en arrière.

— Je présume que le drap devait te servir à le faire glisser, mais je te vois mal en avoir la force.

— J'ai utilisé la tondeuse auto portée du jardin.

— Malin ! Mais pour l'emmener où ?

Celle qui voulait être Phoenix

— Je tenais à ce qu'il rejoigne sa femme et les autres. Mais en allant chercher la tondeuse dans l'abri de jardin, j'ai eu la surprise de remarquer un énorme trou, le long des thuyas. Monsieur avait pris les devants et prévu de nous rendre visite pendant la nuit. Ce trou était suffisamment grand pour nous trois et convenait parfaitement pour lui. C'est à ce moment-là que j'ai eu l'idée d'utiliser le congélateur armoire qui se trouvait dans l'abri.

— Je ne comprends pas. Pourquoi avais-tu besoin d'un congélateur ?

— Tu vas comprendre.

— Là, je ne vois pas. Pourquoi perdre du temps, alors qu'il pouvait se réveiller à tout moment ?

— Laisse-moi terminer mon histoire.

— Très bien.

— J'ai donc commencé par vider le congélateur. Toujours à l'aide de la tondeuse, une fois vide, je l'ai amené puis glissé dans le trou. Là, je l'ai branché grâce à une des rallonges électriques et j'ai ouvert la porte. Ensuite, avec la même technique, je me suis occupé de Monsieur toujours endormi. Une fois près de la fosse, je n'avais plus qu'à le faire rouler à l'intérieur du congélateur.

— Si je comprends bien. Tu l'as mis dans un congélateur branché, bâillonné à sa chaise ?

— J'ai dû scier un peu sa chaise pour que ça rentre. Je comptais sur le froid pour l'engourdir.

— Pourquoi ?

— Le froid ralentit le métabolisme. Je le voulais vivant et conscient, sans prendre trop de risque. Je souhaitais qu'il réalise pleinement tout ce qui allait se passer.

— Tu étais libre après des années de souffrance. Tu ne savais plus ce que tu faisais. C'est compréhensible.

— Au contraire, j'étais calme et je savais très bien ce que je faisais. Je lui ai retiré le scotch de la bouche, et j'ai attendu qu'il se réveille.

— Longtemps ?

— Je ne sais plus, quelques heures. J'aurais attendu toute la nuit s'il le fallait.

— Tout ce scénario, juste pour lui parler. Tu voulais qu'il sache que c'était toi, la lettre. Qu'il avait tué sa femme pour rien. Tu voulais qu'il souffre.

— Oui. Je voulais qu'il me supplie de le laisser vivre. Je voulais qu'il ressente ce que les autres victimes avaient vécu.

Ce moment, où l'on est prêt à tout pour sauver sa vie. Et où, le désespoir nous envahit, quand on se rend compte que c'est inutile.

…

— Il t'a supplié ?

— Oui. Il m'a suppliée comme un enfant. Puis quand je lui ai dit pour la lettre. Il a commencé par nier l'évidence. Que c'était bien l'écriture de sa femme. Cela ne pouvait être moi, car je ne savais ni lire ni écrire. Alors, je suis allée chercher un morceau de papier et un stylo dans la maison pour le lui prouver. Ensuite, il m'a injuriée.

— Tu aurais pu en rester là et appeler la police. Tu tenais ta vengeance.

— Je n'avais que quatorze ans. J'avais poussé un homme à tuer sa femme et aux yeux du monde entier, j'étais leur complice.

…

— J'étais allée trop loin, Tristan. Je ne pouvais plus reculer. Et puis, je le devais à toutes celles qui étaient là, enterrées dans le jardin. C'était à moi de les venger. Je le leur devais bien ça.

…

Celle qui voulait être Phoenix

— Que lui as-tu dit ?

…

— Que le congélateur était là, pour que la merde qui était en lui ne se mélange jamais aux autres victimes.

— Et lui ?

— Que c'était grâce à moi qu'elles étaient là et que je ne valais pas mieux que lui.

— Le salaud !

— J'ai fermé la porte et le reste de la nuit, j'ai comblé le trou à l'aide d'une pelle. Pour le reste, tu connais la suite. J'ai pris les deux fillettes avec moi, et je les ai déposées devant l'hôpital le plus proche.

— Tu l'as enterré vivant dans le congélateur ?

— Oui.

Tristan se sentit tout d'un coup très mal.

— Quelle histoire ! Tu as tué deux personnes, sans verser la moindre goutte de sang.

— Si cela peut te consoler.

— Après l'hôpital, qu'as-tu fait ?

Celle qui voulait être Phoenix

— Je suis revenue à la maison. C'était le seul endroit familier que je connaissais. Je me suis assise dans la cuisine et je suis restée là pendant des heures. Je m'apercevais que je n'avais pas prévu de suite.

— Inconsciemment, tu n'avais pas prévu de réussir.

— Sûrement, Monsieur Freud.

— As-tu pensé à retrouver ta vraie famille ?

— Je leur aurais dit quoi ? Bonjour. Je suis votre fille disparue. Je ne suis pas morte. J'ai été enlevée et je me suis libérée en tuant mes ravisseurs. Qu'il y a-t-il à manger ce soir ?

— Présenté comme cela. Tu t'es au moins renseignée sur eux ? Savoir ce qu'ils étaient devenus ?

— Pourquoi faire ? Je les avais à peine connus. Il valait mieux pour eux que je reste cette enfant innocente de cinq ans.

— Ensuite ?

— C'est une autre histoire…

Celle qui voulait être Phoenix

15.   La taupe

Appelé par des voisins pour des coups de feu, le central de police avait envoyé immédiatement une patrouille sur les lieux. L'équipe avertie en chemin se dépêcha d'arriver sur place. La proximité des faits avec la voiture de Chapman ne laissait présager rien de bon. Et au vu du pedigree des hommes impliqués, Amanda avait bien peur qu'il n'y ait encore des morts. Elle aurait aimé se tromper, malheureusement, ce ne fut pas le cas. Par contre, elle ne s'attendait pas à ce que ce soit encore des Russes. Décidément, ce Tristan Chapman et cette fille l'intriguaient. Recherchés par toute la pègre et la police, ils avaient su pour l'instant déjouer tous les pièges. À ce stade, cela ne pouvait pas être de la chance. L'un ou l'autre, voire les deux étaient forcément des personnes aguerries.

Sur lui, elle semblait tout connaître et pourtant, elle hésitait encore. Tueur professionnel ou bon père de famille prit dans une histoire qui le dépassait ?

À propos d'elle, elle n'avait strictement rien, nada. Pas l'ombre d'un indice.

Mais une chose était sûre, les voisins avaient formellement reconnu Chapman. Elle misait donc tout sur le portrait robot de la locataire. Car elle en était certaine, c'était elle, la clé de toute cette histoire. Qui était-elle ? Pour qui travaillait-elle ? Il lui fallait des réponses, et vite.

Le maire n'allait pas se réjouir des deux morts supplémentaires. Même si avec leurs casiers judiciaires chargés, personne ne les regretterait. Et avec cinq morts, en à peine 24 heures, on ne pouvait pas dire qu'elle avait la situation en main. Elle devait démontrer que son enquête avançait, prouver qu'elle en était capable, car il ne tarderait pas à lui demander des comptes.

— Amber. Tu vas t'occuper de l'ordinateur et du portrait robot de la fille. Je le veux au plus vite. Dès que tu l'as, on le diffuse à toutes les patrouilles et à tous les médias. On va leur mettre la pression. Ils vont devoir se trouver une planque, ou tenter de quitter la ville. Donc, surveillance de l'aéroport, des gares, des stations de bus, ainsi que des contrôles sur toutes les voies sortantes de la ville.

— Jonas. Tu vas t'occuper des indices de l'appartement : Empreintes digitales, ADN, tout ce que tu peux trouver. Ensuite, tu envoies tout au laboratoire d'analyse et surtout, tu passes tout en priorité. Si tu as des soucis avec les gens du labo, tu m'appelles. Je veux qu'on identifie cette fille. Est-ce bien clair pour tout le monde ?

Tous acquiescèrent de la tête tout en répondant à haute voix : « Oui, capitaine ».

— Jacob. Toi, tu vas me trouver tout ce que tu peux sur la fille. Travail, amis, la totale. Faut pas trop se faire d'illusion, elle a sûrement pris ce logement sous un nom d'emprunt. Je veux tout connaître sur sa vie. Ensuite, tu vas à la morgue et tu me ramènes les rapports d'autopsie ainsi que les pedigrees des deux morts. Je veux savoir comment et par quoi ils ont été tués : Armes, type de munitions, angles d'entrée des projectiles et si on a affaire à un ou des tireurs. Tout quoi.

— Sean. Toi, tu viens avec moi. On va faire une nouvelle visite à notre ami Andreï. Je crois qu'il n'a pas bien compris à qui il a affaire. Cette fois, je vais lui mettre les points sur les i et les barres aux t.

Sean n'était pas d'accord. Le problème était que cela se lisait aussi sur son visage.

« Je peux te parler en privé ? » demanda Sean.

L'appartement n'était pas bien grand et on se marchait pratiquement sur les pieds. Seule la salle de bains semblait offrir un semblant d'intimité. Amanda visiblement contrariée l'invita vers la pièce.

— Suis-moi.

À peine la porte fermée, Amanda commença par le réprimander.

— Comment oses-tu ? Devant mon équipe en plus.

— Je veux juste te parler quelques secondes.

— Ne vois-tu pas que tu mets en difficulté devant mes hommes ? Sean, je t'aime énormément, mais je crois qu'on a fait une bêtise en voulant travailler ensemble.

— Ne t'énerve pas. Je suis désolé. J'aurais dû attendre un autre moment, mais j'ai quelque chose d'important à te dire. Avant je veux que tu saches que je t'aime et que je ne ferai jamais rien contre toi. Tu le sais ?

— Oui, je sais bien. C'est la pression. Rien ne se passe comme je voudrais. En plus, je n'arrive pas à comprendre

212

comment les Russes ont fait pour arriver avant nous. Ce n'est pas logique. Il y a dû avoir une fuite. Pourtant il n'y avait que mon équipe au courant. Je vais trouver ce salaud et crois-moi, il va passer un mauvais quart d'heure.

— Arrête, il peut y avoir une multitude de raisons sans que ce soit forcément quelqu'un de ton équipe. Cela peut très bien venir du service du trafic routier qui gère les caméras ou même du service des immatriculations. Tu sais bien qu'ils ont des hommes partout. C'est toi-même qui me l'a dit.

— Tu as sans doute raison. Je m'inquiète sûrement pour rien.

— Viens-la.

Sean l'attira vers lui, les deux mains sur son visage, il approcha ses lèvres et l'embrassa tendrement.

— Quoi qu'il arrive, je veux que tu te souviennes toujours que je t'aime.

Amanda trouva cela étrange, pas dans ses habitudes. Elle avait eu droit à deux « Je t'aime » en à peine une minute. Il devait se faire du souci. La peur que sa première mission en tant que capitaine ne soit un échec. Elle se dit alors que même si lui en venait à s'inquiéter, cela ne pouvait vouloir dire qu'une chose : « Qu'elle était dans de sales draps ».

Celle qui voulait être Phoenix

— Tu sais, je n'en doute pas. Je t'aime aussi.

Ils se regardèrent alors un instant, les yeux dans les yeux, et ils se sourirent. Amanda se sentit réconfortée, car, quoi qu'il advienne, elle le savait, il serait toujours là pour elle.

— Pardonne-moi. Je suis juste un peu fatiguée. J'ai à peine dormi. Je réagis trop sèchement. Tu voulais me dire quelque chose ?

— Laisse, ce n'est rien. Je te le dirai plus tard. Il n'y a pas d'urgence.

— Très bien. On doit y aller avant qu'ils ne se fassent des idées.

À peine sortie, Amanda recevait un appel du bureau du maire lui demandant de venir immédiatement faire son rapport. Lors de l'appel, son mobile se mit à faire du larsen alors qu'elle se trouvait sous le plafonnier et à chaque fois qu'elle y revenait. Une fois l'appel terminé, elle exigea le silence et demanda un escabeau. Elle ne mit pas longtemps à repérer la petite caméra et sa petite lumière rouge. Elle la prit par la main, la dirigea vers son visage et s'adressa directement à elle.

— On ne se connaît pas encore, mais cela ne va pas tarder. Si vous êtes malins, ce que je crois. Rendez-vous. Je vous protègerai. Je vous en donne ma parole. Sinon, je vous pourchasserai sans relâche et sans pitié. Et soyez-en sûr, je finirai par vous trouver.

À l'autre bout de la caméra, Phoenix et Tristan assistaient à cette même scène presque surréaliste. Tristan fut le premier à réagir.

— On doit partir tout de suite, ou bien se rendre.

Phoenix lui répondit sur un ton qui lui glaça le sang.

— Plutôt mourir, que de se rendre.

Elle appuya ensuite sur quelques touches et la lumière rouge cessa. Elle venait de découvrir en Amanda, une ennemie redoutable dont elle devait se méfier. Mais elle n'était pas n'importe qui, et cette femme ne tarderait pas à s'en rendre compte.

— Ne t'inquiète pas. Elle ne pourra jamais remonter jusqu'ici. J'ai conçu moi-même ce système et il est inviolable. Elle n'a rien. Alors, elle cherche à nous effrayer.

— Eh ! Bien moi, je trouve qu'elle y réussit plutôt bien.

— On va rester là, un jour, deux, tout au plus. Dès qu'ils seront partis, on s'en ira. On a tout notre temps.

Amanda comprit à l'extinction de la LED, qu'elle n'aurait pas de reddition.

— Sean, peux-tu emmener les témoins au poste, pour le portrait robot ? Comme ça, Amber pourra rester ici et fouiller tout l'appartement. Je ne serai pas étonnée qu'on trouve d'autres caméras. Amber, demande aux informaticiens, si on peut remonter jusqu'à la source.

« Pas de soucis, capitaine » lui répondit Sean. Amanda, lui lança un petit sourire de contentement.

— Sean, on ira voir Andreï après mon entrevue avec le maire.

— D'accord. Je pense que je serai encore au poste.

— À toute à l'heure tout le monde.

Amanda se dirigeait seule vers le centre-ville et le bâtiment de la mairie. Son esprit vagabondait sur l'affaire. Elle ne comprenait toujours pas, comment les Russes avaient pu les devancer. Arrivée sur place, le maire avait une importante réunion en cours et on lui demanda de patienter.

Au bout d'un moment, n'y tenant plus, elle décida de monter sur le toit. C'était là, qu'elle aimait aller, quand elle souhaitait s'isoler. Être en hauteur, regarder les gens et la circulation l'aidait à réfléchir. Elle savait bien ce qui la tracassait. Elle savait également que sans réponse cela continuerait.

Celle qui voulait être Phoenix

Elle devait pouvoir compter sur son équipe. Sans la confiance, il n'y avait plus rien. Elle regardait le trafic en contrebas, quand une idée germa en elle. Le rond-point de la liberté avait comme particularité que les quatre rues qui y accédaient portaient le nom d'un président des États-Unis. Son idée, le moyen de se rassurer et d'être sûre de chacun d'entre eux. Les quatre membres de son équipe étaient tous à des endroits différents. L'occasion pour elle de les appeler, de leur dire que Tristan avait été localisé au numéro 5 et d'attribuer à chacun un nom de rue différent. Son plan établi, elle hésita. Se décider, c'était franchir un cap et mettre ouvertement en doute l'honnêteté de ses hommes. C'était aussi prendre le risque de ne pas aimer ce qu'elle allait découvrir. Au bout de deux minutes d'âpres réflexions, elle se décida.

Elle appela d'abord Jonas et lui donna comme adresse le 5 rue George Washington. Jacob lui se vit attribué le 5 rue Thomas Jefferson et Amber hérita, elle du 5 rue Abraham Lincoln. Ne restait plus que Sean. Elle était sûre que cela ne servait à rien. Mais par équité, elle décida de l'appeler lui aussi et de lui indiquer le 5 de la rue James Monroe.

Le temps passait, mais pas assez vite à son goût. Elle avait estimé qu'après trente bonnes minutes sans activité, elle serait sûre de son équipe. Elle n'avait jamais tant espéré échouer.

Quarante-cinq minutes plus tard, toujours rien. Amanda commença à se détendre et à sourire de nouveau. Elle n'était pas très fière d'elle. Elle se surprit même à apprécier le soleil et la petite brise qui soufflait sur le toit. C'est ce moment-là, que choisit un des hommes du maire pour venir la chercher.

— Que faites-vous ici ? On vous cherche partout. Le maire vous attend.

Le sourire aux lèvres et désormais de bonne humeur, Amanda lui répondit :

— J'arrive.

Elle était arrivée au niveau de la porte, quand elle entendit des coups de klaxon venant de la rue. Elle s'arrêta net, immobile, ne souhaitant pas, dans un premier temps, se retourner. Mais elle ne pouvait plus faire machine arrière. Elle se dirigea alors vers le bord du toit et se pencha en avant. Quand elle aperçut les hommes armés descendre de leurs véhicules, elle sut qu'elle avait vu juste. Il ne lui restait plus qu'à identifier la rue. Son cœur se serra dans sa poitrine, quand elle s'aperçut que c'était la rue James Monroe. Comment cela pouvait-il être possible ? Ça ne pouvait pas être lui. Tous, mais pas lui. Son monde s'effondrait sous ses pieds. L'homme du maire, toujours présent insista pour qu'elle se dépêche.

Celle qui voulait être Phoenix

— Une minute. Laissez-moi juste une minute tranquille.

L'homme haussa les épaules et la laissa seule.

L'entretien avec le maire lui parut interminable. Elle aurait dû tout lui avouer, mais elle n'en fit rien. C'était pourtant une information qui aurait pu lui donner du répit. Mais il s'agissait de l'homme qu'elle avait choisi pour partager sa vie. Comment le dénoncer sans une explication ? Ce matin encore, ils avaient fait l'amour. Il l'avait serré contre lui et lui avait dit je t'aime. Il y a à peine une heure, ils s'embrassaient.

Quelle conne ! Comment avait-elle pu ne rien voir ? Elle, la policière émérite, mon oeil ? La stupeur faisait maintenant place à la colère. Elle n'avait qu'une envie, lui mettre les menottes et son poing dans la figure.

Elle s'empressa d'écourter l'entrevue afin d'arriver au plus vite au poste. Une fois dans son bureau, elle convoqua immédiatement toute son équipe. Elle tenait à le démasquer, à l'humilier. Ensuite, elle le prendrait en tête à tête et ils auraient une explication musclée.

Les membres de l'équipe virent sur le visage d'Amanda que cela n'allait pas. Mais tous pensèrent que cela était dû à l'entrevue avec le maire. Ils étaient tous là, à part Jonas, qui finit par arriver.

Celle qui voulait être Phoenix

— Désolé.

Avant même, qu'Amanda ait pu ouvrir la bouche, Jacob intervint.

— J'ai des informations sur la locataire. Elle s'appellerait Phoenix, pas de nom de famille pour l'instant, mais le plus intéressant est à venir. C'est une spécialiste des sports de combat. Elle a plusieurs fois participé à des combats clandestins et tenez-vous bien, elle se battait contre des hommes. Peut-être en saurons-nous plus avec les tests ADN ? Jonas, quand aura-t-on les résultats ? Demain ?

— Non.

— Après-demain ?

— Non plus.

— Alors quand ? Tu leur as bien dit que c'était urgent !

— Je les ai déjà.

— Tu ne pouvais pas le dire ?

— J'ai une correspondance pour la fille.

— Ah, bon ? Tu as un nom ?

— Elle s'appelle Hanna Romanovitch.

Celle qui voulait être Phoenix

À l'audition du nom de sa sœur, Amanda perdit connaissance. Instantanément, Sean se rua vers elle et les autres en firent autant. « Laissez-la respirer », dit Sean en poussant les autres.

Amanda les yeux fermés repensa à cette journée tragique où sa sœur avait été enlevée devant chez eux. Et au cri qu'elle avait poussé en sortant de chez elle, quand elle avait vu les ravisseurs l'emporter. C'était-elle qui devait la garder et elle avait failli à sa mission. C'est à cause de cette journée qu'elle avait voulu être policière. Et voilà que plusieurs années plus tard, cette tragédie refaisait surface. Alors, qu'elle avait toujours cru sa sœur morte et qu'elle avait tout fait pour l'oublier, elle était de retour dans sa vie. Mais elle était avant tout, la psychopathe que tout le monde recherchait, sa principale suspecte. Une femme dangereuse que son travail lui dictait d'arrêter. Comment concilier le fait qu'elles étaient sœurs ?

Elle devait réfléchir à la situation et vite. Avec son lien de parenté, la procédure voulait qu'elle se démette de l'enquête, qu'elle laisse à d'autres le soin de l'arrêter. Cependant en restant à la tête des investigations, elle s'assurait qu'on lui donne une chance de se rendre, et d'être bien traitée. Elle ne pouvait pas l'abandonner, pas encore. Et puis, il y avait les

221

Russes qui la recherchaient et qui voulaient sa peau. Non, impossible pour elle, de lui tourner le dos, elle se devait de faire quelque chose. Et à propos des Russes, Sean pourrait lui être utile. Il était en cheville avec eux, en le surveillant et en lui distillant les bonnes informations, elle aurait un moyen de les manoeuvrer. Elle n'était donc plus en mesure de le dénoncer, en tout cas pas maintenant. La contrepartie, c'était qu'en attendant, elle devait lui donner le change. Continuer à être la même, alors qu'elle n'avait qu'une envie, le tuer.

— Ça va, capitaine ?

— Oui. Sûrement un truc que j'ai mangé et qui ne passe pas, Jacob.

— Tu nous as fait peur dit Sean.

— Ça va déjà mieux.

— Ne t'inquiètes pas. On va l'avoir cette fille.

— J'en suis persuadée, Sean.

Jonas comme à son habitude intervint pour changer de conversation.

— A-t-on arrêté Tristan Chapman ?

Amanda le regarda, tous les yeux étaient tournés vers elle.

Celle qui voulait être Phoenix

— Non, c'était une information erronée. Mais on va bien finir par les avoir. Amber, as-tu le portrait-robot de la suspecte ?

Amber lui tendit la feuille. Amanda tout en la saisissant ne put s'empêcher de trembler. Cela faisait si longtemps. Dans son esprit, son image s'était peu à peu estompée. Sur le papier glacé, son visage dessiné au crayon noir, tout d'abord ne lui parut pas familier. Elle avait l'air si différente, tellement loin de ses souvenirs d'enfant. Puis elle se concentra sur les yeux, son regard, eux n'avaient pas changés. Son coeur se mit à battre la chamade. Était-elle consciente que sa disparition avait balayé une famille tout entière ? Peut-être ne savait-elle même pas qu'elle avait une sœur ? Avec sa réapparition, Amanda n'était plus orpheline. Elles formaient à nouveau une famille. Et ne lui avait-on pas toujours asséné que la famille venait toujours en premier ?

Les autres membres de l'équipe continuaient, à tour de rôle, à livrer leurs informations sur l'affaire. Amanda n'écoutait plus. Elle ne faisait que regarder sa petite sœur. Elle n'entendit donc pas que les tirs provenaient d'une seule arme, un Glock 9 mm. Que probablement, il n'y avait eu qu'un seul tireur. Que les informaticiens n'avaient rien trouvé ni sur l'ordinateur ni sur les caméras. Et que les services croulaient sous les appels depuis la diffusion du portrait dans les médias. Une fois leurs rapports finis, les seuls mots qu'elle put balbutier furent :

— J'ai besoin d'un peu de repos. Je vous dis à demain.

16.   Phoenix

Phoenix et Tristan assistaient sur leurs écrans au départ des derniers policiers. Ils quittaient les uns après les autres le bâtiment et montaient dans leurs voitures, ne laissant qu'un seul véhicule surveillant l'entrée. Tristan ne fut pas surpris d'apprendre que Phoenix disposait également de caméras dans la rue. Pour la première fois de sa vie, il se sentit soulagé de voir partir la police.

Une fois le calme revenu, c'était comme si toutes les tensions de ces dernières heures lui tombaient dessus. Il s'était passé tellement de choses depuis ces dernières 24 heures. Tristan paraissait groggy. Il en avait même oublié son portable éteint et sa famille. Il était parti sans explications et tellement

225

vite qu'ils devaient sans aucun doute s'inquiéter. Il pensa à le rallumer et à les appeler, mais ils devaient déjà être sur écoute. Impossible pour lui de les contacter sans risquer de divulguer leur position. Du moins, temps qu'il n'aurait pas trouvé une solution sûre de le faire. Mais à présent, autre chose le préoccupait. Et si les Russes s'en prenaient à son ex-femme et à ses enfants ? Maintenant qu'il savait à qui il avait affaire, Tristan avait de quoi être inquiet. Il se disait que ces gens-là ne les lâcheraient jamais, et il fut alors saisi de peur.

— Ma famille !

Phoenix comprit immédiatement son inquiétude. Jusqu'à présent, les choses s'étaient enchaînées dans l'urgence et elle n'avait pas encore eu le temps de prendre conscience de toutes les conséquences. Elle n'était pas seule et il lui fallait bien intégrer le fait que lui non plus.

Depuis qu'elle le côtoyait, elle ressentait comme une sorte d'affinité. Elle n'aurait pas su expliquer pourquoi, mais il y avait quelque chose entre eux. Dès le premier moment, où elle l'avait rencontré sur le pont, elle avait ressenti le besoin de le garder près d'elle. Ce sentiment, elle ne l'avait jamais ressenti avant et elle ne se l'expliquait pas.

Celle qui voulait être Phoenix

Pourquoi lui ? Il n'était pas moche, mais ce n'était pas non plus un Apollon. Cultivé et intelligent, il est vrai, mais il n'était pas le seul au monde. Il avait aussi de l'humour et maintes fois, elle avait dû se contrôler, afin de ne pas trop le lui montrer, mais comme tant d'autres.

Comme elle, il ne semblait pas avoir peur de mourir, et son avenir paraissait ne pas lui importer.

Mais au contraire d'elle, il avait une famille, des enfants, une ex-femme qu'il aimait encore.

Pour finir, bon Dieu qu'il était vieux. Décidément, elle n'y comprenait rien. En plus, pour arranger les choses, en le voyant aussi inquiet, elle n'avait qu'une envie, l'aider. C'était certain, il y avait bien quelque chose qui ne tournait pas rond chez elle.

— T'inquiète pas, ils sont sûrement déjà sous protection.

— Inquiets moi ? Mais pourquoi ? Tu viens d'en tuer deux. Et tu m'as bien dit, qu'ils avaient des policiers dans leur poche. Pourquoi je serais inquiet ? Je suis même sûr qu'ils doivent apprécier à sa juste valeur, ton geste de paix.

— C'est moi qui les ai tués, pas toi.

— Pour l'instant, je n'ai pas l'impression qu'ils font beaucoup de différences entre toi et moi.

— T'en sais rien. Pour l'instant, personne ne connaît ton rôle dans cette histoire. Complice ou victime ? Même la police s'interroge.

…

— Et c'est censé me rassurer ? La police s'interroge ! Donc les Russes aussi ? C'est bien ça ? Moi, je crois qu'ils utiliseront tous les moyens à leur disposition pour nous retrouver.

— Tu es inquiet, je comprends. Mais ne sois pas sarcastique avec moi.

— Pourquoi ? Madame est susceptible ?

— Madame est surtout capable de te donner un taquet et accessoirement la seule à l'heure actuelle à pouvoir t'aider.

— Non, mais là, c'est trop ! C'est à cause de toi, tout ça. Si je suis dans cette galère, c'est de ta faute.

— Monsieur oublie surtout que sans moi, il n'y aurait eu qu'un gros plongeon dans le fleuve. Les deux Russes dans mon appartement n'étaient pas venus, que pour moi. Un merci pour être encore vivant, ça t'écorcherait la bouche ?

Celle qui voulait être Phoenix

— Eh ! Bien. J'aurais mieux fait de sauter.

— Je crois que c'est ce que tu as fait la nuit dernière.

— Très drôle.

— Sérieusement, si tu avais sauté, j'aurais quand même pris ta voiture, non. Les Russes seraient remontés jusqu'au propriétaire, c'est-à-dire toi. Et on en serait au même point, mais c'est vrai, toi tu ne serais plus là.

— Peut-être… Je ne sais plus. Tu m'embrouilles avec tes si.

— Écoute. Pour le moment, pour eux je suis une tueuse implacable, une psychopathe. Et toi, un simple ingénieur avec une famille et sans antécédent judiciaire. Il n'y a pas photo. Ils doivent croire que je t'ai kidnappé. Et si c'est le cas, crois-tu, qu'enlever ta famille changerait quelque chose pour moi ?

— Et si tu te trompais ? Ces gens-là n'ont pas besoin de raison logique.

Phoenix se mit alors à taper frénétiquement sur son clavier.

— Je vais me connecter aux services de police.

Quelques minutes plus tard… tout en lui montrant les rapports à l'écran.

— Tu vois, ta famille va bien. La maison est gardée par une dizaine de policiers. Et cette Amanda Myers, la capitaine en charge de l'affaire, les a mis sur écoute. Elle les a même équipés de traceurs. Décidément cette femme m'impressionne. Je vais intercepter les messages radio envoyés vers le central et les mettre sur les haut-parleurs. Ensuite je vais renvoyer les signaux des traceurs sur mon téléphone. Comme ça, on pourra les suivre et savoir à tout moment ce qui se passe.

Plus le temps passait, plus le mystère autour d'elle semblait s'épaissir. Tristan plutôt perspicace d'accoutumé n'arrivait pas à la cerner. Les questions sans réponse ne cessaient de s'accumuler. Elle ne montrait jamais, ce qu'elle pensait, ni ne ressentait. Comment être sûr qu'elle ne soit pas juste une psychopathe ? Ce qui l'énervait par-dessus tout, c'était qu'elle semblait toujours avoir réponse à tout.

— Rien ne semble te toucher. As-tu toujours été comme ça ?

Phoenix sembla agacée par le sous-entendu, et le ton de la question. Surtout, elle ne supportait pas que Tristan, comme tant d'autres suggérèrent qu'elle était insensible. Sa voix se fit alors plus tranchante.

— Je suis pragmatique. Crois-tu que c'est par choix ? Nous sommes ce que notre passé a bien voulu faire de nous. Moi, j'ai dû grandir vite et m'adapter pour survivre. Je ne me fais pas d'illusion. Je sais que je ne ferai pas de vieux os et je ne compte pas trop sur le paradis, s'il existe. Je l'ai accepté. C'est comme ça. Je ne te dis pas cela pour me faire plaindre. Je me suis assez battue contre le destin pour savoir que c'est en vain. Moi, je suis seule et personne ne dépend de moi. Si je disparaissais demain, je ne manquerais à personne et ce monde continuerait de tourner. Tu me traites d'insensible, alors que tu n'arrêtes pas de te plaindre. Ce n'est pas moi, qui ai cherché à me suicider par pur égoïsme. Tu étais tellement obnubilé par tes petits problèmes que tu en as oublié ta principale responsabilité, tes enfants. Tu crois me connaître ? Crois-moi, tu es loin du compte.

Tristan en avait le souffle coupé.

Les dernières phrases résonnèrent dans sa tête, comme une révélation. Le voile de mystère qui l'entourait commençait à se dissiper, il voyait à présent ce qui avait toujours été là, dissimulé devant lui.

Il voyait à présent la femme seule, semblant sans avenir et à qui on avait volé son passé. Il voulut lui dire que ce n'était pas une fatalité. Que chacun était maitre de son avenir. Qu'il était illusoire de penser qu'un être suprême tirait les ficelles de son destin. Mais il sut également que ce n'était pas le moment. Elle n'était pas prête. Alors, il se contenta de l'écouter.

— Je sais ce que tu te dis. Mais tu ne connais pas toute mon histoire. Alors, ne me juge pas.

— Raconte-moi.

Un silence s'installa.

Comment lui raconter ce qu'elle n'avait jamais confié ? Elle s'interrogea alors sur le bien-fondé de tout lui révéler. Ne lui en avait-elle pas déjà trop dit ? Face à Tristan, seule dans son appartement, elle sut qu'il ferait un bon dépositaire de son histoire. Si demain, elle venait à disparaître, au moins quelqu'un saurait qui elle était vraiment. Aussi ne disparaîtrait-elle pas complètement.

Elle reprit son histoire là où elle l'avait laissée. C'est-à-dire après avoir déposé les deux fillettes devant l'hôpital. Elle se résolut à lui révéler comment elle était devenue une autre. Comment elle était devenue Phoenix.

À son retour, dans la maison de ses bourreaux, il y eut comme un moment de flottement car, elle n'avait jamais pensé vraiment réussir. Elle se demanda ce qu'elle allait bien pouvoir faire. Elle pensa tout logiquement à retrouver sa famille, mais pour leur dire quoi ? Ils la croyaient morte depuis si longtemps déjà. Puis, comment leur expliquer toutes ces horreurs et la mort des Harris ? Non, c'était mieux pour eux et pour elle, qu'ils ne sachent rien.

Alors seule, mais débrouillarde, elle vécut tout d'abord sur les économies des Harris. Se passer des adultes lui parut facile. Il lui suffisait de passer par le téléphone, ou internet. Si quelqu'un venait à passer, il lui suffisait de mentir en disant que ses parents étaient sortis.

Au bout d'un an, toutes les économies étant épuisées, elle dut se rendre à l'évidence. Elle devait trouver un moyen de subsistance. Or, à seize ans, sans éducation, cela se révélait problématique. C'est en surfant sur internet que l'idée lui vint. Il lui suffisait de devenir Webmaster. Ce travail était parfait pour elle. Il ne nécessitait aucun contact direct et pouvait être exécuté à distance. Elle entreprit donc de se documenter. Quelque temps plus tard et à force de persévérance, elle apprit seule la programmation informatique. Ce langage ardu, pour beaucoup, devint chez elle, comme une deuxième langue maternelle. Elle réussit non seulement à se faire connaître comme Webmaster, mais elle devint également un des meilleurs pirates informatiques au monde sous le nom de code « HawaH ». Ce pseudo ne devait rien au hasard. Elle l'avait choisi parce qu'il ressemblait à son prénom et que c'était un palindrome. Il pouvait se lire dans les deux sens et symbolisait pour elle la dualité, du bien et du mal. L'ange et le démon, tous deux présents en elle.

Après deux autres années et son indépendance financière acquise, il fut temps pour elle de quitter ce lieu maudit et de voler de ses propres ailes. Ce jour-là, à la une du journal local, on pouvait lire « Une maison ravagée par les flammes, une famille disparaît, aucun corps retrouvé » avec une photographie montrant la demeure des Harris totalement détruite.

C'est sur ces cendres qu'Hanna cessa officiellement d'exister et que naquit Phoenix. L'identité qu'elle s'était choisie. Tel l'oiseau légendaire renaissant de ses cendres, une nouvelle vie s'offrait à elle avec la promesse d'être enfin heureuse. Elle quitta alors sa campagne et son village pour s'installer en ville, sans regret et avec l'enthousiasme des jeunes gens qui ne se doutent pas des difficultés qui les attendent.

Plusieurs années passèrent encore. Phoenix vécut heureuse au point qu'elle en avait presque fait taire ses démons. Elle avait maintenant une belle situation, un bel appartement dans le centre-ville et fréquentait même depuis quelques mois un jeune homme, John. Celui-ci respectait son besoin d'indépendance, mais supportait moins le fait de ne pas avoir de rapports intimes. Elle en était consciente. Cependant, il lui avait fallu du temps pour reprendre pied et faire confiance.

Ce samedi 23 octobre au soir, le temps était venu, elle s'était enfin décidée à lui dire oui. Mais c'était sans compter sur les ficelles du destin. Cette soirée-là devait être la plus belle de sa vie. Elle s'était préparée pendant des heures pour se faire belle. Elle avait vêtu ses plus beaux habits afin de plaire à son homme. Mais sur le chemin du rendez-vous, elle fut prise à partie dans le métro par trois ridicules individus. Des habitués de la ligne, Sony le chef, la clope au bec, Dinky le rigolo et Ralfy le suiveur. On les surnommait les 3Y.

Phoenix ne les vit tout d'abord pas comme une menace, mais plutôt comme des inopportuns. Elle allait pourtant apprendre à ses dépens une leçon qu'elle n'oublierait jamais. Tout commença pourtant par un simple échange verbal.

— Bonsoir Mademoiselle. Tu as un beau téléphone ? dit Sony.

Phoenix se leva tout en rangeant son mobile et en essayant de les contourner.

— Ne fais pas ta timide. On ne te plaît pas ? Tu n'aimes pas notre compagnie ? lui dit Dinky.

C'est à ce moment précis que tout dérapa.

— Je veux juste qu'on me laisse tranquille.

— Jusqu'à présent personne ne s'est plaint des 3Y.

Celle qui voulait être Phoenix

Leur nom était tellement ridicule que Phoenix ne put s'empêcher de rire et de répliquer sur le ton de la plaisanterie.

— Après la Camorra, les Yakuzas et les Hell's Angels, voici donc les 3Y ? Moi à votre place, je changerai de nom. On ne peut pas dire que celui-ci glace le sang quand on le prononce.

Sony, lui n'avait aucun sens de l'humour et en tant que chef, il lui était inconcevable de se laisser traiter de la sorte, qui plus est par une fille.

— Attends un peu, moi aussi je sais donner des conseils. Avec un rouge à lèvres un peu plus prononcé et quelques mèches de couleurs, tu ferais la parfaite salope du métro. Tu vois, c'est facile.

Sony fier de lui se retourna vers les deux autres et ils se mirent à rire aux éclats. Phoenix aurait dû se taire et continuer à se frayer un chemin, mais c'était plus fort qu'elle.

— Non, mais t'as vu ta tête ? À ta place je resterai chez moi et je ferai un procès à mes parents. Et tes copains avec leurs pifs, ils pourraient travailler comme chiens renifleurs dans un aéroport.

Leurs rires cessèrent instantanément.

— Mais Madame se prend pour qui pour nous insulter ? Non, mais tu t'es vu ? Tu ne ressembles à rien. T'es qu'une pétasse. Faut te mettre à la page avec ta robe de princesse, répliqua Sony.

Celle qui voulait être Phoenix

— À la page de quoi ? Tu avais quel âge la dernière fois que tu as ouvert un livre ? 6 ans ? Toi et tes copains, je vois bien de quel bord vous êtes. Alors, arrêtez d'emmerder les filles, ce n'est pas ça qui vous fera bander.

— Elle nous traite de pédales ! On va te montrer qu'on est des hommes, des vrais.

Sony sortit son poignard dont l'un des côtés du manche faisant office de poing américain. Il l'empoigna et frappa Phoenix de toutes ses forces, plusieurs fois au visage. Lorsque sa mâchoire se brisa, sous l'effet de la douleur Phoenix perdit aussitôt connaissance et tomba au sol. Les autres voyageurs n'intervinrent pas et s'empressèrent de quitter la rame lors de l'arrêt suivant, la laissant seule face à ses assaillants. Dans son malheur, ce fut une chance, qu'elle ne soit plus consciente pour la suite des évènements. Car ils l'emmenèrent hors du métro et continuèrent à s'acharner sur son corps inerte. Une fois fatigués, comme si ce n'était pas encore assez, ils entreprirent de la déshabiller et de la violer, chacun à leur tour.

Lorsqu'elle se réveilla quelques heures plus tard, une infirmière était penchée sur elle et elle lui intimait l'ordre de ne pas parler.

— Tout va bien. Ne bougez pas et ne tentez pas de parler. Vous êtes en sécurité à l'hôpital central. Je vais chercher le médecin et il va tout vous expliquer.

Celle qui voulait être Phoenix

Phoenix respirait difficilement. Des douleurs intenses émanaient de sa mâchoire et de son bas ventre. Le docteur arriva enfin.

— Je suis le docteur Leavenworth. Je suis content de voir que vous êtes enfin réveillée et que vous allez bien. Vous nous avez faits peur hier soir. Je vais vous donner les informations concernant votre état de santé. N'essayez pas de parler. Si vous me comprenez clignez deux fois des yeux pour oui et une fois pour non.

Phoenix cligna deux fois, afin de montrer qu'elle avait compris.

— Très bien. Vous avez le nez et la mâchoire fracturés. C'est pour cela qu'on vous demande de ne pas parler. Vous avez également trois côtes cassées dont une a perforé un poumon. Nous nous en sommes occupés cette nuit et tout s'est bien déroulé. Cela va être long, mais vous allez vous en remettre. Je ne pense pas que vous garderez de séquelles. Voulez-vous qu'on prévienne votre famille ou un de vos proches ?

Phoenix cligna une seule fois. Elle n'avait personne à part John. Elle ne souhaitait pas, qu'il la voie dans cet état.

— Je comprends. Nous allons vous garder une dizaine de jours environ à l'hôpital. Vous aurez encore besoin d'une ou deux opérations afin de consolider votre mâchoire. Ensuite, il vous faudra être patiente. Une longue convalescence sera nécessaire pour récupérer toute votre mobilité. Pour ce qui est des circonstances, voilà ce que nous savons. Vous avez été agressée dans le métro hier soir par une bande de voyous. Il y a eu agression physique et sexuelle. C'est pour cette raison qu'on va vous prescrire un traitement médical par prudence contre les MST et le VIH. Vous verrez également un psychiatre de l'hôpital pour votre suivi psychologique. Ne vous inquiétez pas, vous êtes entre de bonnes mains. Tout va bien aller, vous verrez. Vous avez eu beaucoup de chance.

Phoenix cligna deux fois en guise de remerciements. Des larmes roulaient le long de ses joues enflées.

Pendant les dix jours que dura son hospitalisation, immobile, dans son lit, Phoenix eut le temps de penser à cette dernière phrase et surtout au mot ; « chance ». C'était tellement pathétique qu'elle aurait pu en rire. On ne pouvait pas dire que depuis son enfance, elle en ait eu, de la chance. Une immense fatigue l'envahit et elle ne souhaitait plus qu'une chose, rentrer chez elle.

Une fois rentrée, les trois mois de convalescences qui suivirent virent Phoenix se renfermer de plus en plus sur elle-même. Elle ne souhaitait voir aucun de ses amis, pas même, John. Celui-ci venait pourtant régulièrement frapper à sa porte. Elle restait là accroupie devant son entrée, incapable de l'affronter. Comment aurait-elle pu lui expliquer qu'elle passait le plus clair de son temps sous la douche, qu'elle mangeait et buvait à peine depuis sa sortie de l'hôpital. Elle avait tellement perdu de poids que son apparence faisait peur à voir. À tel point, que ne supportant plus son reflet, elle en avait brisé tous les miroirs. Phoenix crut qu'il finirait par se lasser. Mais John continuait à insister. Après deux mois, il était toujours là. Alors, elle se décida à déménager dans le quartier le plus mal famé de la ville. Au moins ici, elle était certaine qu'il ne la suivrait pas.

Enfin seule, sa dépression ne fit qu'aller en s'accentuant. Elle qui était devenue coquette se laissait maintenant aller. Sur le plan vestimentaire, elle ne s'habillait plus qu'en jogging afin de cacher sa maigreur. Mais cela ne s'arrêtait pas qu'à ses vêtements. Son aspect visuel aussi avait changé. Son visage et son corps étaient maintenant couverts de piercings et de tatouages des plus macabres. Elle était rentrée sans le savoir dans sa période gothique. C'est simple, elle était métamorphosée avec ses piercings noirs au nez et aux oreilles ainsi que ses tatouages de croix celtiques et de têtes de mort. Elle aurait pu croiser John, sans qu'il ne se retourne sur elle tellement elle était devenue méconnaissable. Le seul tatouage qui lui restait de sa période heureuse était son Phoenix, tatoué sur son omoplate.

C'était comme si elle avait voulu se punir, en châtiant son corps. Tout était bon pour se détruire, et cela sans limites. Ce tragique fait divers la ramena en arrière. Mais cette fois, elle ne se trouvait aucune excuse. Elle n'avait plus 5 ans. Pourtant c'était de nouveau arrivé. Elle ne pouvait s'en prendre qu'à elle-même. Alors, elle devint à la fois prisonnière et geôlière. Elle finit par s'ôter le peu de considération qui lui restait en sortant le soir avec n'importe qui et en faisant n'importe quoi. Elle, qui s'était refusée à John, couchait maintenant aussi bien avec des garçons qu'avec des filles. Et parfois même, avec les deux. Finalement, comme si ce n'était pas encore assez, elle s'adonna à toutes les drogues et cela sans retenue.

Cette séquence de sa vie aurait pu lui être fatale. Toutefois, comme toujours avec elle, la vie était la plus forte. Une fois le fond atteint, cette petite Hanna qui s'était toujours battue pour survivre, refit surface en elle. Cette petite flamme vacillante au début ne fit que grandir, grandir. Petit à petit elle reprit le contrôle. Jusqu'à un matin où en se levant, face à son miroir cassé, elle hurla enfin sa douleur : « Haaaaaa ! J'emmerde ce monde ! J'emmerde cette vie. Dieu, où étais-tu quand j'avais tant besoin de toi ?... Plus jamais personne ne lèvera la main sur moi ! J'en fais le serment. »

Un sentiment nouveau venait de naitre en elle. Un des plus forts qui soient. Un de ceux, qui vous font aller de l'avant. Ce sentiment se nommait vengeance.

Celle qui voulait être Phoenix

17. Balesteros

Balesteros était un vieil homme bourru. D'une stature plutôt massive et malgré son âge avancé, il ne fallait pas s'y tromper, il en imposait encore. Il avait connu son heure de gloire durant ses jeunes années et restait encore respecté dans son métier. C'était un maitre du corps à corps, un spécialiste des combats libres. Une sorte de joute des temps modernes qui n'avait rien à envier en termes de violence aux combats du cirque, ses illustres ancêtres. Régis par un minimum de règles, finissant généralement par un KO ou une soumission et où tous les coups étaient permis. Les combattants se battaient dans une sorte de cage. Un octogone de 9,5 m de diagonale clôturée par un grillage de 1,8 m de hauteur, le tout à 1, 2 m du sol, afin que les spectateurs ne ratent rien du spectacle. C'était une nouvelle arène, une sorte de Colisée 2.0, un endroit propice aux défoulements de toutes sortes. Un lieu où chaque goutte d'hémoglobine provoquait des clameurs et des hourras dans le public. La violence y était telle, qu'il arrivait même que des participants y décèdent. S'il existait bien quelques règles et un arbitre dans le championnat officiel, les combats clandestins eux n'en subissaient aucune.

Des règles et un règlement, ce n'était pas ce qui manquait chez Balesteros et il était clair avec chaque nouveau venu. Personne ne devait participer aux combats clandestins sous peine de bannissement.

Sa salle de sport était simple, à son image. L'essentiel de l'espace était occupé par deux octogones trônant au centre d'une unique et grande pièce. Sur le côté gauche, on pouvait voir des appareils d'exercices physiques qui s'apparentaient plus à des engins de torture. Sur le côté droit se trouvaient les vestiaires, les toilettes et les douches. Tout au fond à gauche un escalier en colimaçon donnait accès à un étage. Le bureau et l'appartement de Balesteros se trouvaient à cet étage. Rien non plus d'ostentatoire dans cette pièce, si ce n'était un bureau avec des papiers éparpillés un peu partout, deux fauteuils et une immense baie vitrée qui lui permettait de voir et de régner en maître sur sa salle. Au fond de ce même bureau, une porte lui donnait accès à sa chambre, et à une petite salle de bain. Voilà à quoi ressemblait son lieu de travail. Son chez lui, son univers, sa vie. Il n'avait de plus que cela. C'était son unique raison de vivre. Il ne la quittait que rarement, ne se sentant bien que là. La décoration n'était pas son fort et cela se voyait. Tout paraissait vieux, défraichi, mais propre. Il n'y avait pas grand-chose à part quelques affiches de ses victoires passées. Et quand on le lui faisait remarquer, il rétorquait toujours : « Les gens viennent s'entrainer ici, pas faire un défilé de mode ».

Évidemment, comme tout bon maitre, il était autoritaire, mais juste et n'abusait jamais de son pouvoir. Le cataloguer, uniquement comme un maitre d'art martial, c'était le restreindre et mal le connaître. L'homme derrière le combattant était tout aussi intéressant, sinon plus. Ce grand gaillard, mal luné la plupart du temps cachait un cœur tendre aussi gros que lui.

Sans enfant et vivant seul depuis la mort de sa femme, il aurait pu se contenter d'une vie simple. Mais son décès lors d'une agression allait tout chambouler. Après son enterrement, il se posa des questions, sur sa vie et sur le bien fondé de continuer comme avant. Il n'avait plus rien à prouver et plus personne avec qui partager. Sa réputation, et même sa vie paraissait derrière lui maintenant. Puis, lui vint une idée. Et s'il ouvrait son école aux femmes, aux agressées, à celles qui n'avaient personne vers qui se tourner. Il était persuadé qu'en leur apprenant à se défendre, elles acquerraient confiance en elles. Se moquant des critiques et de l'hostilité de ses confrères, il leur consacra alors une partie de son temps. Ce qui, au départ n'était qu'une lubie devint au fil du temps, essentiel et important. Il se sentit à nouveau utile et même investi d'une certaine responsabilité. Et c'était avec fierté et non sans tristesse qu'il voyait repartir ses élèves, la confiance retrouvée et le sourire aux lèvres.

Dû à sa réputation et à sa renommée dans la région, ce ne fut donc pas étonnant de voir un matin, Phoenix franchir sa porte. Balesteros avec le temps et l'expérience avait scindé ses clientes en trois catégories.

La première était constituée essentiellement de jeunes femmes surveillant leur poids et ne voulant pas vraiment combattre. Elles se faisaient une mauvaise idée de son sport, et considéraient qu'il s'agissait tout au plus d'une sorte de gymnastique sportive. Évidemment, Balesteros avec tout le tact qui était sien faisait son possible pour qu'elles s'en rendent compte afin qu'elles retournent au plus vite à leur yoga.

Celle qui voulait être Phoenix

La seconde catégorie, la plus nombreuse, était composée de femmes voulant suivre quelque cours de Self défense. Parmi elles, quelques-unes avaient vécu une expérience désagréable et souhaitaient se rassurer en apprenant les rudiments de l'autodéfense. Rien de bien méchant, un voisin ou un collègue un peu trop entreprenant, un mauvais regard dans le métro, tout au plus une bousculade. Mais cela suffisait à ce qu'elles se posent cette question : « Et si cela avait mal tourné, qu'aurais-je fait ? ».

Venait ensuite la dernière, minoritaire, mais la plus exigeante aussi. Les femmes de cette catégorie avaient toutes subi une agression violente, pouvant aller jusqu'au viol. Toutes arrivaient cassées, brisées. Elles avaient également en commun, par leur présence, l'envie de s'en sortir. C'était aussi le plus délicat pour lui, car il lui fallait cultiver cette envie sans trop en faire, de peur de la voir s'éteindre.

Lorsqu'il aperçut Phoenix pour la première fois, il sut qu'elle en faisait partie.

Phoenix d'une voix à peine audible, la tête baissée fut la première à rompre le silence.

— Bonjour monsieur. Je cherche le propriétaire, un certain Balesteros.

Celle qui voulait être Phoenix

— Bonjour Mademoiselle. Il est devant vous.

Phoenix le dévisagea de la tête au pied, prenant son temps, ce qui aurait pu mettre mal à l'aise n'importe quel interlocuteur, mais pas Balesteros.

— Je ne vous plais pas ?

— Je voudrais m'inscrire aux cours.

— Hé bien, vous êtes au bon endroit. Et quel cours vous intéresse ?

— Tous.

Balesteros se mit alors à rire à gorge déployée.

— Tous les cours ! Ce n'est pas possible, ma petite dame.

— L'argent n'est pas un problème.

— Tout ne s'achète pas Mademoiselle.

— Tout a un prix. Dites-moi le vôtre et je paierai.

Déciment cette petite-là avait du tempérament.

— Le cours de self défense est un bon cours pour démarrer. Avez-vous déjà pratiqué un sport de combat ?

— Non.

— Vous n'avez pas les bases et votre argent n'y fera rien.

— J'apprends vite.

— Mais Mademoiselle, pour certaines compétences, il faut des mois, voire des années et sans aucune garantie d'y parvenir.

— J'y arriverai.

— C'est possible, mais pas garanti.

— Alors, c'est d'accord. Je vous promets de travailler plus dur et plus longtemps que quiconque. Je veux tout apprendre. Je veux devenir la meilleure.

Balesteros regarda plus attentivement cette jeune fille. Elle semblait déterminée, sûre d'elle et pourtant si frêle. Son physique ne correspondait en rien à son tempérament. Malgré ce qu'elle avait pu vivre, elle semblait encore combative et cela prouvait bien là sa valeur. Pouvait-il se tromper à son sujet ? Son regard lui disait que non. Il eut alors le sentiment que c'était le genre de fille à attirer les ennuis. Mais comment lui refuser son aide. Il continuait à la contempler sans dire un mot, pourtant il devait bien se décider…

— Je voudrais commencer dès aujourd'hui. C'est possible ?

Balesteros ne savait toujours pas quoi répondre. Depuis la mort de sa femme, il avait une vie tranquille, rangée et il n'avait aucune envie que cela change. Pourquoi prendre des risques ? Il y aura bien quelqu'un qui s'occupera d'elle. Après tout, il n'avait aucune obligation. Il pouvait très bien lui dire que son cours était complet et la recommander à un autre. Pourtant ce fut elle qui parla la première.

— Je vois bien que je ne vous plais pas. Je peux très bien trouver quelqu'un d'autre.

Phoenix tourna aussitôt les talons et s'en alla. Balesteros ne pouvait la laisser partir comme cela, sans un mot. Ce n'était pas correct.

— Je peux vous évaluer maintenant, si vous le souhaitez toujours ?

Il espérait secrètement qu'après l'évaluation celle-ci décide d'elle-même d'abandonner. Phoenix s'arrêta, se retourna pour lui faire face et lui répondit : « Pas de problème ».

Il l'emmena alors dans le dernier octogone celui situé juste en dessous de son bureau. Phoenix fut surprise par le bruit de la porte quand celle-ci se ferma sur eux. Puis une sorte de malaise commença à l'envahir. Sa respiration s'accéléra, son rythme cardiaque aussi. Bientôt l'air lui vint à manquer et elle du s'assoir pour ne pas tomber. Balesteros s'avança vers elle, la saisit au niveau des épaules, l'immobilisa tout en la levant du sol. Surprise, Phoenix tenta de le repousser en vain. Il était trop fort pour elle. C'est à ce moment-là que les larmes se mirent à couler le long de son visage. Elle se débattait toujours, mais aucun mot ne sortait de sa bouche. C'est alors qu'il décida de la lâcher.

— C'est bon… C'est bon… Calmez-vous… Ça va aller… Ce n'est rien… Vous êtes en sécurité.

Phoenix se retourna alors et tout en sortant de la cage, lui lança : « À demain ».

Tout en la regardant partir, Balesteros était certain d'avoir vu juste à son propos et il s'attendait à présent à vivre des semaines compliquées.

Le lendemain matin aux aurores, Phoenix était déjà là, devant la porte. Balesteros avait gardé l'espoir qu'elle change d'avis et qu'elle ne vienne pas. Mais à l'évidence, cette fille-là n'abandonnerait pas. Alors, il fit comme s'il ne s'était rien passé la veille et l'entrainement commença.

Il se rendit vite compte à quel point, il avait eu raison. En effet les ennuis commencèrent rapidement. Son plus gros problème, son caractère. Qu'elle ne souhaite pas se mélanger aux autres, soit. Qu'elle ne parle pas ou presque, normal. Il le comprenait et c'était même coutumier des femmes ayant été agressées. Mais ce qu'il n'admettait pas, c'était qu'elle n'écoutait pas. À quoi bon prendre des cours si on ne suit pas les directives. Au début, c'était presque drôle. Mais cela est vite devenu un vrai problème. Il suffisait qu'on la place devant une adversaire pour qu'elle devienne une vraie furie. Alors qu'elle était la dernière arrivée et donc la moins expérimentée, elle n'abandonnait jamais. Même après un étranglement, elle préférerait aller jusqu'à l'évanouissement plutôt que de taper le sol pour abandonner. Une autre fois, elle eut même l'épaule démise par une clé de bras. C'était arrivé à un point où, plus aucune fille ne voulait se battre contre elle. Impossible pour elle de canaliser son énergie, elle avançait sans arrêt vers son adversaire, sans se protéger. Fallait la voir, elle avait des bleus sur tout le corps. Balesteros ne savait plus quoi faire.

Pourtant, il n'y avait pas que du négatif. Il se surprit plus d'une fois à la regarder s'entrainer depuis son bureau. Si seulement elle arrivait à se contrôler, elle pourrait faire de grandes choses. Le principal handicap dans tout sport combat est la peur. La peur de faire mal, ou de se faire mal. Et elle clairement n'avait aucune considération pour son corps. Cela constituait un avantage, mais inutile si on ne prend pas soin de l'utiliser à bon escient. Il devait faire quelque chose, cela ne pouvait durer.

Aussi entreprit-il de l'entrainer seule. Tout d'abord il fallait qu'il lui fasse comprendre que cette rage la desservait. Sans contrôle, elle ne pourrait pas progresser. Il devait la reconstruire moralement pour aller de l'avant. Elle était si mal en point. Sans aucune estime d'elle-même. Comment apprendre à préserver son corps, quand on ne s'aime pas soi-même. Il entreprit alors par petite touche de l'apprivoiser, comme on le ferait avec un animal sauvage. Elle se méfiait de lui, car tous les hommes avant lui avaient abusé d'elle, d'une manière ou d'une autre. Pour changer les choses, il décida unilatéralement qu'ils déjeuneraient ensemble tous les midis. Au début, forcée elle ne prononçait pas un mot. Balesteros ne disait rien non plus. Après plusieurs semaines de déjeuner silencieux, Phoenix brisa enfin le silence voyant qu'il ne se découragerait pas. Elle lui parla de son chat « Mistigris » et de son poisson rouge.

— J'ai un chat et un poisson rouge.

— Ah, moi aussi j'ai un chat. Et comment s'appellent-ils ?

— Le chat s'appelle « Mistigris » et le poisson n'a pas de nom.

— Tu n'as pas trouvé de nom pour ton poisson ?

— Je trouve ça bête de donner un nom à un poisson.

— Mistigris, c'est parce qu'il est gris ? Pour le poisson, maintenant que tu le dis, je me demande pourquoi les gens leur donnent des noms. Ce n'est pas comme si on allait les siffler ou leur donner des ordres, et ils ne risquent pas de se sauver.

— Je me suis longtemps demandé si j'étais la seule personne sensée dans ce monde. Quand les gens viennent à la maison, ils sont toujours surpris.

— Je te rassure Phoenix, tu n'as aucun souci. Et si tu m'invites un jour chez toi, je ferai le surpris.

— Merci, mais je n'invite jamais personne.

Quelques mois plus tard, les clients habituels ne les reconnaissaient plus. Une complicité était née. Voir Phoenix rire, rendait Balesteros heureux. Sans se l'avouer, il allait mieux lui aussi. À son grand étonnement, l'heure du déjeuner était devenue plus importante que leurs entrainements. Au fil du temps, une relation quasi filiale s'installa entre eux.

Cette nouvelle complicité changea également leurs rapports durant les entrainements. Alors, qu'elle n'avait jamais su écouter le professeur, elle se mit à suivre les conseils de ce père de substitution. Ses progrès furent alors immédiats. Et comme à ses débuts, les filles finirent par toutes refuser de combattre avec elle, mais plus pour les mêmes raisons. Elle était devenue trop forte.

Celle qui voulait être Phoenix

Balesteros, persuadé qu'elle avait encore de quoi progresser et ne voulant pas la laisser partir, eut alors une idée folle : l'opposer à des garçons. Il commença prudemment avec des garçons du même gabarit qu'elle. Mais très vite ce ne fut plus satisfaisant. Alors, il se décida à engager des hommes, plus grands et plus forts qu'elle.

Elle était douée, vraiment douée et il était si fier. Se rendant compte qu'elle n'en avait jamais assez, il demanda de l'aide auprès d'amis, d'autres maitres. Et elle continua à s'améliorer encore et encore.

Arriva le moment où l'on se mit à parler d'elle pour intégrer le championnat. Balesteros pressé par tous ses confrères était décidé à lui en parler lui-même. Cela ne lui était pas facile, car il n'avait aucune envie de la voir prendre des risques. Mais, si ce n'était pas lui quelqu'un d'autre le ferait. Au moins, lui il saurait la protéger.

— Phoenix. Je dois te parler de quelque chose d'important.

Phoenix tapait depuis deux bonnes heures sur un sac de sable et n'arrêta pas pour autant.

— S'il te plaît Phoenix.

Phoenix se figea et se retourna pour le regarder.

— Tu en fais une tête. C'est grave ?

— Je ne sais pas si je te l'ai assez dit, mais tu as fait d'énormes progrès. Je ne suis pas le seul à m'en être aperçu. Comment te dire…

— Tu ne veux plus de moi ?

— Mais pas du tout !

— Alors ?

— Eh bien, voilà. Des gens trouvent que tu es prête pour le championnat.

— Et toi, tu en penses quoi ?

Balesteros, la gorge nouée, ne pouvait rien dire d'autre que la vérité, même si cela lui en coûtait.

— Ils ont raison. Tu as largement le niveau.

— Et tu serais mon coach ?

Balesteros avala sa salive afin de se donner un peu de contenance.

— Évidemment. Tu ne vas pas te débarrasser aussi facilement de moi. Et puis il faut bien que je rentre dans mon investissement.

— Je peux y réfléchir ?

Celle qui voulait être Phoenix

— Bien sûr.

— Si je dis non, cela changera quelque chose entre nous ?

— Sois sûre que rien ne me fera changer d'avis sur toi. Quoi que tu fasses, je serais toujours là pour toi.

— Merci.

Phoenix était intéressée par la proposition. Le championnat n'accueillait que l'élite de la profession. C'était là, le meilleur moyen de se mesurer aux plus grands. Mais elle devait aussi considérer les risques importants que cela induisait. Elle connaissait l'existence dans son dossier, de portraits réalisés par ordinateur, censés la représenter à différents âges. Et les combats étaient tous télévisés, qu'arriverait-il si une personne la reconnaissait ? Devait-elle prendre tous ces risques juste pour satisfaire son égo ?

Après deux jours de réflexion, Phoenix donna enfin sa réponse.

— À propos de ton offre pour le championnat.

— Tu en as mis du temps pour te décider.

— J'ai bien réfléchi et ce sera non.

Balesteros oscillait intérieurement entre soulagement et peine. De la peine, car elle était son chef-d'œuvre,

Celle qui voulait être Phoenix

l'aboutissement d'une longue carrière d'entraineur. Et comme tout créateur, il aurait aimé montrer son œuvre. Du soulagement, car en tant que père adoptif cela aurait été un calvaire que de la voir malmenée dans l'octogone.

— C'est ton choix et je le respecte.

— Merci.

La routine reprit entre eux, comme si de rien n'était, du moins jusqu'aux premières rumeurs. Balesteros, au départ, fit la sourde oreille ne voulant pas écouter. Mais les rumeurs devenaient de plus en plus insistantes. Une jeune femme particulièrement douée flanquait la trouille à tous les combattants lors de combats clandestins. Des vidéos couraient déjà sur le net. Même si cette femme se cachait derrière un masque, il ne lui fallut pas longtemps pour reconnaître Phoenix. Il n'avait plus le choix. Elle connaissait le règlement. Il ne pouvait pas faire d'exception même si cela le dévastait.

C'est le cœur lourd, qu'il se rendit ce jour-là à leur déjeuner. Il aurait dû le faire à la salle devant les autres afin de faire un exemple. Mais il n'avait pas pu. C'était au-dessus de ses forces. Phoenix parlait et lui, il ne faisait que l'écouter, retardant le plus possible l'inévitable.

— Tu ne parles pas beaucoup aujourd'hui.

Celle qui voulait être Phoenix

— Non.

— Quelque chose te préoccupe ?

— Oui. Je dois virer quelqu'un et je ne sais pas comment le lui dire.

— Je vois. C'est quelqu'un que tu apprécies ?

— Énormément.

Phoenix comprit à ce moment-là qu'il s'agissait d'elle.

…

— Alors, sois direct.

Balesteros figea son regard sur elle. Ses yeux étaient remplis de larmes, mais rien ne coulait.

— Pourquoi ? Tu avais la possibilité d'intégrer le championnat. Pourquoi te lancer dans ces combats clandestins minables ?

Phoenix ne disait mot et était incapable de soutenir son regard.

— Très bien. Puisque tu ne veux pas m'expliquer. Je te vire de ma salle Phoenix.

À cette simple phrase, Phoenix eut le cœur serré et le souffle coupé.

— J'avais mes raisons pour le championnat. En même temps, je voulais connaître ma vraie valeur. Tu comprends ?

— Je comprends, mais tu connaissais les règles.

— Alors voilà, tu me jettes toi aussi ?

— C'est toi, qui es responsable de cette situation, pas moi.

— Très bien. Donc je me lève. Je pars. Et, on ne se revoit plus jamais. C'est ce que tu veux ?

Balesteros prit une grande inspiration avant de répondre. Il avait beaucoup réfléchi à cette question et à ce qu'il allait lui proposer.

— Désormais, je ne peux plus être ton entraineur et tu ne pourras plus t'entrainer dans ma salle. Toutefois, j'aimerais que l'on continue à déjeuner ensemble. Disons tous les vendredis. Mais à une condition, que tu arrêtes les combats. Tu en penses quoi ?

— Tu me jettes, et tu veux que l'on reste ami ?

— Oui. Si tu le veux aussi.

C'était une main tendue, un dernier espoir de garder le contact et de ne pas la perdre. C'était tellement déconcertant et touchant, venant de sa part que Phoenix ne savait pas quoi lui répondre. Elle avait évidemment évalué les risques avant de se lancer dans cette histoire. Mais elle avait sous-estimé grandement son affection pour cet homme.

— D'accord.

Celle qui voulait être Phoenix

18. Vengeance

Cette discussion avec Balesteros avait eu au moins le mérite de mettre fin à ses combats clandestins. De toute manière, ils n'avaient été qu'un test pour elle, et elle l'avait passé haut la main. Il était temps pour elle d'aller de l'avant, et pour cela il lui fallait d'abord solder ses comptes.

Cela faisait maintenant presque un an, mais elle n'avait rien oublié de cette nuit-là. Il lui arrivait encore de la revivre et de se réveiller en sursaut. Elle en était persuadée, pour tourner la page il lui fallait se venger.

Les trouver ne fut pas difficile. Ils avaient leurs habitudes et arpentaient régulièrement la même ligne de métro. Pour une hackeuse de son niveau, pirater la vidéosurveillance du métro et les retrouver fut un jeu d'enfant. Maintenant, qu'elle savait quand et où, il ne lui restait plus qu'à choisir comment.

Ils sortaient toujours à la même station, tôt, au petit matin. Phoenix explora la sortie de la station et trouva une petite ruelle qui débouchait sur un couloir donnant dans un cul-de-sac, une sorte de cour intérieure. Elle estima ce lieu propice à une embuscade.

À cette heure-là, peu de chance de croiser du monde. Avant le couloir, il y avait un petit retrait où elle pouvait poser une valise ou un coffre afin de se dissimuler à l'intérieur. Ensuite, il lui suffisait d'attendre qu'ils s'engouffrent tous dans le couloir pour sortir de sa cachette. Une fois là, plus d'échappatoire, ils seraient obligés de l'affronter. Dernier atout et pas des moindres, la cour intérieure était éclairée la nuit et elle voulait qu'ils ne loupent rien du spectacle qu'elle allait leur donner.

Elle attendait depuis une bonne heure déjà, impatiente que tout cela soit terminé, pressée de passer à autre chose. Depuis son agression bien des choses avaient changé dans sa vie et pas en bien. Maintenant, elle fumait comme un pompier, plus de deux paquets par jour, comme en attestaient les mégots à ses pieds. Elle ressassait son plan. Tout lui paraissait bien en place, sans faiblesse. Elle avait même pensé à laisser le coffre ouvert et à le peindre de la même couleur que le mur, afin de le camoufler. Elle avait bien fait ses devoirs.

Ils arrivèrent enfin. Phoenix les regarda tous les trois, riant et parlant fort alors qu'ils sortaient de la bouche du métro. Ils avaient l'air de ne pas avoir changé, heureux. Son cœur se serra quand les souvenirs de cette nuit-là refirent surface. Elle les balaya immédiatement de ses pensées. Sans doute avaient-ils encore molesté quelqu'un sans défense ? On allait bientôt savoir ce qu'ils valaient face à un adversaire préparé. Elle écrasa sa cigarette du pied et se plaça délibérément sous la lumière du lampadaire.

Sony fut le premier à la voir. Il n'était pas commun de rencontrer quelqu'un à cette heure-là, encore moins une femme. Cette silhouette lui rappelait quelque chose. Il cessa de parler. Aussitôt ses deux compères, la remarquèrent eux aussi.

— Vous vous êtes égarée, jeune fille ?

— On se vouvoie maintenant Sony ?

— Je vous connais ?

— On se connaît même intimement tous les quatre.

— Ah bon. Et t'as tellement aimé ça, que tu veux remettre le couvert ?

— Exactement.

Les trois hommes avançaient lentement vers elle, tout en lui parlant. Sony trouvait cela étrange. Il n'arrêtait pas de regarder autour de lui, cherchant des yeux d'autres silhouettes dans le noir. Mais à l'évidence, il n'y avait personne d'autre qu'elle.

— Tu sais on contente tellement de monde. Je ne me souviens pas bien de toi. Tu pourrais m'en dire plus.

— Je vois que vous n'avez toujours pas viré hétéros.

Sony se souvenait d'elle maintenant, et les deux autres aussi.

— Je vois que notre petite leçon ne t'a pas suffi.

— C'est exactement ça et comme tu vois j'en redemande.

Elle paraissait calme, trop calme. Sony se demandait si elle ne dissimulait pas une arme sur elle. Comme si elle avait lu dans ses pensées, Phoenix ouvrit son gilet. Elle l'écarta, laissant voir sa taille, tout en se tournant, leur prouvant qu'elle n'avait rien sur elle.

« C'est une folle » se dit Sony. Venir les narguer comme cela au petit jour, sans arme et dans leur quartier. C'était certain. Cette fille avait un grain. En même temps, il était qui pour refuser à une jeune fille une bonne partie de jambes en l'air.

— Et tu vois ça comment ?

— Je m'offre au meilleur d'entre vous. Au premier qui m'attrape.

Sur ses derniers mots, Phoenix quitta son lampadaire et commença à trotter vers la ruelle espérant qu'ils la suivraient.

Dinky lui était impatient de la poursuivre.

— Qu'est-ce qu'on fait Sony ? On la suit ? Je veux me la faire, cette salope.

— Tu ne trouves pas ça bizarre. Une fille qu'on a violée l'année dernière et qui nous retrouve comme ça, en pleine nuit ?

— Tu sais bien qu'il y a des tarées. Tu te souviens de Rachel ? Tout le quartier lui est passé dessus et je peux te dire qu'on lui a pas toujours demandé son autorisation.

— Je sais bien, mais quand même ça sent pas bon.

— Écoute. On connaît bien le quartier. Si elle nous emmène dans un coin louche, on se barre.

— D'accord on y va, mais on est prudent.

Celle qui voulait être Phoenix

Les trois se lancèrent alors à la poursuite de Phoenix qui accéléra le mouvement. Une fois arrivée dans la ruelle, elle regarda en arrière afin d'estimer son avance.

Lorsqu'elle l'emprunta, les trois gaillards s'arrêtèrent devant l'entrée.

« Où elle va comme ça. C'est une impasse » dit Dinky.

— Gaffe les gars. Sortez vos couteaux. On y va doucement. Au moindre doute, on se barre.

« D'accord, chef » répondirent les deux autres.

La bande pénétra dans la ruelle, lentement, prudemment et sans un bruit. Ils s'arrêtèrent enfin devant le couloir sans remarquer le coffre.

Ce couloir permettait à trois hommes d'avancer de face, mais pour l'heure aucun des trois ne semblait vouloir bouger. Ils étaient stupéfaits, par ce qu'ils voyaient. Au bout du couloir se trouvait Phoenix, nue, à peine cachée par la pénombre, les bras le long du corps, immobile semblant les attendre.

Cette vision eut pour but d'annihiler toute réflexion. Leur sang bouillait dans leurs veines et leurs tempes battaient la chamade. Ils étaient des prédateurs et leur gibier s'offrait à eux. Voilà ce qui importait. Ils avancèrent alors de concert vers leur proie, lentement comme de peur de la voir fuir. Quelle ne fut pas leur surprise quand ils s'aperçurent que ce n'était qu'une reproduction, une parfaite figurine en carton.

Sans qu'ils ne s'en rendent compte, il était déjà trop tard. Le piège se refermait sur eux. À l'intérieur du coffre, Phoenix contrôlait au mieux sa respiration et les suivait du regard grâce aux trous qu'elle avait réalisés. Lorsqu'elle s'aperçut que son stratagème fonctionnait, elle sortit de sa cachette. Elle faisait maintenant face à ses tortionnaires et leur coupait désormais toute retraite.

Ils remarquèrent immédiatement les matraques télescopiques qu'elle tenait entre chaque main. Elle tapotait des doigts sur les manches, impatiente. Son heure de vérité était enfin arrivée et elle avait hâte de leur donner une leçon. Bien sûr, elle était une combattante aguerrie, mais elle n'avait jamais combattue face à trois hommes armés et cela rendait la confrontation incertaine.

Sony, Ralfy et Dinky n'eurent pas immédiatement conscience du danger. Elle était seule et ils étaient trois. Elle avait des matraques, et eux des couteaux. Sur le papier cela démarrait mal pour elle. Ce qu'ils ignoraient et que personne ne savait, c'était qu'elle s'était secrètement entrainée aux maniements des armes. Armes de poing, toute sorte d'armes blanches, matraque, Nunchaku, tir à l'arc, tout y était passé. Une fois qu'elle entamait quelque chose, Phoenix aimait aller au bout. Alors, quand ils comprirent leur erreur, il était trop tard. En quelques minutes, ils se retrouvèrent tous à terre et hors de combat.

Elle les regardait là, étendus sur le sol, à sa merci. C'était tout ce qu'elle avait souhaité. Maintenant, ils comprenaient un peu ce qu'elle avait ressenti. Ils lui avaient fait tellement de mal. Savaient-ils seulement à quel point ce jour l'avait changée ? Elle voulait qu'ils comprennent à présent ce que cela faisait, que d'être violé. Alors, l'un après l'autre, elle leur enfourna la matraque dans le séant et c'est seulement après qu'elle se sentit libérée. Ils étaient enfin quittes.

Phoenix les regarda une dernière fois. Ils gémissaient, c'était pathétique, leurs morgues les avaient quittés en même temps que leurs dignités. Elle se retourna et fit quelques pas vers la sortie, quand Sony l'interpella à nouveau d'une voix mal assurée.

— T'étais soi-disant dans les pommes, mon cul. Tous les trois, on sait très bien que t'avais les yeux bien ouverts pendant notre petite fête et que tu as savouré chaque seconde. Pas vrai les gars ?

En même temps que les deux autres acquiesçaient, Phoenix s'arrêta net, puis elle se retourna et entonna ce qui semblait être une comptine.

« Promenons-nous dans les bois pendant que le loup n'y est pas... »

Cette fois, ils comprirent vite qu'ils luttaient pour leur vie. Mais elle était tel un chat, souple, vive, intouchable. Elle arrivait à se glisser entre eux sans jamais être prise au dépourvu. La colère qui l'habitait semblait lui procurer des ailes. Chaque fois qu'elle touchait, un os se brisait. Quand il n'y eut plus d'os à briser, tous les trois se tordaient au sol de douleurs, implorant une pitié qu'ils ne pouvaient pas obtenir.

Lorsque le combat fut fini, plus aucun d'eux ne respirait et leurs corps étaient enchevêtrés dans des positions sexuelles plus qu'explicites.

Celle qui voulait être Phoenix

19. Éloignement

Le vendredi suivant, Phoenix et Balesteros se retrouvèrent comme à l'accoutumée pour le déjeuner. Phoenix parlait avec entrain de son nouveau projet. Elle allait ouvrir une société de consulting en informatique. Elle avait déjà repéré un local au centre-ville et elle voulait lui demander de le visiter ensemble. De son côté Balesteros ne mangeait presque rien et était étonnamment silencieux.

— Quelque chose ne va pas ?

Balesteros lui tendit alors le journal de la semaine et lui montra un article dans les pages faits divers. Trois hommes, membres d'un gang, avaient été retrouvés sans vie dans une ruelle de la ville. Leurs corps avaient subi de multiples sévices et d'après le légiste, possédaient un nombre incalculable de fractures.

Phoenix posa ses couverts. Elle était comme figée, tête baissée, n'osant affronter son regard. Alors celui-ci continua.

— Tu sais bien qu'il n'est pas facile de briser certains os. Cela demande des techniques particulières, des connaissances que seules des personnes aguerries peuvent connaître.

Phoenix se leva et voulut partir, mais Balesteros ne le voyait pas ainsi.

— Assis !

Tous les clients s'arrêtèrent de manger. Phoenix se rassit et Balesteros attendit que le brouhaha reprenne, pour continuer.

— Comme tu t'en doutes, cela m'a interpellé. Alors, j'ai fait appel à une connaissance, un ancien élève qui travaille dans la police. Je lui ai demandé de se renseigner sur les agressions commises sur des jeunes filles durant l'année dernière.

La respiration de Phoenix s'accéléra et sa tête commençait à tourner.

— Il a retrouvé une affaire qui impliquait trois agresseurs et une jeune femme. Il m'a montré le rapport de police. Ces salauds l'ont tabassé et violé pendant des heures pour finalement la laisser pour morte. Le médecin a dénombré, j'ai la liste là. Pour le haut du corps, pas moins de trois fractures à la mâchoire, une côte cassée qui a également perforé un poumon et des contusions et plaies multiples. Il y en a sur trois pages. Et pour le bas c'est encore plus horrible.

— Ça suffit. Arrête.

Balesteros regardait tendrement celle qu'il considérait comme sa fille. Il avança son bras et lentement posa sa main sur la sienne.

— Ces salauds méritaient de mourir pour ce qu'ils ont fait et je comprends cette femme et son désir de vengeance, mais c'est un meurtre. Une chose que malgré tout mes efforts, je ne peux pas cautionner...

J'espère sincèrement que cette femme trouvera enfin la paix qu'elle mérite, et qu'elle pourra aller de l'avant. Je lui souhaite de réussir de tout mon cœur...

Je voulais juste te dire...

Adieu.

Phoenix regardait la seule et unique personne qui l'avait aimée sans condition. Le mot adieu sonna à ses oreilles comme une détonation en pleine poitrine. Bien qu'il ne laissait rien paraître, elle vit dans ses yeux la déception. Quelque chose venait de mourir à cet instant en elle. L'espoir qu'un jour, elle pourrait devenir quelqu'un d'ordinaire.

Balesteros se leva et partit rapidement, sans se retourner, car il ne voulait pas qu'elle le vît en larmes.

20.   Dernier jour

Phoenix venait à peine de finir son histoire et il était tard, ou déjà tôt en ce dimanche matin. Elle était immobile, semblant attendre une réaction, le regard toujours baissé ayant peur d'être jugée. Quant à lui, il restait là, sans un geste, se contentant de la contempler. Soudain, il se leva et alla la serrer contre lui, n'ayant pas trouvé de mots pour exprimer ce qu'il ressentait. Tout contre elle, le visage dans ses cheveux, l'odeur de son corps, la douceur de sa peau sous ses doigts, il se sentit attiré vers elle. Doucement, inexorablement, ses lèvres se rapprochèrent des siennes et il l'embrassa tendrement. Après quelques secondes d'acceptation, Phoenix le repoussa violemment.

— Qu'est-ce que tu fais ? N'as-tu rien écouté ? Ne vois-tu pas que je suis un monstre ?

— Arrête. Ne dis pas ça.

— Pourtant, c'est la vérité. Je suis une meurtrière...

— Tu ne souhaitais pas les tuer. Tu voulais juste leur donner une leçon. Cela a dégénéré. Et puis, personne ne les regrettera. Entends-moi bien, je ne cautionne pas ce que tu as fait, mais je comprends. Ce qu'ils t'ont fait, en plus de ce que tu avais subi auparavant. Ce que tu as enduré est inimaginable. C'est à se demander comment tu tiens encore debout. D'ailleurs depuis notre rencontre, je ne cesse de me poser des questions, et j'ai honte.

— Je ne comprends pas ?

— Ta vie, ton parcours, ton courage ne font que me renvoyer à ma lâcheté. Tu as fait face à tellement de choses, difficiles. Depuis ton enfance, tu ne fais que cela : te battre. Je t'admire. Moi, j'ai lâché prise, dès la première difficulté venue. Tu m'as ouvert les yeux Phoenix. Je vois à présent à quel point j'ai été idiot.

— Tu n'as tué personne.

Celle qui voulait être Phoenix

— Non, tu as raison, là aussi j'ai échoué. Si je n'ai pas réussi physiquement, le Tristan d'avant pourtant n'existe plus. À tes côtés, j'ai pris conscience du prix de la vie. J'ai compris que le plus important n'est pas comment on la débute, mais plutôt comment on la vit, car se sont nos choix qui déterminent qui nous sommes. Dans ton brouillard, tu ne te focalises que sur les moments douloureux, en omettant les autres.

— Je ne comprends toujours pas ?

— Pourquoi n'es-tu pas revenue vers ta famille, si ce n'est pour leur éviter de nouvelles souffrances ? Ce vieil homme, Balesteros, ne lui as-tu pas apporté un peu de sens à sa vie ? Et moi, pourquoi m'as-tu pris avec toi ? Cela aurait été tellement plus facile de m'abandonner sur ce pont. Tu as préféré me prendre avec toi, afin de me protéger. Sans toi, j'aurais sauté. Sans toi, j'aurai laissé une bien triste image de moi à mes enfants. Est-ce là, l'attitude d'un monstre ?

— Je ne sais plus, tu m'embrouilles...

— Hé bien moi, je sais. Tu es une fille formidable à qui on a fait subir tout un tas d'atrocités. Si tu étais vraiment le monstre que tu décris, je ne serais pas là avec toi.

Phoenix était aussi émue que gênée, car elle n'aimait pas s'épancher en sentiments. Aussi décida-t-elle de changer de conversation, en abordant leur avenir. Il était temps pour Tristan de connaître ses projets.

— Il faut qu'on parle de la suite.

— Très bien. Comme tu veux.

— Cela devient compliqué avec les Russes et la police à nos trousses. Pour ta sécurité et celle de ta famille, il vaudrait mieux que tu quittes l'équation.

— Pourquoi ? Je sais bien que je ne te suis pas trop utile, mais j'apprends vite. Je pourrais t'aider.

— En restant avec ta famille et en la protégeant, tu m'aides déjà. Et puis sans toi dans mes pattes, je serais plus libre de mes mouvements.

— Je vois, je gêne. Et tu as l'air décidée, comme toujours.

— Oui.

Tristan savait bien qu'elle avait raison. Continuer c'était mettre en danger sa famille.

— Très bien. Comment veux-tu qu'on procède ?

— Voilà, tu vas te rendre dans le premier commissariat venu. Leur dire que je t'ai enlevé et que tu t'es échappé. Tu n'auras qu'à raconter que je t'ai forcé à me suivre sur le pont. Dis-leur que je voulais ta voiture et un otage au cas où.

— Et pour la boite de nuit ?

— Il suffira de leur dire que je t'avais drogué.

— Tu as pensé à tout.

— Tu me connais, je ne laisse rien au hasard.

— Et pour le chef de la mafia et les deux Russes ?

— Pour le chef, tu n'es au courant de rien. Pour les deux hommes de mon appartement, raconte-leur ce que tu as vu. Plus tu resteras près de la vérité, plus cela sera facile pour toi et mieux cela vaudra. Attends-toi à ce qu'ils te posent les mêmes questions et réponds-leur toujours de la même manière pour ne pas éveiller les soupçons.

— Alors, je leur dirai la vérité, que c'était de la légitime défense.

— Surtout pas. Cela ne fera qu'attirer la suspicion sur toi et cela ne changera rien au final. N'oublie pas l'essentiel, tu es une victime et moi l'agresseur.

— Tu veux que je te charge ? Je n'en aurai pas la force.

Phoenix prit une respiration. Elle ne souhaitait pas en venir là, mais seulement avait-elle le choix.

— Si tu ne suis pas mes instructions à la lettre, tu nous mettras tous en danger, y compris ta famille. Les gens à qui on a affaire ne sont pas des enfants de chœur. Ils n'hésiteront pas à torturer tes enfants et à se servir d'eux pour m'arrêter.

Tristan n'était pas dans son milieu. S'il voulait mettre à l'abri ses enfants que pouvait-il faire d'autre que de lui faire confiance ?

— Très bien. Quand veux-tu que je me rende ?

— Aujourd'hui. Au plus tard demain matin.

— Tu me proposes de passer encore une journée et une nuit ensemble ?

Phoenix s'emporta.

— Je ne te propose rien du tout ! Tu es grand ! Tu fais ce que tu veux !

— Je peux y réfléchir ?

— Écoute ! J'ai bien réfléchi, ce serait mieux tout de suite. Comme ça c'est fait et on en parle plus.

— Très bien.

Phoenix commença à murmurer des mots incompréhensibles tout en se dirigeant vers son sac à dos et la porte d'entrée alors que Tristan, lui ne bougeait toujours pas.

— Tu fais quoi ? Allez on y va !

Tristan sur un ton détendu.

— J'ai bien envie de rester encore un peu. Finir mon week-end au poste de police sous les questions ne me tente pas trop. Je préfèrerais attendre lundi matin pour bien commencer la semaine. Si cela ne te dérange pas trop.

Phoenix les bras ballants ne savait pas comment réagir.

— Enfin, si tu le veux bien ?

— Mais moi, ça m'est égal.

— Très bien ! Alors, je reste.

Tristan sourire aux lèvres, heureux de l'avoir fait marcher, les bras écartés dirigés vers elle, lui dit : « Allez viens ». Elle lâcha son sac, le laissant tomber au sol, et se dirigea vers ses mains. Elle s'arrêta juste avant et lui lança.

— Même pas en rêve.

Tristan se mit alors à rire aux éclats.

Le reste de la journée du dimanche, ils le passèrent à manger, boire, rire et surtout à faire l'amour. La proximité du lendemain et de futurs adieux exacerbaient leurs désirs. Phoenix s'abandonnant à Tristan sans aucune retenue ni aucun tabou. Elle avait couché avec beaucoup d'hommes, mais elle découvrit avec lui qu'elle n'avait jamais fait l'amour. Tristan, quant à lui, profitait de chaque instant et de chaque millimètre de sa peau. À ses yeux, elle était belle et ses cicatrices n'y changeaient rien.

Ils se parlèrent beaucoup. Allant de sujets futiles comme le poignet cassé de Tristan à l'âge de dix ans, à des sujets plus graves, comme celui de la vie après la mort. Ils se rendirent compte qu'ils voyaient la vie sous le même angle et qu'ils étaient d'accord sur bien des points. Vivre le moment présent, comme si c'était le dernier. Mourir avec des remords, mais sans regret. Tel était leur philosophie.

Cette journée passée ensemble, les rapprochèrent bien plus qu'ils ne l'auraient souhaité tous deux. Le temps leur était compté. Ils oublièrent un instant les tracas et le monde autour d'eux. L'appartement était devenu une ile isolée et eux, des naufragés, assoiffés et affamés l'un de l'autre. Il n'y avait plus de police, de traque, ni de danger. Chaque seconde était précieuse, car elles étaient comptées. Bien assez tôt, le présent, la réalité les rattraperaient pour au final les séparer.

Ce jour-là, s'apparentait pour eux comme le dernier vœu d'un condamné à mort. Son repas, son verre de vin, tout revêtait un goût unique et incomparable, celui de la dernière fois. Ces ultimes heures étaient leur repas, les dernières minutes, leur dessert. Ensuite viendrait la séparation, la fin de leur relation. Tous deux savaient bien qu'il n'y avait pas d'autres issues.

Il était 8 heures 55 minutes en ce lundi matin, et pourtant les rues étaient encore désertes. Phoenix et Tristan avaient retardé au plus tard leurs adieux, mais cette fois, c'était le moment.

Ils étaient sortis de l'appartement vers 8 heures pour chercher la voiture de Phoenix garée 300 mètres plus loin, dans un box fermé. Après un quart d'heure de trajet, ils étaient parvenus à leur destination. Cela faisait maintenant presque trois quarts d'heure qu'ils attendaient là, à 50 mètres du commissariat de Police. Le poste de radio diffusait de vieilles chansons pop et le moral dans la voiture n'était pas au beau fixe. La veille, ils avaient échafaudé des plans afin de se revoir. Mais la matinée semblait les avoir ramenés à la réalité. À l'évidence, c'était la dernière fois qu'ils se voyaient. Ce fût Phoenix qui la première se décida à sonner le départ.

— Il faut que tu y ailles maintenant.

— Je n'ai pas envie de te laisser.

— Il le faut pourtant. Quelques minutes de plus n'y changeront rien.

Celle qui voulait être Phoenix

— Je sais bien. Je voulais juste te dire avant de partir que tu es quelqu'un de bien et ne laisse personne te dire le contraire. Sinon il aura affaire à moi.

Tristan remarqua un léger rictus au niveau de sa lèvre inférieure.

— Fais attention à toi Phoenix.

— Merci.

— Juste merci. On ne se reverra sans doute jamais et moi, je n'aurai à me rappeler que de ce mot : « Merci ».

Phoenix le regarda longuement. Pour elle, il n'avait jamais été facile d'exprimer ce qu'elle ressentait. Elle n'était pas du genre non plus à s'étendre éternellement. Cette attente commençait à devenir gênante.

— Je n'ai pas pour habitude de remercier. Alors, un merci, c'est déjà pas mal.

— Très bien. Puisque c'est comme ça, j'y vais.

Tristan sortit de la voiture et commença à avancer vers le commissariat. Phoenix aurait pu démarrer immédiatement, mais elle préféra attendre et le regarder entrer dans le bâtiment.

Le flash d'information de 9 heures retentit alors dans le poste de radio.

Celle qui voulait être Phoenix

« Alerte enlèvement. Deux enfants de 9 et 16 ans, Sarah et Dan Chapman ont été enlevés tôt ce matin. Plusieurs hommes armés de kalachnikov et parlant russe ont kidnappé les jeunes enfants sur le trajet de l'école faisant un mort et deux blessés parmi les forces de police. Nous ne savons pas à l'heure où je vous parle, si leur père Tristan Chapman, recherché lui-même depuis quelques jours, est impliqué. »

Celle qui voulait être Phoenix

21. Poste de police

Phoenix dès la fin de l'annonce, se rua immédiatement sur le klaxon de la voiture. Elle était bien consciente du risque qu'elle prenait, mais il lui fallait bien prévenir Tristan. Elle klaxonna jusqu'à ce que Tristan se retourne vers elle. Elle lui fit signe de revenir.

— Je savais bien que tu ne me laisserais pas partir comme ça.

Phoenix sur un ton sec et déterminé lui demanda de monter dans la voiture. Tristan ouvrit la portière et après s'être assis regarda Phoenix. Elle avait une mauvaise tête. Ce n'était pas ce à quoi il s'attendait.

Celle qui voulait être Phoenix

— J'ai une mauvaise nouvelle.

— Ce n'est pas une si mauvaise nouvelle, si tu veux que je reste.

— Ils ont enlevé tes enfants.

— Qu'est-ce que tu dis là ?

— Je viens de l'entendre à la radio. Je suis désolée.

— Ce n'est pas possible. Tu as du mal entendre.

— Ils les ont enlevés sur le trajet de l'école. Il y a eu un mort et deux blessés du côté des forces de l'ordre.

— Les salauds ! Les Russes ?

— J'en ai bien peur.

— Tu crois qu'ils vont bien ?

— Je ne sais pas. Je pense que oui.

— Et ils ont dit quelque chose sur Pénélope ?

— Ils n'ont rien dit d'autre à part qu'ils ne savaient pas si tu étais impliqué.

— N'importe quoi. Je n'aurai jamais fait de mal à mes enfants.

Tristan semblait anéanti par la nouvelle. Phoenix en profita pour démarrer en trombe.

Celle qui voulait être Phoenix

— Que fais-tu ?

— Les plans ont changé Tristan. Tu ne peux plus te rendre à la police.

— Tu crois qu'ils vont leur faire du mal ?

— Non, du moins pas au début.

— C'est nous qu'ils veulent. On a qu'à se rendre tous les deux. Comme ça ils les libéreront.

— Ça ne marchera pas.

— Si ! On se rend et ils les libèrent. Ce sont mes enfants et ils sont innocents.

— Il va falloir que tu me fasses confiance Tristan.

— J'ai peur pour eux, tu comprends ?

— Je sais, mais crois-moi, si on se rend, on est tous morts.

Un silence pesant s'installa. Tristan ne savait plus ni quoi dire ni quoi faire. Un sentiment de totale impuissance l'envahit. Que pouvait-il faire face à des brutes pareilles ? La peur et la détresse le submergèrent, jusqu'à ce que la colère l'emporte.

Tristan ne cessait de taper sur le tableau de bord en hurlant : « Les salauds, les salauds ».

Celle qui voulait être Phoenix

— Je vais nous ramener à l'appartement. Je te promets, je vais trouver un plan et les libérer.

Tristan ne l'écoutait déjà plus. Son corps était bien dans la voiture avec elle, mais son esprit était ailleurs.

Ce n'est qu'une fois arrivé que Tristan sortît de sa torpeur.

— Alors, que fait-on ? Tu as un plan ?

— Peut-être.

— Ce n'est pas une réponse « Peut-être ». Tu m'as demandé de te faire confiance et de te suivre. Mes enfants ont besoin d'aide, tout de suite, et pas dans vingt ans.

— C'est risqué, mais cela peut marcher.

— Quoi donc. Bon Dieu !

— Lors de ma préparation, j'ai enquêté sur leur réseau, leurs points forts et leurs points faibles.

— Et ?

— J'ai découvert un point faible. Ils ont un comptable par qui toutes leurs opérations illégales passent.

— Un comptable ! En quoi cela va aider mes enfants ?

— Toutes leurs opérations passent par lui. Si on l'enlève, on aura une monnaie d'échange.

Celle qui voulait être Phoenix

— Le comptable contre mes enfants ?

— Oui.

— Alors, on attend quoi ?

— Il est bien gardé, ce ne sera pas facile et il y a un « mais »

— Quoi encore ?

— Pour que ça marche, il faut attendre la tombée de la nuit. Avec l'obscurité et la surprise, j'aurai un avantage. C'est notre seule chance.

— Juste une question. Pourquoi accepteraient-ils l'échange ?

— Avec le comptable, on aura les livres de comptes. Si je les rends publiques, toute leur organisation tombe. Fais-moi confiance, ils accepteront. Et puis, c'est une opportunité pour eux de nous avoir tous les deux.

— D'accord. On enlève le comptable et on fait l'échange en se jetant dans la gueule du loup. Ensuite ?

— Il n'y a pas de « On ». Je dois le faire seule. On n'est pas dans un jeu vidéo Tristan. On est dans le monde réel. Si tu tombes, tu ne te relèves pas. On ne pourra pas se contenter de les blesser. Faudra être prêt à tuer où se faire tuer. Je ne peux pas te demander de faire ça.

— Ce sont mes enfants Phoenix ! Je n'aurai aucune pitié. Je veux participer activement et c'est sans appel.

— Tu ne te rends pas compte dans quoi tu t'embarques.

— C'est ma vie ! Je suis leur père ! C'est à moi de décider. Laisse-moi risquer ma vie pour quelque chose qui vaut tous les sacrifices.

— Très bien, mais à une condition.

— Laquelle ?

— Tu obéis à mes ordres sans poser de questions.

— C'est d'accord et sache que je suis prêt à y laisser ma vie s'il le faut.

— C'est fou cette obsession que tu as.

— Au moins, tu avoueras que je suis constant.

— T'es surtout chiant.

Tristan en d'autres circonstances aurait souri, mais tous les deux n'avaient aucune envie de rire.

— As-tu déjà tenu une arme ?

Celle qui voulait être Phoenix

Tristan répondit immédiatement : « Non ». Phoenix dodelina de la tête dans un mouvement de dépit.

— Pardon, mais jusqu'à notre rencontre, je vivais très bien sans.

— On a un peu de temps avant la nuit. Alors on va devoir s'équiper et toi, t'entrainer un peu. Je n'ai aucune envie de mourir sous une de tes balles. Je connais un ami armurier qui pourrait nous aider.

Celle qui voulait être Phoenix

22.   Préparatifs

L'enlèvement des deux enfants avait eu comme immédiate conséquence la convocation d'Amanda par le maire. À peine remise de sa visite auprès de la famille du policier tué, qu'elle devait déjà affronter sa hiérarchie. La mort de ce policier l'avait particulièrement touchée. Rencontrer sa femme et son jeune enfant n'avait fait que renforcer sa volonté d'arrêter les coupables. Elle n'avait aucune envie, ni le temps, de se faire remonter les bretelles par le maire, son conseiller en sécurité et son propre commandant. Pourtant, elle ne pouvait rien faire d'autre qu'accepter de s'y rendre.

— Je vous faisais confiance. Je vous ai nommée à ce poste, car on m'avait dit du bien de vous. Depuis votre nomination, il n'y a eu que des catastrophes. On en est à trois morts, dont un policier, et cela sans compter Kachenko et ses hommes. Comme si cela n'était pas suffisant, maintenant, on a un enlèvement d'enfants. C'est à la une de tous les journaux, et toujours pas d'arrestation. J'attends des explications.

— Nous faisons de notre mieux Monsieur. Cette affaire est compliquée.

— De votre mieux ? Compliquée ? Elles le sont toutes. Et je ne nomme pas capitaine, quelqu'un qui fait de son mieux et uniquement capable de régler de simples enquêtes. Me suis-je trompé à votre sujet ?

— Non, Monsieur.

— Prouvez-moi que j'ai eu raison de vous promouvoir à ce poste, car je suis à deux doigts de vous retirer cette affaire.

Amanda ne pouvait pas se le permettre. Surtout si elle voulait pouvoir aider sa petite sœur. La laisser une nouvelle fois, lui était impensable. Jamais plus, elle ne la laisserait tomber. Elle se décida alors à jouer son va-tout. Le maire s'attendait à ce qu'elle la joue, profil bas, alors il n'allait pas être déçu. Elle devait le surprendre, le bousculer, lui démontrer qu'elle était forte et capable de diriger et cela quitte à jouer sa carrière.

Celle qui voulait être Phoenix

— On sait très bien, tous les deux, que vous ne pouvez pas m'enlever cette enquête. En tout cas, pas tout de suite, pas maintenant.

Les trois hommes restaient estomaqués par son arrogance. Elle en profita pour continuer à asséner ses vérités, afin de ne pas les laisser souffler.

— C'est vous qui m'avez nommée à ce poste. C'est donc vous qu'on blâmera. Si vous me désavouez, je donnerai une conférence de presse afin de dénoncer votre incompétence et le manque de moyens mis à ma disposition. Et comme vous me l'avez assez répété, je passe très bien sur les ondes. Les médias vont s'en donner à cœur joie.

Le maire n'en revenait pas de l'aplomb de cette jeune femme. Comment pouvait-elle lui parler ainsi ? Il était le maire bon sens et elle, une simple capitaine. Mais il fallait bien l'avouer, il s'était laissé surprendre. Sa combativité et sa volonté à vouloir mener cette enquête ne pouvaient que forcer l'admiration. Et puis, il fallait bien l'admettre, elle avait raison. Mais elle devait comprendre également qu'il y avait des limites et qu'elle jouait là un jeu dangereux.

— Comme vous dites, pas tout de suite... Mais vous êtes consciente que vous jouez-la votre carrière ?

— Pour le moment, je ne pense qu'à cette enquête. Faites-moi confiance. Je saurai la mener à terme.

— Cela vaudrait mieux pour vous. Peut-on savoir où vous en êtes ?

— Quoique vous en pensiez, mon équipe et moi-même avons beaucoup progressé sur le meurtre de Kachenko. Nous avons identifié la présumée coupable, et son complice ou otage. Nous les avons traqués et même manqués de peu. Pour ce qui est de l'enlèvement, je récuse tout jugement d'incompétence de notre part. Les deux enfants, tous comme leurs parents étaient sous protection policière et surveillance informatique. Les deux voitures d'escortes ont essuyé près d'une cinquantaine de tirs d'armes de guerre, et c'est un miracle, s'il n'y a pas eu plus de tués.

— Comment ça, sous surveillance informatique ? Dit le maire.

— J'avais demandé à ce qu'on place des mouchards sur eux.

— Donc, on sait où ils se trouvent ?

— Non, Monsieur. Les traqueurs ont été retirés, et cela lors des cinq premières minutes de leur enlèvement.

Celle qui voulait être Phoenix

— Comment est-ce possible ?

Amanda savait qu'on touchait là à une information sensible de son enquête. Une donnée que seule elle connaissait. La partager pouvait tout mettre en péril. Mais il lui fallait bien lâcher quelque chose, si elle voulait continuer à la mener.

— Nous avons une taupe.

La phrase prit de cours tout le monde. Surtout le commandant Peters.

— Pourquoi ne m'avoir rien dit Amanda ?

— Commandant, nous avons eu des soupçons de fuite lors de la mort des deux Russes. Mais je n'étais pas sûre. Il me fallait le confirmer et trouver le coupable.

Le maire reprit aussitôt.

— Cela veut dire que vous l'avez identifié ?

Amanda marchait maintenant sur des œufs. Deux choix s'offraient à elle. Ne rien dire et offusquer ces personnes importantes où bien donner le nom du traitre et espérer qu'il n'y ait pas de fuite. Il n'y avait pas de bon choix à ses yeux. Elle devait pourtant se décider.

— Oui, on l'a identifié, mais je ne divulguerai pas son nom. Je ne veux prendre aucun risque. C'est la seule piste que l'on

a. Cette personne va être mise sous surveillance. J'espère qu'elle va nous mener aux ravisseurs.

Cette information changeait la donne aux yeux du maire. Même si, actuellement certaines personnes se plaignaient du manque de résultats, lui et son service de presse contenaient le problème. Mais une affaire de corruption au sein même de la police aurait des conséquences terribles. Son image en serait assurément écornée. En tant que maire en exercice, gérer deux affaires aussi délicates en même temps était plus que problématique. Il se décida donc à changer de ton. Il ne pouvait plus se permettre de se poser en tant qu'adversaire d'Amanda. Ils devaient collaborer, malgré leurs différends, pour le bien de la communauté.

En plus d'avoir du caractère, cette femme paraissait maitriser son sujet. Elle semblait volontaire et compétente, deux qualités essentielles de son point de vue. Pourquoi ne pas la laisser continuer. Si elle échouait, elle serait seule à en assumer les conséquences. Si elle réussissait, il pourrait en tirer tous les bénéfices.

— En effet, cela se complique. Un traitre, au sein même des forces de l'ordre vous dites ?

— Oui, Monsieur.

— Ce n'est bon pour personne. Vous avez raison de vouloir garder le secret. Je compte sur vous pour régler tout cela le plus discrètement possible. Je veux que cette personne soit arrêtée dès que l'enquête le permettra. Faites-en sorte que de l'extérieur, on ne fasse pas de relation entre ces deux affaires. Ai-je été assez clair ?

Tous répondirent : « Oui, Monsieur ».

— Très bien Amanda. Je vais continuer à vous faire confiance. Par contre, je ne suis pas du genre patient. Alors, bouclez-moi vite cette affaire.

— Oui, Monsieur.

Amanda sortit de la mairie en sachant très bien qu'elle était en sursis. L'important pour elle n'était pas là. Elle gardait le contrôle, et c'était tout ce qui importait. Maintenant, qu'elle l'avait révélé au maire et à son commandant, il était temps pour elle de l'annoncer à son équipe. Elle s'empressa donc, une fois arrivée au poste, de les convoquer tous, à l'exclusion bien entendue, de Sean. Il était temps de leur dire la vérité sur lui et de le placer réellement sous surveillance.

Lorsque toute l'équipe fut réunie dans son bureau, Amanda s'adressa à eux d'une voix grave et solennelle.

Celle qui voulait être Phoenix

— Je vous ai convoqués, car j'ai quelque chose à vous dire d'important.

Tous les regards étaient posés sur elle. Ils étaient bien évidemment au courant de sa convocation chez le maire et s'attendaient à entendre son éviction de l'affaire Kachenko.

— Je ne vais pas y aller par quatre chemins. Alors voilà, nous avons un traitre dans notre équipe.

L'étonnement se lisait sur tous les visages et chacun se regardait avec suspicion.

— Le traitre, c'est Sean. Il travaille en sous-main pour la famille Kachenko.

Cette annonce eut l'effet d'une bombe auprès de l'équipe. Jacob fut le premier à réagir.

— En es-tu sûre ?

— Vous souvenez-vous, quand je vous ai appelés pour vous dire où était Tristan Chapman ? Je vous ai menti. J'ai donné à chacun d'entre vous le même numéro, mais une rue différente. Ces rues donnaient toutes sur le rond-point de la liberté. Depuis le toit de la mairie, je pouvais les surveiller. Les Russes ont débarqué, et le nom de la rue m'a donné le nom du traitre.

Celle qui voulait être Phoenix

Jonas comme à son habitude exprima ce que tous les autres pensaient tout bas.

— Tu as douté de nous !

— Oui, je vous demande pardon. Mais il y avait quelque chose de pas net avec l'histoire de l'appartement. On était peu à avoir eu l'information. Comment avaient-ils fait pour localiser le véhicule de Chapman et arriver avant nous ? La seule réponse plausible, c'était que l'un d'entre nous avait parlé. Il fallait que je sois sûre.

Amber qui jusque-là était restée muette, intervint.

— On est vraiment désolés pour toi Amanda. On sait à quel point tu tenais à Sean.

— Quel salaud, dit Jacob.

— Jacob, s'il te plaît, ne l'appelle pas comme ça ! Dis Amber qui voulait ménager Amanda.

Jacob ne s'en aperçut pas et continua sur sa lancée : « C'est un pourri, ce gars-là. Il nous a tous trahis. J'ai le droit de l'appeler comme je veux. D'ailleurs, je veux être celui qui va lui passer les menottes ».

Amanda, qui jusque-là les écoutait passivement, intervint, car il était hors de question de l'arrêter.

Celle qui voulait être Phoenix

— Non. On va continuer comme si de rien n'était. On va le mettre sous surveillance. Il peut nous mener jusqu'aux enfants.

Amber qui comprenait mieux que les autres, ce que cela induisait ne put s'empêcher d'ajouter.

— Tu es certaine de vouloir continuer à faire semblant avec lui ?

Amanda savait très bien ce que cela allait lui coûter. Se laisser toucher, embrasser par un homme qu'elle détestait à présent. Faire semblant. Accepter le quotidien tout en étant proche du dégout. Réprimer son envie de le tuer et continuer à dormir ou coucher même avec lui. Tout cela la dégoutait, mais pouvait-elle faire autrement ?

***

Pendant ce temps-là, Phoenix avait appelé son ami armurier, un certain Smith. Rendez-vous fut pris pour l'après-midi et c'est ensemble qu'ils entrèrent dans l'armurerie.

Il y avait des armes un peu partout, aux murs, sous vitrines, et même sur une table centrale à disposition des clients. Derrière son comptoir monsieur Smith les attendait.

— Bonjour Smith.

— Salut Phoenix. Que me vaut le plaisir ?

Celle qui voulait être Phoenix

— Je te présente Tristan Chapman. Tu as dû le voir à la télé.

— Vous êtes de vraies célébrités. Enchanté de vous accueillir dans mon humble magasin. Maintenant, je connais la réponse à la question que toute la ville se pose. Heureux de savoir que vous n'avez pas été enlevé, monsieur Chapman.

— Bonjour monsieur Smith.

— Que me veux-tu Phoenix ? Je sais bien que je te dois un service, mais je ne veux pas d'ennuis avec la police.

— Ne t'inquiète pas. Personne ne nous a vu entrer et on ne restera pas longtemps. Je voudrais deux armes de poing, intraçables avec munitions et silencieux.

— Pour les pistolets, es-tu toujours fidèle au Glock 17 ?

— Évidemment.

Il sortit alors de dessous son comptoir, un chiffon dans lequel se trouvaient des pistolets.

— Tiens, les voilà avec deux chargeurs chacun de 17 balles. Et puisque tu es une amie, je t'offre une boite de 50 munitions.

— Merci Smith. Pourrais-tu ajouter une autre boite ? J'aimerais montrer à mon camarade le maniement d'une arme à feu.

— Pas de soucis. Tu connais le chemin. C'est par ici.

Celle qui voulait être Phoenix

Tout en marchant, Smith interpella Tristan.

— Vous allez voir ça. Même moi qui suis dans le métier depuis trente ans à chaque fois que je la vois tirer, j'en reste éberlué.

Tristan ne s'étonnait plus de rien. Depuis qu'il l'avait vu à l'œuvre chez elle, il la savait capable de tout. Et depuis, qu'il la côtoyait, elle paraissait en effet, douée pour les ennuis.

— Elle est si bonne que ça ?

— Bonne ? Non, Monsieur. Exceptionnelle !

Après deux bonnes heures de tir, Tristan n'était pas devenu bon tireur, mais au moins ne risquait-il plus de blesser quelqu'un par inadvertance. Et puis, il s'était appliqué, imaginant les ravisseurs de ses enfants à la place des cibles. Phoenix, elle ne tirait pas. Elle ne faisait que corriger Tristan sur sa manière de tenir son pistolet. Il le tenait à l'horizontale, tels les rappeurs dans les films, et cela l'énervait au plus haut point. Smith qui les avait laissés, revint les voir.

— Alors, le Monsieur s'en sort comment ?

— Ça va. Disons, que maintenant, j'ai plus de chance de survie lui répondit Phoenix.

— À propos Phoenix. J'ai une surprise pour toi.

Smith alla dans l'arrière-salle et en revint avec un long fusil à lunette.

— C'est un Dan .338. Un fusil israélien à verrou avec dix balles par chargeur. Facilement transportable avec sa crosse repliable et son poids léger. Moins de 6 kilos. Difficilement repérable, car pas de flash à la sortie du canon et très silencieux. Pour ne rien gâcher, une précision extrême jusqu'à 1200 mètres.

Il se tourna alors vers Tristan.

— Beaucoup de monde la connaît pour ses combats, mais peu de monde sait qu'elle est encore meilleure au tir. Vous savez, elle venait ici régulièrement s'entrainer. Un jour un ami commun, impressionné, lui a proposé d'aller à une sorte de réunion d'anciens militaires, tous tireurs d'élite. Et vous savez quoi ?

— Laissez-moi deviner. Elle les a impressionnés ?

— Impressionné, non monsieur ? Elle les a sciés. Et pourtant, ils y avaient parmi eux des instructeurs de tir de l'armée. Pas le genre de gars à s'en laisser imposer facilement.

— Elle a fait quoi exactement ?

Celle qui voulait être Phoenix

— Elle a cassé des bouteilles de bière à 1600 mètres de distance.

— Ça fait loin ? lui dit Tristan

Smith se mit alors à rire très fort.

— Loin ? D'après les instructeurs, il n'y a que 10 personnes dans le monde capable de réaliser un tel tir.

Se retournant vers Phoenix, il lui lança : « Alors, tu en penses quoi de mon joujou ? »

Phoenix semblait captivée par l'arme. Sans un mot, elle saisit le fusil, le soupesa, manoeuvra la culasse de chargement et tout en l'appuyant contre son épaule regarda par la lunette de visée.

— Pas mal.

— Pas mal ? C'est le fusil de précisions, que tous les snipers du monde entier s'arrachent. Et, toi, tu dis juste pas mal ? C'est un vrai bijou.

Phoenix continuait à le manipuler. Il s'avérait en effet assez compact. Avec sa crosse repliable et son poids léger, il pouvait facilement se dissimuler dans une valise. Il pourrait lui être utile.

— Combien ?

Celle qui voulait être Phoenix

— C'est une commande. Je ne peux pas te le vendre.

— Smith ne m'oblige pas à te le redemander.

— Je ne peux pas Phoenix. J'aimerai bien, mais je ne peux pas. Le client a déjà payé.

— Rembourse-le. Je t'en donne le double.

Après un moment d'hésitation, Smith se résolut à accepter.

— C'est bien pour toi que je le fais.

— Il me faut en plus des munitions et une lunette de vision nocturne.

— Pas de soucis. Je t'amène tout ça. Mais après, on est quitte et je ne veux plus jamais vous revoir.

Une fois dehors avec tous leurs achats sous les bras, juste avant d'entrer dans la voiture, Tristan s'arrêta net. Tout en la regardant droit dans les yeux, il lui dit : « Avant qu'on commence, il faut que je contacte mon ex-femme. Elle doit être morte d'inquiétude. Je veux qu'elle sache que je fais tout pour récupérer nos enfants ».

Phoenix respirait profondément, comme pour se calmer. Tout était déjà suffisamment compliqué sans avoir besoin d'en rajouter.

Celle qui voulait être Phoenix

— Je te rappelle que ton ex-femme est sous surveillance de la police et sûrement des Russes aussi.

— Je sais, mais j'ai mon idée.

23. Contacts

Pour contacter Pénélope, Tristan avait besoin d'aide. Et, il n'avait pas beaucoup de personnes, sur lesquels il pouvait compter. En fait, il n'y en avait qu'une seule. Cette femme n'était autre que sa secrétaire, Cindy. Le problème, c'était qu'il ne pouvait ni l'appeler ni la contacter directement. Elle devait être surveillée, elle aussi.

Son idée était simple : interpeller un jeune dans la rue et lui proposer de l'argent en échange de la livraison d'un colis. Il porta son dévolu sur un jeune homme habillé simplement comme pourrait l'être n'importe quel livreur : pantalon en jean, casquette de baseball sur la tête et sweat-shirt. Pour être sûr qu'il ne parte pas simplement avec l'argent, il ne lui donna que le tiers de la somme promise. Pour avoir la totalité, il lui suffisait de livrer le colis à Cindy en personne et de revenir avec sa signature.

Dans le colis, Tristan avait placé une lettre manuscrite avec des instructions et un téléphone prépayé. Les directives étaient claires et simples. Tristan lui expliquait qu'il allait bien, mais qu'il avait besoin de son aide. Pour cela, elle devait composer le numéro préenregistré et cela dans un lieu discret où personne ne l'entendrait.

Après une vingtaine de minutes, le jeune homme revint avec la signature. Comme promit Tristan s'acquitta du solde. Maintenant, il n'y avait plus qu'à attendre et espérer que Cindy appelle. L'attente leur parut longue et sans fin.

— Allez, on bouge. Elle n'appellera pas. C'est déjà bien qu'elle ne nous dénonce pas.

— On attend encore un peu. Je la connais bien, elle va appeler.

Le téléphone sonna enfin.

— Cindy.

— Monsieur Chapman, c'est bien vous ?

— C'est bien moi. Merci d'avoir appelé.

Celle qui voulait être Phoenix

— Comment allez-vous ?

— Bien, je vais bien.

— Au bureau, c'est l'affolement. Il y a beaucoup de rumeurs à votre sujet et sur votre présumée complicité. Mais, moi je n'y crois pas. Je vous connais. La police est venue interroger tout le monde et c'est ce que je leur ai dit. J'ai aussi entendu les nouvelles. Je suis navrée pour vos enfants.

— Merci Cindy. Vous êtes une chouette fille. C'est justement pour eux que je vous ai contacté.

— Je ne vois pas trop en quoi je peux vous aider.

— J'ai besoin de contacter mon ex-femme sans que la police ne le sache. Je veux lui dire que je vais bien et que j'ai un plan pour libérer nos enfants. Vous savez à quel point, ils sont importants pour moi.

— Oui, je le sais Monsieur, mais vous êtes recherché par la police. Je ne devrais même pas vous parler. Si je vous aide, je serai considérée comme complice. Vous comprenez ?

— Je n'ai personne d'autre que vous, Cindy.

Quelques secondes passèrent sans qu'un mot ne soit prononcé…

— Que voulez-vous que je fasse ?

— Je vous demande seulement d'aller la voir et de lui donner le téléphone.

…

— En deux ans, je ne me suis jamais rendue, ni chez vous ni chez votre ex-femme. Quelle raison valable aurai-je pour aller la voir ?

— J'y ai pensé. Faites un carton avec toutes mes affaires et emmenez-les chez elle. Si l'on vous interroge, dites que la direction a décidé de donner mon bureau à quelqu'un d'autre et que vous ne saviez pas quoi en faire.

30 nouvelles secondes s'écoulèrent dans le silence le plus total…

— Si je le fais. Si je prends ce risque, c'est pour vous, pour les deux années passées à vos côtés. Mais sachez aussi que ce sera ma dernière tâche à votre service… Vous allez beaucoup me manquer. J'espère que tout finira bien, pour vous et vos enfants. Soyez prudent.

Tristan était ému et triste, car il appréciait vraiment Cindy. Au fil du temps, elle était devenue bien plus qu'une collègue, une amie. L'entendre faire ses adieux lui déchira le cœur, mais il n'avait pas d'autre choix.

Celle qui voulait être Phoenix

— À moi aussi, vous allez beaucoup me manquer, Cindy. Les journées, bonnes ou mauvaises passées à vos côtés ont filé bien trop vite. Merci d'être ce que vous êtes, une belle personne. J'ai énormément apprécié de travailler avec vous. Merci pour tout.

Tristan ne pouvait le voir, mais de l'autre côté du téléphone, Cindy pleurait. Elle aurait voulu lui dire plus de choses, mais elle ne pouvait plus parler. Alors pour toute réponse, Tristan n'obtint que le bruit du téléphone qui raccroche.

— Alors, elle va le faire.

— Je crois.

— On fait quoi sinon. Tu as un plan B ?

— On va lui laisser sa chance. Ensuite, on avisera.

…

Une heure plus tard, le téléphone sonnait à nouveau.

— Tristan, c'est toi ? Tu vas bien ?

— Oui, ça va Pénélope.

— On a enlevé nos enfants.

— Je sais.

— As-tu quelque chose à voir avec leur enlèvement ?

Celle qui voulait être Phoenix

— Les hommes qui ont fait ça sont à la recherche d'une femme et cette femme, je la connais.

— C'est de ta faute alors s'ils s'en sont pris à nos enfants ?

— En quelque sorte.

Tristan entendait à l'autre bout du fil le souffle de Pénélope.

— Comment as-tu pu mettre en danger nos enfants ?

— Je vous pensais en sécurité.

— Tu couches avec elle ?

— Cela ne te regarde pas.

— Cela ne me regarde pas ! Mes enfants ont été enlevés à cause d'elle ! Je devrais te dénoncer aux flics, toi et ta salope.

— Écoute-moi. Cette femme est notre seule chance de les retrouver vivants.

— Rends-toi, dénonce-la et laisse la police faire. C'est leur métier.

— On ne peut pas. Ils ont la police dans leur poche.

— C'est du n'importe quoi. Tu t'entends ? Elle a dû te retourner la tête. Réveille-toi !

— On a pas le temps pour ces bêtises. Je te demande juste un peu de temps et d'avoir confiance.

— Confiance ? Tu devais partir avec les enfants ce week-end. Tu pars sans un mot, aucune nouvelle depuis vendredi soir et maintenant, on enlève nos enfants… Tu es recherché ! Bob veut que je coopère avec la police et, si tu me contactes, je suis censée te dénoncer. Je fais quoi là, moi ?

— Tu me connais, je ferai tout pour nos enfants. Fais-moi confiance. Je ne te demande que 12 heures. Si dans 12 heures tu n'as pas de mes nouvelles alors, fais ce que tu veux. Mais garde ce téléphone en attendant près de toi. Je t'appelle, dès que je les ai. Je dois raccrocher maintenant.

— Ne me raccroche pas au nez !

Tristan raccrocha, car le temps du dialogue était fini. Il était temps maintenant de passer à l'action.

Celle qui voulait être Phoenix

24.   Le comptable

Phoenix et Tristan s'étaient préparés du mieux qu'ils avaient pu malgré les circonstances. Et pour le moment, l'adversaire le plus redoutable était le temps qui s'écoulait bien trop vite. La soudaineté de l'enlèvement les avait pris de court. Maintenant, ils devaient se presser, s'adapter, et cela, sans commettre d'erreur.

Phoenix, la stratège du duo, avait élaboré un plan en deux phases. La première phase consistait à rassurer les Russes. Ils devaient à tout prix ne pas se méfier et être sûrs qu'ils allaient se livrer. À cette fin, ils avaient concocté un mail et l'avaient fait parvenir à l'organisation. Dans cet email, ils disaient être prêts à se rendre en échange des enfants. Afin de gagner du temps, ils demandaient un sursis de 24 heures, le temps de regagner la ville. La réponse fut rapide. Et le rendez-vous fut fixé au lendemain soir, près des quais. Leur seule condition : pas d'armes ni de police. Ils n'avaient donc pas le choix. Tout devait se dérouler cette nuit. Donc, chaque minute comptait et devait être utilisée au mieux.

Ils s'étaient concentrés plus particulièrement sur la deuxième phase du plan, l'enlèvement du comptable. Chacun connaissait son rôle et Phoenix avait fixé la durée d'intervention à dix minutes maximum. C'était le temps nécessaire qu'elle avait estimé pour d'éventuels renforts. Après, quoiqu'il arrive, il leur faudrait fuir et mettre en danger la vie des enfants.

— Allez. Répète une dernière fois. Je t'écoute.

— Encore ? On fait que ça, depuis deux heures.

— Deux heures, ce n'est rien. Il nous aurait fallu des jours de préparation. Si tu veux vraiment revoir tes enfants, commence par rester vivant et pour cela on doit être précis. On n'aura pas le droit à l'erreur.

— Je sais bien. Je crois que je stresse un peu. J'ai peur de ne pas être à la hauteur.

— Ça va aller. Pense à tes bambins.

Celle qui voulait être Phoenix

Tristan prit alors le plan de la maison que Phoenix avait au préalablement téléchargé des serveurs du cadastre et commença à pointer du doigt, des endroits de la carte.

— Très bien. Alors, il y a trois gardes. Un côté rue dont tu vas t'occuper. Un à l'intérieur et le dernier, le mien, côté jardin. À 23 heures 30, je suis ici et j'entre dans le jardin. Puis, j'attends là à l'arrière de la maison tranquillement. Aux alentours de minuit, le garde va venir. D'après tes dires, il est réglé comme du papier à musique et vient toujours uriner sur cet arbre. C'est beau, les habitudes. Moi, j'arrive par-derrière et bang, bang. Un tir au cœur et un à la tête avec mon Glock et son silencieux.

— Ensuite ?

— Ensuite, je tire le corps dans les fourrés et je t'attends sagement près de la porte arrière.

— C'est à peu près ça.

Tous les deux n'avaient plus qu'à attendre sagement 23H 30 à leurs positions respectives. La maison du comptable était une vieille bâtisse fabriquée en pierres meulières. Au rez-de-chaussée, une cuisine, un salon, deux chambres et une salle de bains. À l'étage, deux autres chambres et une salle de bains. Évidemment, le comptable occupait tout l'étage. La maison possédait 2000 m² de terrain et n'avait aucune mitoyenneté. Ils leur étaient donc impossible de passer par les toits. C'est pour quoi ils avaient opté pour l'attaque coordonnée. Une fois les gardes extérieurs éliminés, ne restait plus que celui de l'intérieur. Après avoir pris les clés sur l'un d'eux, il leur suffisait d'entrer par la porte donnant sur le jardin, de trouver et d'éliminer le dernier garde. Pour que le plan fonctionne, ils devaient à tout prix être le plus discret possible. Car la dernière chambre à l'étage avait été transformée en panic room. Et au moindre doute, le garde y entrerait avec le comptable et tout serait alors perdu.

La nuit était venue. La lune avait fait son apparition. Il faisait bon et le ciel était sans nuages. Une légère brise venait lécher les visages. On distinguait parfaitement les étoiles dans le ciel. Phoenix les contemplait et se disait que c'était une belle nuit. Après une bonne heure d'attente, il était maintenant temps de passer à l'action. Phoenix suivit son plan à la lettre. Toute de noire vêtue, elle marcha le long du mur de la maison sans se précipiter jusqu'à arriver au niveau du portail. Là, elle prit appui sur le parapet du mur et l'enjamba. Elle attendit quelques secondes, le temps pour ses yeux de s'acclimater à l'obscurité et de repérer le garde. Ensuite, elle descendit en faisant bien attention de ne pas faire de bruit. Une fois au sol, elle se blottit contre le mur caché par les hortensias. Elle devait attendre sagement 23H 30, mais elle avait décidé de changer ses plans et d'attaquer cinq minutes plus tôt. C'est qu'elle avait des doutes sur Tristan et ses capacités à honorer son contrat. Lorsque l'heure fut venue, elle attendit le passage du garde. Une fois qu'il arriva à son niveau, elle attendit encore qu'il soit tout près d'elle. Tellement près, qu'elle pouvait sentir son souffle. Elle lui logea alors une balle dans la tête et se précipita en même temps sur lui pour amortir sa chute.

De son côté, Tristan, lui ne prêta aucune attention à la météo. Il était entré lui aussi et il s'était placé comme convenu près de l'arbre fatidique. Il attendait maintenant le garde et le moment où il entrerait en action. Ses mains étaient moites et il n'arrêtait pas de les essuyer. De grosses gouttes dégoulinaient le long de son front. Il ne pouvait s'en prendre qu'à lui-même puisque c'était lui qui avait réclamé sa part d'action. Maintenant qu'il était là, savoir qu'une personne allait perdre la vie, et que c'était lui qui allait la lui prendre, le mettait en panique. Allait-il y arriver ? Il devait penser à ses enfants. Il le fallait, sans la réussite de cette opération, ils seraient perdus.

Le temps comme toujours vint tout bousculer. Le garde arriva comme prévu. Il approcha de l'arbre et du même coup de lui. Il attendit qu'il commence à uriner pour approcher. Il leva sa main et braqua son arme sur lui. Au moment de faire feu, sa main trembla à tel point qu'il dut utiliser son autre main pour stabiliser son pistolet. Impossible pour lui d'appuyer sur la gâchette. Il se dit : « Tant pis pour le plan » et se décida à improviser.

— Si tu dis un mot, t'es mort. Avance par ici et lève les bras.

Tristan passa derrière le garde, attrapa le pistolet à sa ceinture et le jeta au loin. Ensuite, comme il l'avait vu faire mainte fois dans les films, il lui asséna un grand coup derrière la tête avec la crosse de son pistolet. L'homme tomba immédiatement au sol.

— Eh voilà, du bon boulot et sans tuer personne dit-il à voix basse.

Phoenix qui regardait la scène d'un peu plus loin se rua vers lui. Elle ne pouvait pas crier de peur d'alerter le dernier garde. Elle ne pouvait que courir le plus vite possible vers cet imbécile de Tristan. Si on ne voyait ce genre de truc que dans les films, c'était tout bonnement parce que cela ne marchait pas.

Tristan l'entendit arriver et se retourna vers elle, fier de lui. À ce moment-là, le garde ensanglanté se leva derrière lui discrètement. Il lui empoigna le bras et se saisit de son arme. Il essaya de se débattre tant bien que mal, mais l'autre était plus fort. Phoenix se sachant trop loin pour avoir une chance de le toucher entreprit quand même de lui tirer dessus afin de détourner son attention. Le garde expérimenté su immédiatement, qu'il était préférable de s'occuper de la femme armée qui venait sur lui plutôt que de l'homme désarmé. Son premier tir avec l'arme de Tristan fit mouche. Une douleur atroce parcourra l'avant-bras gauche de Phoenix. Elle s'arrêta aussitôt. S'agenouilla. La deuxième balle siffla juste au-dessus de sa tête. Elle bloqua sa respiration et tira à son tour. Le garde eut moins de chance, car la balle le heurta en plein front. Si Smith avait été là, il aurait apprécié le tir et aurait dit « Tu vois, ce que je te disais ? » Le corps du garde tomba inanimé au sol.

Phoenix se releva et alla jusqu'à Tristan. Du sang coulait le long de son bras.

— Tu es blessée ?

— Ce n'est rien. Juste une éraflure.

— C'est de ma faute. J'aurais dû le tuer, mais je n'ai pas pu.

— Imbécile. S'il avait tiré avec son arme, tout était fini. On n'a pas de temps à perdre. Aide-moi à le tirer dans les fourrés.

Celle qui voulait être Phoenix

Une fois le corps caché, il était temps de passer à la plus délicate partie du plan. Entrer dans la maison et neutraliser le dernier homme, tout en empêchant le comptable de se réfugier dans le panic room.

— Attends Phoenix. Je lui ai emprunté sa cravate. Si l'on serre bien, cela devrait arrêter le saignement.

Tristan entreprit alors de lui nouer la cravate autour de l'avant-bras. Ils se regardèrent dans les yeux. Phoenix ne comprenait pas comment elle pouvait s'attacher à un idiot pareil.

— Je suis vraiment navré Phoenix.

— Pas grave. Tu n'es pas comme moi et c'est un compliment. Allez, on ne se déconcentre pas, ce n'est pas encore fini.

Ils entrèrent comme prévu à l'aide de la clé trouvée dans la poche d'un des gardes. Une fois à l'intérieur, ils entendirent le son d'un poste de télévision et des rires. Cela venait du salon. Le dernier garde riait sur le canapé en regardant une rediffusion d'un des épisodes de friends. Celui où Monica se fait piquer par une méduse. Phoenix avança doucement vers lui et au moment même où Joey lance la réplique : « C'est mon amie et elle avait besoin d'aide ! Et si je devais, je pisserais sur n'importe lequel d'entre vous ! », elle tira deux fois.

À l'étage, ils entrèrent dans la chambre du comptable et le surprirent encore endormi dans son lit.

— Levez-vous et habillez-vous lui dit Phoenix.

L'homme avait une cinquantaine d'années, presque obèse. À part, une mèche allant de gauche à droite de son crâne il était pratiquement chauve. Il finit par se lever et mettre ses lunettes rondes sur son nez. Il les examina pour savoir à qui il avait affaire et à première vue, ils ne lui paraissaient pas si dangereux que ça.

— Vous devez être la femme qui a tué Vladimir Kachenko ? Et vous Monsieur Chapman, c'est bien ça ? Vous devez donc savoir qui je suis et pour qui je travaille. Que me voulez-vous ?

— Nous voulons vous échanger contre mes enfants lui dit Tristan.

— Et qui vous dit qu'Andreï voudra m'échanger ?

— Vos livres de comptes monsieur Ergonov, dit Phoenix.

— Je crois que vous avez perdu votre temps. Maintenant, tout se fait par informatique. On n'utilise plus de livres de compte de nos jours.

Phoenix s'approcha alors de l'homme et lui pointa le canon de son arme sur le front.

— Alors vous ne nous servez à rien.

— Je plaisantais. Ils sont dans le panic room, derrière la bibliothèque, il y a une cache.

— Tristan va vérifier s'il te plaît. Il vaudrait mieux pour vous que mon ami trouve quelque chose.

Tristan revint avec tout un tas de livres.

— Je les ai.

— Vous voyez j'ai coopéré. Vous avez les livres, vous n'avez plus besoin de moi. Prenez-les et partez. Je suis même prêt à ne donner l'alarme que dans dix minutes. Cela vous laissera le temps de partir.

— Êtes-vous un imbécile monsieur Ergonov ?

— Pardon ?

— Répondez-moi.

— Je ne crois pas.

— À votre place, moi j'aurais codé les livres. Une sorte d'assurance vie. Comme ça, s'il leur venait l'envie de changer de comptable et bien, ils perdraient tout.

Celle qui voulait être Phoenix

Le comptable regarda alors plus attentivement cette femme. Elle surprenait depuis plus de trois jours tout le monde et il comprenait maintenant pourquoi. Sous une apparence plutôt banale, elle dissimulait une très grande intelligence. Et lorsqu'on s'en apercevait, il était généralement trop tard.

Celle qui voulait être Phoenix

25. L'échange

Les livres de compte et le comptable entre leurs mains, Phoenix pouvait désormais contacter les ravisseurs. Ils avaient décidé de ne pas attendre. Précipiter les choses offrait l'avantage de laisser peu de temps à leurs ennemis. Ils exigèrent donc dans le mail que l'échange se fasse dans les deux heures et ils optèrent pour le même lieu que prévu initialement. C'est-à-dire les quais.

Deux heures plus tard, Tristan faisait les cent pas au beau milieu du quai 58, avec à ses côtés le comptable menotté et ses documents.

Celle qui voulait être Phoenix

Phoenix quant à elle s'était positionnée à plus de 1000 mètres de là, toute de noire vêtue. Elle s'était dissimulée dans une cabine de grue, parmi les nombreuses que contenait le port. La fenêtre entre-ouverte, le canon posé sur le bâti. Un coude en appui sur une planche de bois calée en travers. Sa main gauche soutenant la crosse contre son épaule. Phoenix était prête à faire feu. De là, elle espérait bien être à l'abri des tirs ennemis, tout en veillant sur Tristan. La nuit était calme, l'air frais entrait par la fenêtre. À chaque expiration de la buée sortait de sa bouche. Instinctivement, elle se mit à penser à ses conditions de tir. Le froid densifiait l'air et ralentissait les balles. Elle devait en tenir compte dans ses calculs, si elle ne voulait pas rater sa cible.

Phoenix regardait Tristan dans son viseur. Pour la première fois, il était seul et en première ligne. Si les choses tournaient mal. Elle ne pourrait que le couvrir de là où elle était. En cas de combat rapproché, il serait livré à lui-même. Elle se reprit immédiatement, ajustant d'un clic par ci, un clic par là sa visée, surveillant du coin de l'œil le drapeau le plus proche de lui. Calculant le sens et la vitesse du vent, d'après l'angle de celui-ci avec sa base. Elle devait à tout prix tenir son cerveau occupé, et ne pas se laisser submerger. Elle était maintenant satisfaite de ses réglages. Il ne lui restait plus qu'à guetter le moindre mouvement suspect.

Elle n'attendit pas très longtemps. Comme elle l'avait prévu, ses adversaires avaient opté pour le même type de couverture. Le premier sniper qu'elle aperçut, monta lui aussi dans une des grues. Le deuxième prit place sur le toit de la capitainerie. Le dernier opta pour le pont d'un des bateaux à quai. Elle les visa un par un avec sa lunette thermique, notant les distances et ajustant ses paramètres. Puis elle ferma les yeux afin de mieux visualiser ses cibles et sa séquence de tir. Avec tous ces paramètres en tête, son cerveau était en ébullition et tournait à plein régime. Elle devait maintenant faire un choix primordial : choisir par lequel commencer. Elle savait bien que c'était à ce genre de petits détails qu'on pouvait devoir la vie. Alors, afin de trancher, elle passa en revue le modèle de fusil des différents snipers et étudia leurs postures. Tout n'était que nuance, détails et déductions. Face à trois adversaires, elle n'avait pas d'autre choix que d'éliminer en premier le plus dangereux. Celui qui à coup sûr ne paniquerait pas. Le plus aguerri.

Sa tactique était donc simple, trouver le plus expérimenté, le tuer et espérer créer suffisamment de panique chez les deux autres. Elle hésitait entre celui de la capitainerie et celui de la grue. Rien d'évident ne lui permettait de trancher. Puis elle émit l'hypothèse que le premier devait être plus vieux que le second. Peut-être n'avait-il pas voulu gravir les centaines de marches de la grue. Et qui disait plus anciens dans ce genre de métier voulait aussi dire plus dangereux, les mauvais faisant rarement de vieux os. Elle avait donc fait son choix, même si elle n'était pas sûre que ce soit le bon. À présent, elle était prête à faire feu.

Deux véhicules s'approchèrent, mais un seul arriva près de Tristan, l'autre restant en retrait. Andreï fut le premier à sortir, suivit de près par deux de ses gardes du corps. Il s'avança lentement vers Tristan tout en regardant autour de lui.

— Je suis Andreï Kachenko. Bonjour monsieur Ergonov. Bonjour Monsieur Chapman.

— Où sont mes enfants ?

Andreï dévisagea Tristan et le scruta de la tête au pied. Il se trompait rarement sur les hommes. Maintenant qu'il le voyait, il était persuadé que cet homme-là ne pouvait pas être le meurtrier de son père.

— Tout homme qui porte une arme à la ceinture doit être prêt à s'en servir. Êtes-vous un tueur, Monsieur Chapman ?

Celle qui voulait être Phoenix

Tristan posa alors la paume de sa main sur son arme. Les deux gardes du corps en firent tout autant, mais d'un geste Andreï les arrêta.

— Pourquoi ne pas vérifier, Monsieur Kachenko.

Andreï se dit qu'après tout il l'avait peut-être jugé un peu vite.

— Je répète. Où sont mes enfants ?

— Et où est Hanna Romanovitch ?

— Elle va arriver, ne vous inquiétez pas.

— Je ne suis pas inquiet, mais je me fais beaucoup de soucis pour vous et votre famille.

— Salopard.

— Voyons Monsieur Chapman. Restons polis. Je crois avoir été correct avec vous.

À ce moment même de la discussion, une déflagration se fit entendre sans que l'on sache d'où cela pouvait venir, suivi rapidement par deux autres. Puis le silence reprit son cours. Andreï se tourna vers ses hommes. Celui de gauche porta l'index à son oreille. Il lui répondit par un mouvement de tête qui voulait dire non.

— Hé, bien, je crois qu'elle est arrivée.

Andreï se mit alors à rire. Si fort que cela finit par mettre mal à l'aise Tristan. Puis il écarta les bras et se mit à tourner lentement sur lui-même. Comme s'il lui disait : « Allez. Vas-y, tir. Je suis là ». Rien ne se produisit, aucun bruit, aucune lumière, aucun signe ne vint troubler le silence. Alors Andreï s'adressa à nouveau à Tristan avec un léger sourire au coin des lèvres et ne semblant pas le moins du monde accablé par la perte de ses hommes.

— Ils m'avaient pourtant affirmé être les meilleurs.

— Il faut croire qu'ils vous ont menti.

— Alors, ils ont bien fait de mourir.

Les deux hommes se défiaient du regard, aucun ne voulant lâcher, mais finalement Tristan céda le premier.

— Elle tuera quiconque s'interposera. Vous êtes prévenu. J'aimerais voir mes enfants, maintenant.

Andreï regarda Ergonov et ses livres, puis fit un signe de la main sans même se retourner. Le deuxième véhicule approcha. Le van stoppa près de la voiture d'Andreï. Un homme armé en descendit. Lorsqu'il entrouvrit enfin la porte coulissante, deux silhouettes en descendirent. Le cœur de Tristan battait à tout rompre, quand il distingua enfin Dan et Sarah, il crut qu'il allait sortir de sa poitrine. Ils avaient les mains attachées, mais paraissaient en bonne santé. C'était tout ce qui comptait. Dès que les deux enfants le virent, ils se mirent à crier « Papa ». Tristan en eut les larmes aux yeux.

L'échange pouvait enfin commencer. Pendant que ses enfants avançaient lentement vers lui, le comptable faisait, lui le chemin inverse. Les secondes semblaient interminables. Enfreignant les ordres de Phoenix, il se précipita vers eux et franchit les derniers mètres qui les séparaient. Il s'agenouilla et enlaça la petite Sarah. Dan les rejoignit et lui dit au creux de l'oreille « Pardon, Papa. Je suis tellement désolé pour tout ce que je t'ai dit l'autre soir ».

— Ce n'est rien fiston. L'important, c'est que toi et ta sœur, vous alliez bien.

L'ainée lui tenait toujours la main fermement, les yeux imbibés de larmes.

— On a eu si peur, si tu savais, Papa.

Tristan était maintenant envahi par l'émotion, voir son fils et sa fille en pleurs ne lui facilitait pas les choses. Il le savait, il avait failli en tant que père. Ils méritaient bien mieux que la loque qu'il avait été jusqu'à présent. Il décida en cet instant de ne jamais plus être cet homme-là. En l'espace de seulement trois jours, il avait pris conscience de ses erreurs et du chemin qu'il avait déjà parcouru. Il se jura de tout faire à présent pour eux, sans plus penser à lui.

— Tu t'es bien occupé de ta sœur Dan. Tu n'as rien à te reprocher. Je suis fier de toi, mon fils.

C'était tellement difficile pour lui de ne pas craquer devant eux. La petite Sarah heureusement vint à son secours.

— Je veux maman.

— On va aller la retrouver ma chérie.

La petite n'arrêtait pas de pleurer et de serrer la jambe de son père. Comme si elle avait peur qu'il ne reparte sans elle.

— Ça va aller, Sarah. Papa est là.

Andreï assistait à la scène sans laisser transpirer la moindre émotion. Ce qui lui importait à lui, c'était d'avoir récupéré son comptable. Maintenant que c'était fait, il voulait leur faire passer un message et être clair sur la situation et ses intentions.

— Entendons-nous bien Monsieur Chapman. Vous avez gagné une bataille, mais vous ne gagnerez pas cette guerre. Je vais vous poursuivre sans relâche et utiliser tous les moyens à ma disposition. Sachez que je ne connais aucune limite. Et dites bien à votre amie, que j'ai hâte de la rencontrer.

— Je vous demande juste de laisser ma famille tranquille. Ils n'y sont pour rien.

— Dans ce monde, il n'y a pas d'innocents. Il n'y a que des loups et des agneaux. Peut-on en vouloir au loup de faire ce pour quoi il est né ?

Tristan sut à cet instant qu'il ne fallait s'attendre à aucune pitié de cet homme. Il voulut à sa manière lui montrer qu'il serait prêt lui aussi à rendre les coups.

— Jusqu'à présent, on ne peut pas dire que ce soit la réussite pour vous. Et dans cette histoire, il reste encore à déterminer qui est le loup.

Andreï sourit à nouveau et lui dit dans un murmure : « À très vite ».

Il fit ensuite un grand geste de la main comme pour dire au revoir à Phoenix. Puis il repartit vers sa voiture comme si de rien n'était, tranquillement sans se presser. Et ce n'est que lorsqu'elle démarra en trombe que Tristan et ses enfants purent enfin souffler et rejoindre leur véhicule.

Un peu plus loin sur le chemin, Tristan arrêta la voiture sur le bas-côté et passa du côté passager. Les enfants inquiets le questionnèrent du regard.

Celle qui voulait être Phoenix

— Tout va bien les enfants. On attend une amie.

Dix minutes plus tard, ils aperçurent enfin une jeune femme vêtue de noire, fusil de sniper à la main se dirigeant vers eux. Phoenix avait mis un temps fou à descendre de la grue et la dernière côte avant d'arriver sur la route avait fini par l'éreinter.

— Ne vous inquiétez pas, elle est avec nous.

Après avoir déposé son fusil dans la malle de la voiture, Phoenix se mit au volant et s'adressa directement à eux.

— Bonjour. Je suis Phoenix, une amie de votre papa. Je suppose que tu es Dan et toi la petite Sarah ?

— Dites bonjour à Phoenix les enfants.

Les enfants étaient exténués par les dernières heures passées entre les mains des ravisseurs. Ce qui aurait pu leur paraître extraordinaire quelque temps plus tôt faisait maintenant place à une sorte de routine. C'était comme s'ils s'étaient habitués à côtoyer des personnes armées. Et cette jeune femme venant de nulle part qui venait les retrouver en pleine nuit ne semblait pas plus les étonner. Était-ce dû à la fatigue ou la simple présence bienfaitrice de leur père ? Personne n'aurait su le dire.

Celle qui voulait être Phoenix

Ils répondirent en tout cas en choeur : « Bonjour, Phoenix ».

Dan dans un sursaut d'énergie s'aventura toutefois à poser une question.

— Vous êtes la nouvelle petite amie de papa ?

Phoenix décontenancée par la question répondit instinctivement : « Non ! ». Puis elle ajouta.

— Je ne suis la petite amie de personne !

Tristan sourit. La vie paraissait reprendre son cours et cela lui allait plutôt bien.

— C'est juste une amie. On part retrouver votre mère et on n'a pas mal de routes à faire. Reposez-vous un peu. Vous êtes en sécurité maintenant. Dormez cela vous fera du bien.

Le soleil se levait doucement sur l'horizon. La nuit avait été longue et exténuante en péripéties. Phoenix était au volant et Tristan ne se lassait pas de regarder ses enfants dormir sur la banquette arrière. Phoenix et lui étaient pourtant épuisés, mais tout était loin d'être fini.

De l'extérieur, cette voiture déboulant sur l'autoroute avec ces occupants à moitié endormis, semblait parfaitement incarner le voyage familial. Cela aurait pu représenter un nouveau départ, vers une nouvelle vie. Ce lever de soleil aurait pu en être le symbole, mais au contraire ils le savaient tous les deux, il marquait plus probablement la fin de leur chemin commun. Le crépuscule de leur relation.

Tristan appela Pénélope sur le téléphone prépayé. Afin de semer la police, et de ne pas éveiller les soupçons, elle avait comme instructions de se rendre dans un centre commercial, ouvert 24H sur 24. Plus précisément, dans les toilettes pour femmes de cet établissement. Là, elle devait retirer ses vêtements et mettre ceux qui y étaient cachés. Ensuite, il ne lui restait plus qu'à prendre l'issue de secours qui menait directement au parking. À l'aide des clés et du porte-clés comme indice, elle trouverait, une voiture et une carte routière avec le lieu de rendez-vous.

Pénélope attendait maintenant depuis une bonne vingtaine de minutes, quand enfin une voiture se présenta. Une fois à l'arrêt, les deux enfants descendirent et foncèrent directement sur elle. Elle les embrassa tendrement pendant de longues minutes, les serrant contre elle tout en les caressant, n'osant encore trop y croire.

Phoenix et Tristan se tenaient en retrait et attendaient sagement assis sur le capot du SUV. Pénélope après avoir repris ses esprits se dirigea promptement vers eux. Tout en continuant à avancer, elle s'adressa directement à Phoenix sans même jeter un coup œil à son ex-mari.

— Alors comme ça, c'est vous la cause de tous nos ennuis ? Vous avez mis en danger mes enfants et failli détruire ma famille !

Phoenix impassible, jusque-là, n'avait aucune intention de se laisser traiter de cette façon, encore moins sur ce ton-là.

— D'après ce qu'on m'a dit, vous vous débrouilliez déjà très bien sans moi.

Pénélope poussa alors un cri et se précipita immédiatement sur elle. Phoenix tranquillement se laissa glisser le long du capot. Bien campée sur ses jambes, le pied gauche légèrement en avant, les genoux fléchis, les poings fermés. Elle était prête à la mettre à terre. Elle visualisait déjà le moment où son pied droit heurterait son visage de pétasse.

Tristan la voyant faire, s'interposa immédiatement entre elles.

— Ça suffit.

— C'est elle qui a commencé et c'est moi qui vais finir dit Phoenix.

— C'est à cause d'elle qu'on est dans cette situation.

— Sans elle, nos enfants ne seraient pas là Pénélope. C'est grâce à elle s'ils sont encore vivants.

— Non, mais je rêve ! Comment peux-tu défendre cette psychopathe ! Faudrait la remercier maintenant ? Je vois, tu couches avec elle. Dans quelle galère tu t'es encore fourré ? Tu te rends compte des ennuis qu'on a. J'ai dû semer la police pour venir ici. À l'heure actuelle, ils doivent tous être à ma recherche. Je me fous de ce que tu fais avec cette fille comme avec les autres. Mais là, tu as joué avec la vie de nos enfants et ça je ne sais pas si un jour je pourrais te le pardonner.

— Je suis désolé Pénélope. Les évènements se sont enchaînés sans que rien ne soit prémédité.

— Le problème, c'est que ce n'est jamais de ta faute.

Phoenix qui assistait jusque-là, sagement, décida de se mêler à la conversation.

— Arrêtez de vous en prendre à lui. Ce n'est pas de sa faute. Il était juste au mauvais endroit, au mauvais moment.

— On t'a demandé quelque chose ? Non ! Alors ma petite, tu la fermes. Ce ne sont pas tes enfants qui ont été enlevés, alors tu n'as rien à dire ici .

Celle qui voulait être Phoenix

Phoenix ne la connaissait que depuis cinq minutes et déjà elle ne la supportait plus, cette Madame sainte nitouche de Pénélope. Tristan aurait dû la laisser faire. Ce qu'il lui manquait à cette pouffiasse, c'était une bonne correction.

— Pour commencer, je ne suis pas ta petite. Ensuite, faut pas me chercher, car quand j'en aurai fini avec toi, tu ne seras pas prête à manger de la viande avant un bon bout de temps. Et ne compte pas trop sur ton bonhomme pour m'en empêcher.

— Tu as vu comment elle me parle ? Et tu la laisses faire ?

— Ça suffit. Pény monte dans la voiture. Les enfants, allez avec votre mère.

Au son de cette marque d'affection, Phoenix sentit son ventre se nouer. Elle n'avait jamais été jalouse avant. C'était le genre de chose qu'elle ne comprenait pas. Pourtant à ce moment précis, elle n'avait qu'une envie, tout laisser tomber. Tristan, son ex-femme, ses enfants, tout, partir et ne pas se retourner.

— Écoute Phoenix. Je dois aller avec eux, m'assurer qu'ils sont en sécurité. Ensuite, je te rejoindrai à l'appartement.

— Qu'est-ce que tu lui trouves ? Comment peux-tu être amoureux d'une femme pareille ? J'ai beau la regarder, je ne vois pas.

347

Celle qui voulait être Phoenix

— Phoenix, tu as entendu ce que je t'ai dit ?

— Fait comme tu veux, je m'en fiche.

— Très bien. Ce soir ou demain matin au plus tard, je te retrouve à ton appart.

— Tu devrais rester avec eux.

— Pourquoi dis-tu ça ?

— Tu as ta conne d'ex-femme et tes enfants maintenant. C'était bien ce que tu voulais ? Tu n'as plus de raison de risquer ta vie. L'aventure s'achève ici pour toi.

— Ne sois pas vulgaire. J'ai fait mon choix, et je ne te laisse pas. On se revoit dès qu'ils sont en sécurité.

Tristan soupira, déçu par son attitude et alors mêmes qu'il se dirigeait vers la voiture de Pénélope, Phoenix le rattrapa et l'attira à elle, l'embrassant langoureusement. Tristan aurait dû être gêné par la présence de son ex et de ses enfants, mais à son grand étonnement ce ne fut pas le cas.

— Je ne suis pas comme les autres Phoenix. Je ne t'abandonnerai pas. On fait comme on a dit. Attends-moi à l'appartement et surtout ne fais rien sans moi. D'accord ?

— Comme tu veux, mais je te donne jusqu'à ce soir. Ensuite je m'en occupe seule.

Celle qui voulait être Phoenix

— Très bien. Je serai là, ne t'inquiète pas. À toute à l'heure.

Phoenix eut un hochement de tête et Tristan s'en retourna. Pénélope au volant, le véhicule démarra. Quand il passa devant elle, Tristan lui fit un geste de la main. Ce qui surprit Phoenix fut que les deux enfants sur la banquette arrière en firent tout autant. Elle leur rendit leur geste et remarqua que Pénélope, elle ne la regardait même pas. Une fois sur la route, celle-ci décida de rompre le silence en interpellant Tristan.

— Tu tiens vraiment à retrouver cette fille. Elle ne t'a pas causé assez d'ennuis comme ça. Nous sommes ta famille, tu as pensé à nous ?

Tristan paraissait ailleurs et ne l'écoutait même pas.

— Tu as gardé ta carte bleue ?

— Oui. Pourquoi ?

— Tu as bien fait. On va aller à un distributeur automatique et retirer un maximum d'argent liquide. Ensuite, toi et les enfants, vous allez prendre la route.

— Tu ne viens pas avec nous ?

— Je ne peux pas. Ce gars Andreï m'a bien fait comprendre qu'il n'en resterait pas là.

— Laisse la police faire son métier, ou cette fille. Toi, tu n'es pas qualifié pour ce genre de chose.

— J'ai déjà pris ma décision Pénélope.

— Cette fille t'a ensorcelé.

— Pas du tout. Qu'est-ce que tu racontes ?

— Très bien, comme tu veux. Après tout c'est ta vie. Et nous on va où ?

— N'importe où, mais ne le dis à personne. Ni à moi, ni même à Bob.

— On va se marier. Je ne peux pas partir sans rien lui dire.

— Je lui parlerai. C'est la seule solution pour que vous soyez en sécurité et lui aussi.

— Combien de temps ?

— Un jour, voire deux, garde le téléphone près de toi. Je t'appellerai dès que c'est fini.

— Et pour la police ?

— Je vais aller les voir et tout leur expliquer. L'important, c'est que personne ne sache, où vous êtes. Prenez ça comme des vacances. Amusez-vous et prenez du bon temps. Dans deux à trois jours, tout au plus, tout sera réglé et vous pourrez revenir. Mais je ne peux rien faire si je vous sais en danger. Tu comprends ?

— Tu m'as l'air si sûr de toi. Très bien, deux à trois jours pas plus après on rentre. Et sache que je le fais uniquement pour protéger mes enfants.

— Merci Pénélope.

Alors que Tristan regardait par la fenêtre et qu'il ne cessait de penser à celle qu'il venait de quitter, il sentit sur sa nuque une main et des doigts dans ses cheveux. Il tourna la tête et contempla à ses côtés, celle qu'il n'avait cessé de désirer depuis ces deux dernières années.

— Qu'est-ce qu'il y a ? lui demanda Pénélope.

— Rien lui répondit Tristan.

— Tu as changé. J'ai du mal à croire que tu es le même Tristan avec lequel j'ai vécu pendant dix ans.

— Tu trouves ?

— Oui. Je ressens une certaine force, une sérénité que je ne te connaissais pas avant.

Elle lui caressa le visage avec le dos de sa main puis s'approcha de lui et l'embrassa sur la joue.

Celle qui voulait être Phoenix

— Je suis contente de te savoir sain et sauf et d'être là avec moi et les enfants. Cela faisait si longtemps.

Tristan aurait rêvé d'une scène pareille durant les deux dernières années. Alors pourquoi, maintenant, ne ressentait-il rien ? Aucune joie. Pénélope devait avoir raison. Il avait dû changer.

26.   Un seul être vous manque...

« Un seul être vous manque, et tout est dépeuplé »,
Lamartine.

Lorsqu'ils arrivèrent devant le poste de police, les adieux furent compliqués. Les enfants ne comprenant pas pourquoi leur père ne venait pas avec eux. Tristan les rassura du mieux qu'il put, mais il était hors de question pour lui de changer d'avis. Après les avoir laissés, Tristan monta quatre à quatre les marches menant au poste de police. Une fois devant le policier de garde, il déclina son identité : Je suis monsieur Chapman et je crois que vous me cherchez »

Celle qui voulait être Phoenix

Amanda et son équipe furent immédiatement averties de sa présence. Après avoir été menotté et attaché à une table d'interrogatoire, les questions commencèrent à pleuvoir de toute part. Il se souvint alors des conseils de Phoenix et il s'aperçut bien vite qu'il n'avait pas d'autres choix que de l'enfoncer. S'il voulait pouvoir être libre, il n'avait pas droit choix.

Il raconta succinctement sa libération ainsi que celle de ses deux enfants. Expliquant qu'elle les avait délivrés, puis déposés sur un parking. Par sécurité, il avait fait venir son ex-femme, lui avait confié les enfants et lui avait ensuite demandé de partir dans un endroit connu d'elle seule. Le temps que tout se calme.

La vérité aurait causé bien plus de questions et il n'avait pas de temps à perdre en explications. S'il voulait pouvoir sortir avant la nuit, il devait s'en tenir à son plan.

Après trois heures d'interrogatoire, Amanda, derrière le miroir sans tain commença à se poser des questions. Et s'il essayait de couvrir sa sœur ? Il ne paraissait pas très vindicatif pour quelqu'un qui avait été enlevé par une psychopathe. De plus, il ne bougeait pas d'un iota sur ses réponses comme s'il s'y était déjà préparé. Enfin, il ne paraissait pas en vouloir plus que ça à sa ravisseuse. Peut-être était-il atteint du syndrome de Stockholm ? Mais elle n'y croyait pas. Il avait l'air trop sûr de lui. Comme tout cela ne menait à rien, elle décida de le rejoindre, afin de reprendre l'interrogatoire, seule.

— Bonjour monsieur Chapman. Je suis la capitaine Amanda Myers et je suis en charge du meurtre de Vladimir Kachenko.

— Je suis fatigué de répondre toujours aux mêmes questions. Quand pourrais-je partir ?

— Bientôt monsieur Chapman, bientôt. J'ai juste encore quelques questions, concernant cette femme, Hanna Romanovitch.

— Que voulez-vous encore ?

— Juste m'assurer que vous comprenez bien la situation. C'est une meurtrière et une dangereuse criminelle. Elle a déjà cinq morts à son actif, ce qui fait d'elle la personne la plus recherchée du pays. Comprenez-vous ce que cela veut dire ?

— Où voulez-vous en venir ?

— Toutes les polices sont à sa recherche, sans compter la mafia russe. On va bien finir par la retrouver. Et, quand une patrouille tombera sur elle. Savez-vous ce qui va se passer ? Ils ne prendront aucun risque. Ils lui tireront à vue, monsieur Chapman. Elle est bien trop dangereuse.

— Je vois. Et, si je vous dis où elle est, je suppose que vous me garantiriez de la prendre vivante. C'est bien ça ?

— Je suis sérieuse, monsieur Chapman. Souhaitez-vous sa mort ?

— Je ne souhaite la mort de personne. Faites votre métier et prenez-la vivante. Je ne sais pas où elle est. Comment dois-je vous le dire ?

— Très bien, puisque c'est ainsi, vous ne me laissez pas le choix.

Amanda se dirigea alors vers les caméras et les éteignit l'une après l'autre.

— Ah, d'accord. Après la corde sensible, on passe à de l'intimidation ?

— Taisez-vous. On a peu de temps. Ce que je vais vous dire là peut mettre en péril mon enquête, ma carrière, et même ma vie.

Le ton employé par Amanda semblait si solennel que Tristan comprit immédiatement qu'elle ne plaisantait pas.

— Hanna est ma sœur.

Celle qui voulait être Phoenix

— N'importe quoi. Vous êtes vraiment prête à tout pour arriver à vos fins, même aux pires bassesses. Vous devriez avoir honte. Vous vous appelez Amanda Myers et elle, Hanna Romanovitch. Vous voyez, ça ne sonne pas vraiment pareil.

— Myers est le nom de jeune fille de ma mère. Je l'ai choisi lors de mon entrée à l'école de police pour ne pas être assimilée aux Russes qui gangrènent cette ville.

— Peut-être, mais par malchance Hanna n'a ni sœur ni frère.

— Comment le savez-vous ? Elle vous a parlé de son enfance ?

— Je suis fatigué et j'en ai assez de toutes vos questions. J'ai été assez gentil jusque-là. Maintenant, je veux mon avocat.

…

— J'étais là lors de son enlèvement. Je m'en souviens comme si c'était hier. On jouait toutes les deux dans le jardin et je me suis absentée juste une minute pour aller voir maman. Quand je suis revenue, quelqu'un la tirait par le bras dans un van. J'ai crié de toutes mes forces, mais le temps que ma mère arrive le van était parti.

Tristan était éberlué par ce qu'il venait d'entendre.

Celle qui voulait être Phoenix

— Elle a toujours cru que ce cri, c'était votre mère qui l'avait poussé.

Amanda émue lui répondit : « Elle s'est souvenue de moi ? »

— Non. Elle était petite. C'est normal qu'elle ne se souvienne pas de tout.

— Aidez-moi à sauver ma sœur. S'il vous plaît.

Tristan n'en revenait pas, Phoenix avait une sœur, capitaine de police. Avec tous ses ennuis, cela pouvait lui être utile. S'offrait à lui également l'opportunité de quitter le poste et il n'avait plus beaucoup de temps, s'il voulait se rendre à l'appartement avant la nuit.

— Je sais où elle est, mais je ne vous y mènerai qu'à mes conditions.

— Lesquelles ?

— Vous et moi. On part immédiatement et personne d'autre ne doit être au courant.

— C'est d'accord.

***

Pendant ce temps-là, Phoenix attendait l'hypothétique retour de Tristan. Elle faisait les cent pas dans son appartement et s'occupait tant bien que mal. Soudain le son de réception d'un email résonna dans les haut-parleurs de son ordinateur. Il provenait d'Andreï et ne contenait aucun texte, juste un lien. Lorsqu'elle le sélectionna, une vidéo en streaming se lança. On pouvait y voir Andreï et derrière lui sans pouvoir les distinguer, deux autres personnes. Elles semblaient pendues par les bras.

— Bonjour Hanna. On n'attendait plus que toi pour commencer la fête. Ne sois pas surprise. Je vous avais bien prévenus, toi et ton copain. Comme tu peux le voir, je ne suis pas seul. Je me suis permis d'inviter quelques-uns de tes amis. Tu ne m'en voudras pas, j'espère ?

Andreï semblait tenir la caméra à bout de bras. Son visage occupait pratiquement tout l'écran et il souriait. Phoenix se pencha sur son bureau, se rapprochant de son moniteur. Elle faisait de son mieux pour deviner qui étaient ces deux personnes. Il lui semblait apercevoir un homme et une femme, mais elle n'en était pas sûre.

— Là, tu dois te demander qui sont mes invités. Petite curieuse ! Comme tu es une invitée de marque, je ne vais pas te faire languir trop longtemps. Hé bien d'accord. Je vais te les présenter. Par qui vais-je bien commencer ?

Celle qui voulait être Phoenix

Phoenix respirait de plus en plus fort. Les battements de son cœur ne cessaient de s'accélérer. Sa main se crispa sur sa souris et ses sourcils se froncèrent. Se pouvait-il qu'il ait mis la main sur Tristan, son ex-femme et ses enfants ?

— Comme je suis un peu fleur bleue. Je vais démarrer par ta petite chérie.

Phoenix aperçut alors en plein écran le visage tuméfié de Manouch. Elle poussa un cri d'effroi en la voyant et porta immédiatement la main à sa bouche.

— D'accord, j'avoue. On a un peu commencé la fête sans toi. Mais c'est de ta faute aussi. Tu as tant tardé…

Phoenix impuissante derrière son clavier fulminait.

— Manouch. Un petit mot pour ta copine ?

Manouch essaya bien de parler, mais ne sortit de sa bouche meurtrie qu'un râle incompréhensible.

— Je sais ce que tu te dis… Elle n'est pas dans un bon jour. Tu te demandes, comment j'ai fait pour la retrouver ? Les deux gars que tu as tués dans ton appartement m'avaient donné son nom. T'aurais dû lui conseiller de jeter son portable. Une fois qu'on a su où la trouver, ça été facile de l'attraper. Il faut dire qu'avec son look, elle ne passe pas inaperçue. Bon là, elle n'est pas très loquace, mais quand on l'a attrapé on ne pouvait plus l'arrêter. D'ailleurs, il faut lui rendre honneur, sans elle nous n'aurions pas eu un autre invité. Mais avant de te le présenter et par politesse, je tiens à remercier Manouch. Merci.

Andreï tourna alors la caméra vers la deuxième personne et elle découvrit avec effroi un visage qu'elle n'avait pas revu depuis longtemps. Celui d'un être cher. Un homme qui incarnait la gentillesse même, l'amour de son prochain et qui représentait pour elle ce qui s'approchait le plus d'un père adoptif. Comment pouvait-on lui vouloir du mal ? Il avait été la bouée à laquelle elle s'était accrochée. La seule âme désintéressée qui lui était jamais venue en aide. Chaque plaie qu'elle découvrait sur son visage lui était plus douloureuse encore que les coups de fouet qu'elle avait reçus jadis. La vision était insoutenable. Son ventre se contracta et elle eut envie de vomir. Balesteros, le visage tuméfié emplissait désormais l'écran. Phoenix de ses doigts caressait son image tendrement, lentement. Elle tomba de sa chaise sur les genoux ne pouvant détourner le regard de son visage. Des larmes coulaient, ruisselant le long de ses joues. Des frissons, puis des tremblements lui parcouraient maintenant tout le corps. Les émotions qu'elle avait su contenir depuis son enfance faisaient toutes surface. Elle leva la tête, les yeux tournés vers le ciel.

— Dieu, n'ai-je pas assez souffert ? Voilà, tu es content ? Je suis à terre. Je t'implore et je te prie même de les épargner. Prends ma vie en échange. J'abandonne. Prouve-moi que tu existes... »

Andreï lui continuait sa macabre mise en scène sans se douter de ce qu'il se passait de l'autre côté.

— Un petit mot monsieur Balesteros ?

Balesteros d'une voix fatiguée et à peine audible.

— Ne viens pas. Je t'en supplie. Écoute-moi. Ne tombe pas dans son piège. Tout est déjà perdu pour nous. Tu n'y changeras rien. Ce n'est pas de ta faute, ma fille... Ne deviens pas comme lui. Tu vaux tellement mieux. Laisse tout cela derrière toi et sois heureuse, petite...

Andreï détourna immédiatement la caméra de lui.

— Bon, ça suffit, tu gâches la fête. Toujours là ? J'aimerais bien te voir. Alors je te propose un petit jeu. Je compte jusqu'à dix et tu actives ta caméra. Je commence à compter. 1, 2, 3, 4, 5, 6, 7, 8, 9 et 10. Toujours rien. OK...

Andreï se dirigea alors vers Manouch. Une fois à sa hauteur, il saisit son poignard et lui creva l'œil gauche.

Celle qui voulait être Phoenix

Cela eut pour effet de sortir Phoenix de sa torpeur. Elle poussa alors un hurlement de rage qui s'entendit jusqu'au bout du palier.

— Voilà ce qui arrive quand on ne m'écoute pas. Bon. Je vais être sympa et te laisser une nouvelle chance. Je ne te redonne pas les règles. 1, 2, 3…

Phoenix s'essuya rapidement le visage du revers de la main et sauta immédiatement sur sa souris pour activer la webcam.

— 6, 7. Ah, te voilà. Bonjour Hanna ou bien Phoenix. Bienvenue à notre petite sauterie. Je suis content de te voir. Mais tu m'as l'air toute émue ? Je suis pressé de te rencontrer en chair et en os, tu sais. Mais, j'en étais où déjà, à oui. 7, 8, 9.

— Je me suis connecté comme tu me l'as demandé.

— Oui, c'est vrai, mais tu oublies que je suis un méchant. Alors les règles…

Andreï s'en alla vers Balesteros, lui attrapa l'oreille droite et la trancha nette.

— Voilà, comme ça, ils sont à égalité…

— Tu n'es qu'une ordure ! Tu t'en prends qu'aux faibles. Essaye un peu avec moi. J'aurais dû te tuer à la place de ton père. D'ailleurs, j'espère qu'en tu finiras comme lui et que tu me supplieras comme une fillette.

— Haaaaaa.

Andreï se dirigea alors vers ses deux victimes et en représailles il coupa la langue de Manouch et creva un œil à Balesteros.

— Tu vois ce qui arrive, quand on me met en colère !!!

Après cette dernière vision d'horreur, Phoenix se prit la tête à deux mains tout en se balançant d'avant en arrière et elle commença à entonner un air.

« Promenons-nous dans les bois pendant que le loup n'y est pas... »

— C'est tout ce que cela t'inspire, une comptine d'enfant ? ... Tu sais, je n'ai jamais eu peur du loup. Dis-moi juste que tu vas venir.

...

— Où es-tu ?

— Regarde, c'est inscrit là, en bas de l'écran. Je t'attends. Ne tarde pas trop, si tu les veux vivants.

Celle qui voulait être Phoenix

Phoenix attrapa son pistolet, deux chargeurs, une boite de munitions et un couteau de combat qu'elle fixa à sa cheville droite. Elle mit tout dans un sac à dos et se rua vers la sortie.

Celle qui voulait être Phoenix

27. La centrale

Amanda et Tristan étaient arrivés à la porte de l'appartement. Celle-ci n'était pas fermée, ce qui inquiéta immédiatement Tristan. Amanda lui murmura de rester là et sorti son arme de l'étui. Prudemment, elle entrouvrit la porte et se glissa à l'intérieur. Lentement, à pas feutrés, elle entreprit de visiter tout l'appartement. Elle s'aperçut très vite qu'il n'y avait personne et Tristan pu enfin y pénétrer.

— Je ne comprends pas. Ce n'est pas dans ses habitudes de laisser la porte ouverte.

— Elle a dû partir dans la précipitation. En tout cas, il n'y a eu ni effractions, ni traces de lutte lui dit Amanda.

— Alors c'est bon signe, car elle n'est pas du genre à se laisser embarquer sans se défendre.

— C'est donc qu'elle est partie de son plein gré. Mais où est-elle allée, et pourquoi ?

Tristan s'approcha de son ordinateur et remarqua immédiatement une fenêtre encore ouverte sur l'écran.

— Je crois que j'ai trouvé quelque chose. Cela ressemble à une vidéo. Je crois qu'elle l'a regardé en streaming. On peut encore voir la fin d'une adresse, mais, comme c'était du live, impossible de faire un retour en arrière.

— Vous dites qu'après avoir visionné une vidéo sur son ordinateur, elle est partie ? Peut-on savoir qui la lui a envoyée ?

— Ça c'est une bonne idée. Comme elle n'a pas verrouillé son ordinateur. Je devrais pouvoir accéder à ses mails. Voilà. Merde !

— Qu'est-ce qu'il y a ?

— C'est Andreï.

— Qu'est-ce qu'il a bien pu lui envoyer ?

— Je ne sais pas.

— Réfléchissez, bon sang !

Celle qui voulait être Phoenix

— Je vous dis que je ne sais pas. C'était un lien vers une vidéo en streaming et le lien ne fonctionne plus. À moins que…

— À moins que quoi ?

— Un instant. J'ai peut-être un moyen de le savoir.

Tristan se demandait tout d'un coup, si elle n'avait pas installé le même genre de système de surveillance que dans l'autre appartement. Il ferma les yeux et essaya de se remémorer la manière dont Phoenix avait accédé aux enregistrements.

— Voilà, ça y est, j'ai trouvé. On a de la chance que votre sœur soit une parano de la sécurité.

Après avoir visionné les vidéos des caméras, tous les deux étaient atterrés par ce qu'ils avaient vu. Désormais ils connaissaient l'adresse. C'était celle d'une centrale hydroélectrique désaffectée. Elle se situait en dehors de la ville. Elle était loin de tout et offrait d'énormes possibilités de fuite. Andreï avait trouvé là, l'endroit idéal pour être tranquille et s'en sortir en cas de coup dur.

— Il faut que l'on y aille tout de suite. C'est un piège. Elle a besoin d'aide. Elle est partie, il y a seulement quinze minutes.

Celle qui voulait être Phoenix

On peut encore la rejoindre avant qu'il ne soit trop tard. Mais on doit partir maintenant dit Tristan.

— Très bien. Mais, je suis flic alors, vous restez en arrière et vous me laissez gérer.

Tristan s'approcha d'une petite commode et en retira une arme. Amanda le fixa du regard.

— Vous gérez. Et moi, je prends ça au cas où.

Phoenix roulait tel un robot vers la centrale, en repensant à tout ce qu'avait été sa vie. Elle avait toujours su, que cela se terminerait ainsi. Elle s'était souvent questionnée sur la manière, et si face à la douleur et à sa fin, elle saurait rester digne.

Voilà, elle y était. Elle ne se faisait guère d'illusion sur l'issue du combat, les forces étant trop inégales. C'était couru d'avance. La sagesse aurait voulu qu'elle n'y aille pas. La meilleure stratégie aurait été d'attendre le bon moment. De frapper Andreï lorsqu'il ne s'y attendrait pas. Mais elle en avait assez, assez d'être constamment sur le fil du rasoir. Elle avait l'impression depuis toute petite d'avoir été constamment elle aussi sur le parapet de la vie, accrocher bec et ongles à ce fichu filin. Cet éternel équilibre devait cesser cette nuit. Le temps était venu pour elle de tout lâcher, enfin. De se laisser tomber dans le vide, de voler vers sa mort.

Quelle délivrance se fut pour elle que d'accepter l'inévitable, de ne plus se battre. Tout alors devint plus simple, plus léger. Elle se sentit immédiatement libérée. Ce fardeau qu'elle portait depuis son enfance, ce combat incessant finissait aujourd'hui. Elle eut presque envie de crier, mais le sort et l'inquiétude envers ses amis l'en empêchèrent. Elle espérait juste avoir assez de force pour faire payer Andreï.

C'était donc avec une certaine sérénité qu'elle se dirigea droit vers sa destinée. On dit qu'une fois face à sa mort, en une fraction de seconde, on revoit les images de sa vie. Elle espérait juste que ce ne soit pas vrai, car il y en avait bien peu qu'elle souhaitait revoir.

Elle essaya de se concentrer sur sa conduite et de penser à un plan pour sa dernière mission, mais sans succès. Elle se remit à penser à ses fameuses images et aux moments heureux de sa vie. Ce n'était pas comme s'il y en avait eu beaucoup. La première image qui lui vint à l'esprit fut la demeure en feu des Harris et le sentiment de bien-être et de liberté que cela lui avait procurée. C'était aussi le moment de sa renaissance, celui où elle s'était choisi son nom : Phoenix. Ensuite, il y avait eu

John, bien sûr. Le premier homme qui avait su lui faire confiance et avec qui elle s'était sentie presque heureuse. Après venait, sans conteste les deux années passées, avant le métro. Puis évidemment, la rencontre avec Balesteros, celui qui se rapprochait le plus de ce père qu'elle n'avait jamais connu. Manouch et son amour inconditionnel envers elle, qui lui avait tant fait de bien. Enfin, Tristan. Dès leur première rencontre et alors que tout la poussait à s'éloigner de lui, elle avait ressenti quelque chose d'étrange, d'indéfinissable. Ce sentiment inconnu n'avait fait que grandir à ses côtés. Elle n'était pas idiote. Elle avait bien entendu parlé de l'amour. Elle ne l'avait juste jamais rencontré avant. Si seulement, ils avaient eu plus de temps et surtout s'il n'en aimait pas une autre…

Elle arriva enfin à destination et cela la ramena à la réalité. Elle vérifia une dernière fois ses armes et les boites de munitions dans son sac à dos. Elle était prête.

C'est alors une furie chantant une comptine pour enfant, qui fit face aux premiers hommes d'Andreï. Elle avançait vers son destin, droit devant elle, sans aucun regret ni hésitation. Tirant à tout-va, tuant quiconque se présentait sur son passage. Au deuxième sous-sol, face à cette diablesse et malgré les ordres d'Andreï de la prendre vivante, la résistance se renforça. Au détour d'une porte, une balle se logea dans son abdomen, juste au-dessus de sa hanche gauche, sectionnant au passage la sangle de son sac à dos. Elle effectua une roulade pour se sortir de ce mauvais pas, perdant au passage lors de la manœuvre, son sac et toutes ses réserves de munitions.

La douleur était intense et elle avait l'impression qu'un feu brûlait à l'intérieur de son corps. Elle fit pression à l'aide de sa main gauche sur la plaie, mais le sang continuait de s'écouler au travers de ses doigts. Accroupie et accolée contre un mur, les yeux fermés, serrant les dents, mais ne voulant toujours rien lâcher, elle entreprit de compter ses balles. Quatre. Deux dans chaque pistolet. Pas de quoi aller bien loin. Elle transféra toutes les balles dans la même arme. De toute manière, elle n'avait plus que sa main droite de libre.

Une certaine torpeur commença à l'envahir et elle se demanda si elle n'allait pas attendre là, un petit moment, juste le temps de reprendre des forces. Elle pensa à Tristan, à sa famille, à leur avenir. La colère de Pénélope, la manière dont elle parlait de sa famille en incluant Tristan. Autant de bons présages, qui lui faisaient croire, que s'il ne gâchait pas tout cette fois, il obtiendrait ce qu'il avait toujours souhaité.

Celle qui voulait être Phoenix

Elle se remémora leur dernier baiser. Un acte réfléchi. Son dernier cadeau envers lui et un pied de nez pour sa salope d'ex-femme. Elle espérait de tout son cœur que cela suffirait à la jeter dans ses bras afin qu'il obtienne ce qu'il avait toujours voulu : sa famille. Pour elle, ce baiser, c'était lui dire adieu, car elle n'avait jamais cru en son retour.

Sa blessure saignait toujours. La vie s'écoulait au travers de ses doigts coagulés par le sang. Si elle enlevait sa main maintenant, elle partirait plus vite, elle s'endormirait et sa mort serait douce.

Elle se mit alors à rire aux éclats, si fort que cela glaça le sang de ses adversaires. C'était si absurde. Elle qui avait toujours voulu être Phoenix et oublier Hanna. Le jour où elle avait fait ce choix, elle s'était pourtant promis de réussir sa vie de femme et d'être heureuse. Et là contre ce mur, seule, elle se rendait compte à quel point cela avait été absurde. Elle était et elle resterait celle qu'elle avait toujours voulu fuir, Hanna Romanovitch. Et Hanna n'abandonnait jamais. Alors, les dés en étaient jetés, elle se battrait jusqu'à la mort. Jusqu'à la dernière balle, jusqu'à son dernier souffle, car s'était dans sa nature.

Elle se leva et alla droit vers ses adversaires.

Celle qui voulait être Phoenix

« Promenons-nous dans les bois pendant que le loup n'y est pas… »

Une, deux, trois, puis quatre déflagrations, elle était telle une Valkyrie sautant de part en part, roulant sur les côtés et forçant l'admiration de ses opposants. Enfin, le bruit de la chambre vide de son pistolet. Elle le jeta violemment au visage du premier assaillant tout en s'accroupissant pour attraper le couteau à sa cheville. Elle réussit encore à en tuer deux autres, avant de succomber sous le nombre. Tout était fini, enfin…

Celle qui voulait être Phoenix

28.   Révélations

Lorsqu'elle reprit enfin ses esprits, elle eut l'impression d'être dans un tunnel. Elle se sentait oppressée de toute part. Tout était noir. Aucun bruit ne lui parvenait. Elle mit un certain temps à s'orienter et à distinguer au loin, un minuscule point blanc. C'était donc ça, la mort se dit-elle ? Après tout, ce n'était pas si terrible.

Attirée par la lumière comme un papillon, elle se dirigea vers elle. Au fur et à mesure qu'elle avançait, le point lumineux grossissait et devenait de plus en plus aveuglant. Lorsqu'elle l'atteint enfin, ses yeux s'entrouvrirent et des formes, tout d'abord indistinctes apparurent devant d'elle.

— Te voilà donc enfin. Tu nous as fait une belle frayeur. On a bien cru te perdre.

Elle regarda autour d'elle. On l'avait suspendue par les mains. Des bandages couvraient son ventre et une perfusion courait le long de son bras jusqu'à celui d'Andreï.

— Tu te rends compte de la chance qu'on a ? On est tous les deux, B négatif. D'après mon médecin personnel, on est moins de deux pour cent de la population mondiale. Quelle coïncidence, non ?

Elle essaya tant bien que mal de parler.

— Où sont-ils ?

— Je suis vraiment navré. Ils ont bien essayé d'attendre ton arrivée, mais tu as tellement tardé que j'ai dû abréger leurs souffrances. Ne t'inquiète pas, tu les rejoindras bientôt.

Ces mots résonnèrent plus durement encore que les douleurs provenant de ses plaies. Elle eut une pensée pour son amie Manouch et pour Balesteros. Ils étaient morts à cause d'elle, toujours elle. Elle ne savait faire que cela, apporter la mort. Elle était toxique pour tous ceux qui la côtoyaient. Elle aurait préféré mourir et ne jamais connaître la vérité. Sa souffrance était immense et elle ne souhaitait plus qu'une chose quitter ce monde au plus vite. Mais avant cela, il lui restait une dernière tâche. Tuer ce monstre et l'emporter avec elle. À cette pensée, ou peut-être bien à cause de la transfusion, elle se sentit comme revigorée.

— Pourquoi ?

Sa voix était si faible qu'Andreï s'approcha d'elle afin de mieux l'entendre.

— Pourquoi ? Par vengeance. Parce que j'en avais envie. Pour te faire mal. Tout cela à la fois. Mais pour toi, ce sera une autre histoire. Je vais prendre mon temps et faire en sorte que cela dure. Je veux que tu me supplies de te donner la mort. Mais avant, tu m'auras donné tes commanditaires, tes complices et je leur ferai payer à eux aussi le meurtre de mon père.

Tête baissée, elle balbutia alors quelques mots, mais ils étaient incompréhensibles. Andreï s'approcha davantage, lui faisant désormais face. C'est alors qu'elle lui asséna un coup de tête en plein visage avec les dernières forces qui lui restaient. Andreï tituba en arrière, et tout en essuyant le filet de sang qui s'écoulait de son nez, lui sourit.

— Tu vas déjà mieux. Bien. J'adore les combattantes. Elles ne lâchent jamais rien. Maintenant, tu vas me donner les noms de tous les responsables. Et, s'il te plaît, fais-moi plaisir, résiste.

Andreï commença par lui porter des coups au ventre puis au visage. À chaque impact, Hanna criait et se tordait de douleurs, pour son plus grand plaisir. Alors, elle décida de se taire et d'encaisser silencieusement les coups. Au bout d'un quart d'heure, Andreï frustré s'arrêta de frapper.

— Tu es une maline. J'ai l'impression de frapper un sac de sable. Mais j'ai plus d'un tour, tu sais ? Avec ce genre d'attitude, tu m'obliges à passer aux choses sérieuses.

Andreï se mit à caresser la lame de son poignard tout en la regardant.

— Tu n'obtiendras rien de moi.

— Ils disent tous ça.

Andreï s'approcha d'elle et posa sa lame sur son oreille droite, prêt à la trancher. Alors, qu'il allait s'exécuter, il entendit du bruit derrière lui. Il se retourna et vit arriver ses hommes avec Amanda et Tristan à leurs côtés. L'un d'eux s'adressa alors à lui : On les a trouvés dehors, et ils étaient armés ».

Celle qui voulait être Phoenix

Andreï fit signe de poser les armes, sur la table qui se trouvait devant eux.

— Amanda Myers et Monsieur Chapman. Quelle belle surprise !

— Hanna, c'est Amanda !

Quand elle entendit son prénom, elle releva la tête. Cette voix semblait lui parvenir d'un temps oublié et réveilla en elle la vision d'une jeune fille aux boucles d'or courant vers une maison.

— C'est moi, Amanda, ta sœur.

— Elle dit vrai, lança Tristan.

Tous les deux étaient menottés dans le dos et maintenant qu'ils étaient assez près, ils distinguaient parfaitement ses blessures. Tristan ne put supporter cette vision.

— Mon Dieu, Phoenix. Qu'est-ce qu'il t'a fait ? Salopard ! Je vais te tuer.

— Tout doux. Pour ça, il y a déjà du monde, alors sois gentil, prends un ticket et attends ton tour.

Andreï se retourna alors vers Phoenix.

— Comme ça, tu as une sœur ! Intéressant. Tu n'as pas l'air de te préoccuper de ton sort, peut-être que celui de ta sœur te fera changer d'avis.

— Viens ici, toi.

Ses hommes poussèrent alors Amanda vers lui.

— Je suis officier de Police et j'ai demandé des renforts. Ils ne devraient pas tarder à arriver. Je vous conseille de nous délivrer immédiatement.

— Des renforts, hein ? Possible. Qui serait assez fou pour venir ici sans soutien. Nous allons vérifier cela.

Andreï prit le téléphone dans la poche de son pantalon et appela.

— C'est moi. Je suis à la centrale. Est-ce qu'il y a eu une demande de renfort ?

…

Oui ou non, je n'ai que faire de tes commentaires.

Amanda sut immédiatement qui était l'interlocuteur au bout du fil.

— Sean espèce de vendu ! Tu n'es qu'une pourriture.

Andreï coupa instantanément la conversation. Il arborait un large sourire.

Celle qui voulait être Phoenix

— Scène de ménage en perspective, on dirait. Ce n'est pas beau de mentir, Amanda. Ton petit ami n'avait pas l'air au courant. Personne ne va venir vous sauver. Vous êtes seuls et à ma merci. J'ai une question qui me turlupine. Quand tu as appris que tu te faisais baiser par un de mes hommes, qu'as-tu ressenti ?

Amanda voulut se ruer sur lui, mais un de ses hommes la tira en arrière par les menottes. Andreï exultait et n'avait qu'une envie, continuer.

— D'après lui, c'était un vrai calvaire. Je devrais peut-être lui donner une prime pour travail pénible. Quand penses-tu ? Il l'a bien mérité non ?

— Ne réponds pas.

— Comme c'est beau. Elle vient au secours de sa grande sœur.

Andreï se mit à nouveau à la frapper au corps et au visage avec toute une série d'uppercuts et de directs. Tristan ne pouvait pas en rester là, trompant la vigilance des gardes, il se rua à son tour sur Andreï, le faisant chuter lourdement au sol.

— Arrêtez. Vous aller la tuer cria-t-il.

Andreï se releva, très en colère.

— Toi ? Comment a-t-il fait pour arriver jusqu'à moi ?

L'homme tout penaud savait très bien qu'aucune de ses réponses ne lui plairait, alors il décida de se taire.

— Désolé, je me suis emporté. Ce n'est rien. Ce sont des choses qui arrivent, pas vrai ?

L'homme hocha la tête tout en disant : Désolé, chef »

Andreï sortit son arme et une seconde plus tard l'homme tombait inanimé au sol. Une balle en pleine tête.

— Voilà ce qui arrive aux incompétents. Où en étions-nous ? Ah oui.

Andreï enchaîna plusieurs violents coups de pieds au niveau du ventre de ce malheureux Tristan qui gisait encore au sol. Phoenix fit alors un effort pour parler et tenter de l'arrêter.

— Arrête. Cela suffit. Je vais tout te dire.

Andreï s'exécuta.

— Non, j'ai du mal à y croire. Notre tueuse psychopathe est amoureuse. Qui aurait cru cela !

Phoenix continua à parler et cela malgré les douleurs intenses qui émanaient de tout son corps. Du sang lui coulait à présent par le nez et chaque syllabe lui coûtait des efforts incommensurables. Sa voix n'était plus qu'un filet fragile qui luttait pour exister.

— Tu veux savoir, pourquoi j'ai tué ton père ?

— Vas-y. Je suis tout ouïe.

Phoenix utilisa ses dernières forces pour raconter l'histoire de Tatiana. Et quand, elle eut fini Andreï semblait partagé par un sentiment de doute. Lui disait-elle la vérité ? Où essayait-elle juste de sauver son petit ami ?

— Tu veux me faire croire que tu as tué mon père pour une pute que tu ne connaissais même pas ?

— C'est, la vérité.

— Alors, si c'est vrai, tu ne me sers plus à rien et tes amis non plus.

Andreï saisit son révolver et posa le canon sur son front. Elle n'avait plus la force de relever la tête, mais elle continua à le défier du regard. Andreï tira alors le chien en arrière avec son pouce et posa son index sur la gâchette, prêt à faire feu.

— Arrête tout de suite !

Andreï à la surprise de tous obéit immédiatement et se retourna.

— Maman !

— Qu'est-ce que tu fais Andreï ? Je t'avais dit de ne rien faire sans m'en parler.

Comme un enfant grondé par sa maman, Andreï paraissait métamorphosé. On le sentait gêné par cette présence. L'homme si sûr de lui faisait maintenant place à une personne maladroite. Amanda regarda cette femme s'approcher d'eux et son visage lui parut familier.

— Papa est mort. Il faut bien montrer aux hommes qu'il y a un encore un chef.

— Le chef, c'est moi.

— J'ai retrouvé la meurtrière de papa. Tu vois. Je suis efficace.

— Viens ici !

Andreï s'approcha de sa mère et une fois à ses côtés. Elle lui délivra une monumentale gifle.

— Les ordres sont les ordres. Comment veux-tu que tes hommes t'obéissent, si, toi, tu ne les suis pas ?

— Maman, pas devant les hommes.

Kate Kachenko n'avait pas encore remarqué les deux personnes menottées. En voyant Amanda, elle fut prise de vertige et Andreï du la rattraper pour qu'elle ne tombe pas.

Celle qui voulait être Phoenix

— Assieds-toi là, près de la table, maman. Tu vas bien ?

— Oui. Il me faut juste une minute.

D'une voix ferme et assez autoritaire, Kate demanda à son fils ce que faisait ici Amanda Myers.

— Ils sont arrivés armés. On a dû les menotter pour qu'ils restent tranquilles. Et tu ne connais pas la dernière nouvelle ? C'est la sœur de la tueuse !

À ses mots Kate crut mourir sur place. Elle tourna la tête vers celle qui était encore suspendue par les bras. Son visage gonflé par les coups, tout ce sang répandu sur elle. Cette vision d'horreur et ce corps meurtri emplirent ses yeux de larmes. Des frissons lui parcouraient maintenant le corps. Ses mains tremblaient à présent et des larmes roulaient le long de ses joues.

— Qu'est-ce qu'il y a maman ? Tu m'inquiètes.

Dans un murmure sanglotant, elle lui dit.

— Descends-la.

Puis elle réitéra sa phrase, mais le ton était bien plus ferme.

— Descends-la, tout de suite !

Andreï n'avait jamais vu sa mère dans cet état. Il donna l'ordre à ses hommes, puis il revint s'agenouiller près d'elle.

Celle qui voulait être Phoenix

— Qu'est-ce qui ne va pas, maman ?

Kate regarda son fils. Elle ne savait pas par où commencer. Comment lui dire ? Dans un autre murmure, elle lui demanda de libérer Amanda et Tristan.

— Pourquoi ?

— Cesse de poser des questions et fais ce que je te dis.

Comme son fils ne bougeait pas, elle se dit qu'il était temps qu'il sache la vérité. Elle entreprit de lui raconter ce qu'elle avait dû taire durant tant d'années, l'histoire de leur famille, son histoire.

— J'ai quelque chose à te dire mon fils. Une histoire à te raconter. J'ai rencontré mon premier mari au collège. On était jeune et on s'est marié très vite, trop vite. On a tout de suite acheté un petit commerce, dans le quartier russe, un bar. Et on peut dire qu'on a vécu là, heureux, durant plusieurs années. Cette période bienheureuse s'est concrétisée par la naissance de notre premier enfant, une fille. On l'a appelé Amanda.

— Maman ? Dis Amanda en pleurs.

— Oui ma chérie, c'est bien moi. Ne pleure pas. Avec ton père, ce n'était pas l'amour fou, mais on s'entendait bien. Puis un jour, j'ai rencontré un autre homme. Il était attentionné, cultivé, prévenant. Je suis tombé sous le charme. Il faut croire qu'il me manquait quelque chose. Quand j'ai appris son métier, il était déjà trop tard, j'étais amoureuse. Il n'était pas encore l'homme incontesté qu'il deviendrait plus tard. Il n'avait pas encore sa place dans l'organisation et comptait beaucoup d'ennemis. Ton père, Andreï.

— Tu étais mariée quand tu as rencontré papa ?

— Oui. Afin de me préserver, on se voyait en cachette, lui et moi. La vie avec mon mari dès lors n'était plus qu'une vie de colocation. On continuait à faire semblant vis-à-vis des autres, mais en privé on n'était plus un couple. Au bout d'un moment, cette vie-là ne me convenait plus et je décidais de divorcer. Cet à ce moment-là que j'appris que j'étais à nouveau enceinte, une petite fille. Tu étais si belle et si désirée ma petite Hanna. Mais mon nouvel homme était en pleine guerre des gangs et nous décidâmes tous les trois par sécurité de continuer comme si de rien n'était. Du moins jusqu'à ce que les choses s'arrangent. Ton père Amanda a été extraordinaire. Il aurait très bien pu me mettre dehors. Malgré le fait, qu'il n'était pas le père de ce deuxième enfant, il continua à s'occuper de nous comme si de rien n'était. C'était quelqu'un de bien. Il aurait mérité mieux, c'est certain. La période de transition fut bien plus longue que nous ne l'avions pensé. Hanna allait fêter ses cinq ans et nous avions enfin décidé de vivre ensemble avec Vladimir. C'est à ce moment-là que nos vies ont basculé. Un jour alors que nos filles jouaient dans le jardin, des personnes sont venues et ont enlevé la plus jeune. J'étais dans la cuisine, quand cela s'est passé. Je n'ai rien vu, ni rien pu faire. On avait pourtant été prudent lors de nos rencontres, mais il fallait se rendre à l'évidence. Vladimir avait beaucoup d'ennemis et l'un d'eux venait de s'en prendre à nous. Par peur de représailles, il a tenu à nous mettre à l'abri, mais ton père Amanda s'opposa violemment à ton départ. Et c'est à contrecœur ma chérie, que je décidais de partir sans toi.

Kate regarda Amanda.

— Comment as-tu pu m'abandonner ?

— Vladimir m'avait fait la promesse que tu serais toujours en sécurité. La maison était gardée nuit et jour par ses hommes. Ton père s'occupait bien de toi et tu étais loin de la vie dangereuse que j'avais choisie.

Elle regarda à présent Hanna.

— Nous n'avons jamais cessé de te chercher. J'avais perdu espoir de te revoir un jour, ma fille. Le temps a passé. Nous avons eu un autre enfant, un garçon. J'avais une nouvelle vie, un nouveau nom, une famille. J'ai cru que je pouvais faire table rase du passé. Le destin est bien ironique, n'est-ce pas ? Je te revois enfin après toutes ces années. Pourtant en ce jour, que j'ai tant désiré. J'ai le cœur brisé, car j'apprends que tu es la meurtrière de l'amour de ma vie, ton père. Avec ton retour, resurgis mon passé, ma véritable identité, un nom que j'avais fini par oublier, celui de Kate Myers.

Andreï n'en revenait pas.

— Elle est ma sœur ? Et la policière ma demi-sœur ?

— Oui.

Tout le monde était bouche bée. Amanda ne pouvait plus détacher son regard de cette femme qui se disait être sa mère.

— Que veux-tu que je fasse maintenant ? Dis Andreï.

— Elles font partie de la famille. Laisse-les partir.

— La famille, c'est toi et moi.

— Regarde-toi mon fils. Toute cette violence qui te dévore de l'intérieur. Avec ton père, on a bien tenté de te faire changer, sans résultat. Ne vois-tu pas que tu vas trop loin ?

— Il y a cinq minutes encore, j'étais fils unique. J'apprends que mes parents m'ont menti depuis toujours et que ma sœur a tué mon père. Et toi, tu me dis que je vais trop loin ?

Celle qui voulait être Phoenix

— Ton père a eu que ce qu'il méritait. C'était un salaud qui découpait les femmes encore vivantes.

— Tu veux parler de Tatiana, Hanna ? Ma pauvre chérie, si tu savais. Ton père se devait d'avoir une réputation. Dans son métier, la sensibilité est une faiblesse. Il faut savoir faire peur si on veut être respecté dans le milieu. Je vais te dire la vérité sur Tatiana. Ton père depuis des années essayait de changer les choses. Ses affaires devenaient chaque année de plus en plus légales. C'était mon souhait, s'il voulait que je reste à ses côtés, mais il devait composer avec des récalcitrants dans son organisation. Des personnes qui ne souhaitaient pas changer de mode de vie. Tatiana faisait partie des branches encore illégales de son empire. Elle avait décidé de parler à la police et de mettre ainsi sa vie en danger. Ton père ne pouvait plus la sauver. Si elle réussissait, d'autres filles tenteraient de faire de même avec comme résultat encore plus de morts. Alors, on l'a empoisonnée pour qu'elle s'endorme tranquillement, sans souffrir. Ensuite, il a payé le légiste, afin qu'il falsifie son rapport et qu'il passe pour quelqu'un d'impitoyable. Voilà la vérité.

— Papa n'était qu'un faible. Je ne suis pas comme lui. Tu voudrais que je les épargne ? Mais ma famille, c'est toi et moi. Et je n'ai aucune envie que ça change. On est très bien que tous les deux. Et je sais ce que j'ai à faire pour que rien ne change.

Andreï leva son révolver et tira sur Hanna, la touchant encore au ventre. Il allait récidiver quand une deuxième détonation résonna. Il tomba lourdement au sol, face contre terre. Les hommes levèrent leurs armes vers le tireur. Puis ils les baissèrent aussitôt. Kate avait saisi le pistolet d'Amanda sur la table et elle avait tiré sur son propre fils. Elle se rua ensuite vers lui.

— Pourquoi Andreï ? Pourquoi m'as-tu poussé à faire cela ?

Andreï après quelques convulsions cessa de respirer, laissant sa mère en larmes près de lui. Tristan et Amanda en profitèrent pour se libérer et se précipiter vers Phoenix, mais du bruit se fit à nouveau entendre à l'entrée de la pièce. Sean venait de se précipiter à l'intérieur.

— Amanda. Tu vas bien ?

Une fois à sa hauteur, Amanda lui mit son poing dans la figure et sa lèvre inférieure se gorgea de sang.

— Espèce de salaud. Comment as-tu pu me faire ça ?

— Ce n'est pas ce que tu crois, Amanda. Je vais tout t'expliquer.

— Je ne veux rien entendre de toi. Pour moi, tu n'existes plus.

Kate qui avait entendu, prit la défense de Sean.

— Amanda. Sean a été choisi pour être ton garde du corps, rien d'autre. Vladimir et moi lui avions demandé d'intégrer l'école de police afin de pouvoir te protéger. Ce qui s'est passé ensuite entre vous n'a rien à voir avec nous.

— Ils m'ont juste demandé de veiller sur toi. On s'est côtoyé et je suis tombé amoureux. Cela m'est tombé dessus comme ça. Ce n'était pas prévu. J'en ai parlé à Vladimir. Il m'a dit que si je t'aimais vraiment, alors il était d'accord. En cadeau, il m'a alors annoncé que je n'aurai jamais à lui rendre de compte tant que tu serais heureuse. J'étais libre.

— Alors pourquoi as-tu balancé toutes ces informations à Andreï ?

— À la mort de Vladimir, je suppose qu'Andreï a dû trouver mon numéro et il m'a appelé. Que voulais-tu que je fasse ? Il m'a menacé de tout te dire. Je ne voulais pas te perdre.

— Hé bien, tu aurais dû me le dire.

— J'ai essayé plusieurs fois. La dernière, c'était à l'appartement d'Hanna, et puis tu m'as parlé de tes doutes concernant une fuite au sein de ton équipe. Que voulais-tu que je fasse ?

— Me dire la vérité !

— Cela aurait changé quelque chose ?

— Comment as-tu pu me faire ça ? Je te faisais tellement confiance. Tu étais ma seule famille. Je t'…

Sean se sentit misérable en voyant à quel point Amanda était dévastée et il sut aussi que jamais elle ne lui pardonnerait ce qu'il lui avait fait.

Phoenix continuait de perdre beaucoup de sang. Tristan, Amanda et Kate étaient maintenant tous auprès d'elle, lui parlant et tentant de la réconforter. Ils entendirent au loin des sirènes hurlées. Jonas, Jacob et Amber, qui filaient Sean, avaient appelé les renforts quand ils avaient aperçu le véhicule d'Amanda. Et lorsqu'ils entendirent les premiers coups de feu, ils avaient immédiatement alerté les secours.

— Les renforts arrivent et Hanna Romanovitch va passer le reste de sa vie en prison. Tu as résolu ta première affaire en tant que capitaine, et cela haut la main Amanda. Félicitations.

Cette phrase de Sean tira Amanda de sa torpeur. Sa sœur si elle s'en sortait vivante, risquait de finir ses jours derrière les barreaux. Et tout cela à cause d'elle. Elle se devait de la sauver, coûte que coûte.

— C'est Andreï.

— Je ne comprends pas.

— On va dire qu'Andreï a tout planifié. Il a fait assassiner son père afin de prendre le contrôle de l'organisation. Ensuite, il a essayé de faire porter le chapeau à Hanna. Pour les deux Russes dans son appartement, c'était de la légitime défense. Tristan en témoignera.

— Mais pourquoi ?

— Parce qu'Hanna est ma sœur.

Tristan résuma alors à Sean toute l'histoire. Sean ne trouva rien d'autre à dire qu'« Incroyable ».

— Mon véritable nom est Amanda Romanovitch. Myers est le nom de jeune fille de ma mère.

— Maintenant, je comprends ton malaise quand on a prononcé son nom au poste. Et pour les hommes morts ici, on décide quoi ?

— Je vais mettre mes empreintes sur les armes et dire que c'est moi qui aie tiré, lui répondit Amanda.

— Très bien. Je suis d'accord avec ta version et je témoignerai en ton sens.

— Cela ne changera rien entre nous.

— Je sais. Tu vas me dénoncer ?

— Je ne sais pas encore.

— Quoique tu décides, je ne changerai pas d'avis. Je te le dois bien.

Amanda s'adressa alors aux autres afin de savoir si tout le monde était d'accord avec cette version. Kate fut la première à répondre.

— Je viens de perdre mon fils et je ne supporterais pas de perdre un autre de mes enfants. Je me porte garante pour mes hommes.

Au final, tout le monde était d'accord et ils mirent au point une version commune des faits.

À l'arrivée des ambulanciers, le cœur de Phoenix s'arrêta. Ils réussirent après quelques minutes de massage cardiaque à le faire repartir et la transfusèrent à nouveau. Elle avait perdu

tellement de sang, qu'il fallut la transporter au plus vite vers
l'hôpital le plus proche.

29.   Happy end

Il faisait beau et chaud en ce samedi matin. Cela faisait maintenant un mois qu'il préparait ce jour. Tristan très stressé était beau dans son costume. Il essayait de sourire, mais son rictus ne trompait personne. Seul devant l'autel, il attendait sa promise. Ses deux enfants, très fiers de lui, le regardaient depuis le premier rang.

L'organiste entonna la marche nuptiale, quand la mariée resplendissante dans sa sublime robe blanche pénétra dans l'église. Elle avança doucement vers lui, suivie par ses demoiselles d'honneur.

Celle qui voulait être Phoenix

Tristan avait le cœur qui battait à tout rompre. Ses mains étaient moites. La mariée arriva enfin à ses côtés et releva son voile. Pénélope était radieuse.

Il avait tellement attendu ce moment, alors pourquoi avait-il l'impression de faire une énorme bêtise ?

Le prêtre prononça quelques mots. Puis, une amie de Pénélope entama la lecture d'un passage de la bible. Enfin arriva l'échange des consentements. Machinalement, Tristan mit la main dans sa poche afin de vérifier que l'alliance y était toujours. L'écrin était toujours là, mais il y avait également autre chose. Lorsqu'il le sortit de sa poche, il se retourna immédiatement. Il tenait dans sa main une bague en forme de tête de mort. La même que portait Phoenix à son index.

Plus personne ne l'avait revue depuis son départ en ambulance. Cela faisait maintenant sept longs mois. Il avait attendu en vain, des jours, des semaines, un signe, un appel, rien. Tout ce temps à se demander si elle était encore en vie. Et là, le jour de son mariage, ça !

Elle était donc en vie. Peut-être était-ce là son cadeau de mariage ? Il était désormais encore plus nerveux. Pénélope ne tarda pas à s'en rendre compte. Du regard, elle l'interrogea afin de savoir si tout allait bien. Il lui répondit par un signe de la tête afin de la rassurer.

— Tristan Adam Chapman, voulez-vous prendre pour épouse Pénélope Mary Monroe pour l'aimer fidèlement, dans le bonheur et dans les épreuves, tout au long de votre vie ?

Une voix forte et ferme semblant provenir de derrière eux les interrompit.

— Je m'y oppose.

Tristan et Pénélope se retournèrent. Phoenix se tenait en plein milieu de l'allée. Vêtue d'un Perfecto noir, d'un pantalon noir et maquillée à la mode gothique. Il était clair qu'elle dénotait complètement avec le cadre et l'assemblée. Pourtant aux yeux de Tristan, elle était magnifique.

— C'est toi, qui l'as invitée ? s'exclama Pénélope.

— Non, répondit Tristan.

Phoenix s'avança lentement vers Tristan tout en restant à quelques mètres. Ils se regardèrent, ne se lâchant plus du regard.

— Je ne peux rien t'offrir d'autre que ce que tu vois là. Ni plus ni moins. Je ne serai jamais la femme obéissante qui s'occupe de son foyer en attendant ton retour. Je n'aurai sans doute jamais d'enfants. Tout sera sûrement compliqué. Avec moi, l'inconnu du lendemain sera sans routine et incertain. Mais, si tu es assez fou pour me choisir. Je te promets de ne jamais te quitter. De t'aimer jusqu'à mon dernier souffle. Si tu me choisis, je n'aurai plus peur de vieillir ni de l'avenir, car je sais que dans tes yeux, je ne changerai jamais.

Tristan était visiblement touché par son discours et il savait combien cela avait dû être difficile pour elle de le prononcer devant tous ces gens. Il arborait un large sourire et cela suffit à Pénélope pour le gifler.

— Je te déteste ! Je ne veux plus jamais te revoir. Les enfants, venez, on s'en va.

Mais ses enfants ne voulaient pas la suivre.

— Sarah, viens ici.

La petite s'exécuta à contrecœur.

— Dan. Je t'en prie.

— Je reste avec papa. Je vous rejoins après.

Ce nouvel affront lui était insupportable. Elle se dirigea vers la sortie. Une fois au niveau de Phoenix, elle la fusilla du regard, attrapa sa robe et la contourna en pleurs.

Celle qui voulait être Phoenix

Tristan n'arrivait toujours pas à y croire. Elle était là, devant lui. Il ne savait plus quoi faire. Courir vers elle ? La prendre dans ses bras ? Où bien rester là et l'attendre ? Il choisit la dernière solution, de peur de la voir s'enfuir par la grande porte.

Elle s'avança alors vers lui, lentement. Elle tourna la tête vers l'organiste qui se lança dans un air qui ressemblait à du heavy métal et qui n'avait rien de religieux. Cela amusa encore plus Tristan. Décidément avec elle, il ne s'ennuierait pas.

Quand elle arriva enfin près de lui, ses premiers mots furent.

— J'ai failli être en retard.

Ils se regardèrent tous les deux, leurs yeux brillaient de mille feux. C'était, comme s'ils étaient seuls au monde. Personne d'autre ne paraissait plus exister à ce moment-là. À l'évidence, ils s'aimaient. Pour le reste, ils verraient bien. Tristan se tourna tout de même vers son fils en quête d'acceptation. Son sourire finit par le convaincre. Il regarda le prêtre et lui demanda de continuer : « allons-y monsieur le curé ».

Le prêtre voyait d'un assez mauvais œil l'arrivée de cette perturbatrice. Il ne souhaitait en aucun cas participer à cette mascarade, mais lorsqu'il aperçut le pistolet sous sa veste, il s'exécuta sans rechigner.

— Tristan Adam Chapman, voulez-vous prendre pour épouse. Comment s'appelle cette jeune fille ?

Amanda présente dans l'assemblée se leva et dit : elle s'appelle Hanna Gaby Romanovitch »

Phoenix regarda sa sœur et lui sourit tout en articulant un merci.

— Si cela ne vous dérange pas, je préfère que vous m'appeliez Phoenix plutôt qu'Hanna.

C'était au tour de Tristan de se réjouir. Phoenix semblait être là pour de bon cette fois.

— Tristan Adam Chapman, voulez-vous prendre pour épouse Phoenix Gaby Romanovitch pour l'aimer fidèlement, dans le bonheur et dans les épreuves, tout au long de votre vie ?

— Oui, je le veux.

— Phoenix Gaby Romanovitch, voulez-vous prendre pour époux Tristan Adam Chapman pour l'aimer fidèlement, dans le bonheur et dans les épreuves, tout au long de votre vie ?

Ils se regardèrent à nouveau et Phoenix s'écria du plus fort qu'elle put dans l'église :

Celle qui voulait être Phoenix

— Inchallah !

Celle qui voulait être Phoenix

30. Fin

Tristan se réveilla en sursaut. Son corps couvert de sueur, la respiration haletante. Il s'apercevait maintenant que tout cela n'était pas réel. Incapable de se rendormir, la gorge sèche, il décida de se lever et d'aller prendre un verre d'eau dans la cuisine. Une fois assis, il s'interrogea sur ce dont il avait rêvé. Rêve ou cauchemar ? Il n'aurait su dire. Après tout, est-ce que cela avait de l'importance ?

Sept longs et interminables mois, sans aucune nouvelle. Aucun signe de vie, personne ne l'avait revue depuis cette fameuse nuit. Il l'avait pourtant cherchée partout : d'abord dans tous les hôpitaux de la ville, puis dans son quartier, pour enfin finir par les morgues de la ville, rien. Malgré ses efforts, elle demeurait introuvable.

Au début, la moindre silhouette lui ressemblant suffisait à ce que son cœur s'emballe. Puis, avec le temps, les jours passants, son espoir de la revoir s'amenuisa, sans jamais toutefois disparaître. Il finit par se dire qu'il était trop vieux, trop sage pour elle. Elle avait sans doute fait le bon choix. Il souhaitait juste que sa nouvelle vie soit meilleure que l'ancienne. Elle le méritait tant, même si cela devait être sans lui.

La terre ne cessa pas de tourner et tous les autres protagonistes semblaient avoir repris le cours de leur vie. Amanda avait quitté Sean. Malgré ses supplications et des excuses répétées, elle avait tranché. Sa carrière était en passe de franchir un nouveau cap. Le poste de chef de la police n'était plus qu'une formalité. Sa conduite exemplaire ainsi que la résolution de l'affaire l'avait propulsé au-devant des médias qui ne voyaient plus que par elle et sa nomination n'était plus qu'une affaire de temps.

Elle aussi avait bien tenté de la rechercher, en vain. Ils le savaient bien tous, sans une volonté de sa part, jamais ils ne la retrouveraient.

Quant à Kate Kachenko terrassée par la mort de son fils et la disparition de sa fille, elle avait abandonné les rennes de l'organisation et s'était retirée chez elle. Tous les jeudis soirs, elle et Amanda dînaient ensemble afin de renouer le contact et rattraper un peu du temps perdu. Elles se donnaient une dernière chance de redevenir une famille sans toutefois se faire beaucoup d'illusions concernant un hypothétique retour de Phoenix.

Pénélope, elle, avait délaissé un temps son producteur et lui avait fait comprendre qu'elle était prête à revenir vers lui. L'esquisse d'une vie de famille se dessinait à nouveau, mais il était trop tard. Il avait enfin compris qu'il était vain de vouloir revenir en arrière. Au fond de lui, il l'avait toujours su, il ne l'avait juste pas réalisé avant. Ces quelques jours passés auprès de Phoenix l'avaient transformé. Et puis Bill n'était pas un si mauvais bougre après tout. Il se débrouillait plutôt bien avec ses enfants. Non, revenir en arrière lui était impossible. Alors, il avait refusé ce pour quoi il s'était battu et elle avait fini par revenir auprès de son producteur. Celui-ci trop heureux de son retour ne lui en voulut nullement.

Le chemin de la vie avait repris pour tous, même pour lui. Son retour au travail ne fut pas facile. Le quotidien du bureau lui paraissait bien terne comparé aux jours mouvementés qu'il avait connu. Évidemment, Cindy était partie, et sa nouvelle secrétaire ne lui arrivait pas à la cheville. Malgré tout, ils se voyaient encore et déjeunaient parfois ensemble.

Tous semblaient être passés à autre chose. Mais lui avait du mal à oublier. Son quotidien depuis la disparition n'était plus fait que de routines, sans véritables buts, ni engagements. Il se sentait seul, perdu. Ses seuls moments de répit, il les devait à ses enfants, ses uniques centres d'intérêt. En dehors plus rien ne comptait.

Son absence lui pesait bien plus qu'il ne l'aurait pensé. Ne pas savoir ce qu'elle était devenue continuait à l'obnubiler et l'empêchait d'aller de l'avant. Il pensait s'être fait une raison, du moins, il le croyait. Car c'était une chose, de le penser et une autre que de l'accepter. Sinon pourquoi rêvait-il d'elle chaque nuit ?

Tristan dépité scruta l'horloge de la cuisine, trois heures du matin.

Celle qui voulait être Phoenix

Les autorités avaient diffusé tout au long de la journée des bulletins d'alertes concernant l'arrivée d'une tempête. Elles demandaient expressément à la population de restreindre au maximum les déplacements et de rester le plus possible à l'intérieur des bâtiments.

Tristan s'approcha de la fenêtre et écarta les rideaux. À l'extérieur, le vent déferlait dans les rues, accompagné par des torrents de pluies. Pas vraiment un temps à mettre un chat dehors.

Pourtant, il s'habilla, prit son imper, ses clés de voiture et s'en alla droit vers la sortie. Lorsqu'il ferma sa porte, il ne savait pas encore où aller, il savait juste qu'il devait partir.

Il roula tout d'abord sans but. Avec toute l'eau qui ruisselait sur son pare-brise, ce n'est qu'au dernier moment qu'il vit le panneau indiquant la direction du pont. À sa vue, il s'arrêta net. Les souvenirs affluèrent alors, puis le submergèrent. Il finit par se reprendre. Après tout, ce n'était qu'une destination comme les autres. Il n'y était plus passé depuis... leur première rencontre.

À cette pensée, une certaine nostalgie l'envahit. Il se dit alors que c'était peut-être le bon endroit pour lui dire adieu. Fermer la boucle, là, où tout avait commencé et enfin, tourner la page.

Il s'engagea sur la route. La visibilité était presque nulle. Les essuie-glaces tournaient à plein régime. Le bruit de la pluie sur la carrosserie couvrait jusqu'au son de la radio. Une fois arrêté, il ouvrit la portière, descendit, et fut accueilli par des conditions apocalyptiques. Malgré tout, il continua à avancer tête baissée vers le parapet. Une fois arrivé là, il se mit à admirer les éléments déchainés : la mer, la houle, les vagues s'écrasant sur les rochers. Décidément les conditions étaient bien loin de celle de leur première confrontation. Mais cela lui était égal, car là, il se sentait à nouveau près d'elle. En regardant au loin, il se dit que ce temps abominable reflétait bien ce par quoi il passait. Il avait avec elle presque touché le bonheur et il ne s'en rendait vraiment compte que maintenant.

Un peu plus loin, blottie dans la pénombre, sans qu'il puisse se douter de sa présence ni la voir, une femme l'épiait…

Sept mois, qu'ils ne s'étaient pas revus, qu'elle doutait et tergiversait. Mais à présent qu'elle le voyait…

Appuyée contre un des pylônes, Phoenix pourtant transie par le froid ne bougeait pas. Ces derniers mois avaient été tout sauf faciles pour elle. Tout son monde et ces certitudes s'étaient écroulés, à nouveau. Et elle avait dû faire face seule à la plus difficile décision de son existence. C'était, comme si toute sa vie l'avait destiné pour cet instant. L'idée qu'elle s'était faite de sa vie après l'incendie de la maison des Harris. Son rêve de devenir cette femme, Phoenix était enfin à sa portée. Elle mit sa main sur son ventre. Sous sa paume, un petit miracle, la vie, plusieurs petits coups de pieds qui réussirent à lui voler un sourire. Elle regarda alors son ventre arrondi et dans un murmure dit : « Oui, c'est papa ».

Celle qui voulait être Phoenix

Remerciements

Merci

À ma femme et à mes enfants

À Ingrid D pour son soutien

À Estelle, Melaine, Emel pour leur aide

Celle qui voulait être Phoenix

Table des matières

Celle qui voulait être Phoenix